2017广西中青年基础能力提升项目《广西现当代小说恐怖元素及恐怖审美意蕴研究》
编号：2017KY0531
玉林师范学院文学与传媒学院硕士点经费支持

小说中的恐怖元素和审美意蕴

程婧 著

沈阳出版发行集团
沈阳出版社

图书在版编目（CIP）数据

小说中的恐怖元素和审美意蕴/程婧著. -- 沈阳：沈阳出版社, 2018.6
ISBN 978-7-5441-9404-4

Ⅰ.①小… Ⅱ.①程… Ⅲ.①小说研究 – 中国 – 当代 Ⅳ.① I207.42

中国版本图书馆 CIP 数据核字 (2018) 第 116241 号

出版发行：	沈阳出版发行集团｜沈阳出版社
	（地址：沈阳市沈河区南翰林路 10 号　邮编：110011）
网　　址：	http://www.sycbs.com
印　　刷：	三河市华晨印务有限公司
幅面尺寸：	170mm×240mm
印　　张：	12.5
字　　数：	230 千字
出版时间：	2019 年 3 月第 1 版
印刷时间：	2019 年 3 月第 1 次印刷
责任编辑：	杨　静
封面设计：	优盛文化
版式设计：	优盛文化
责任校对：	高玉君
责任监印：	杨　旭
书　　号：	ISBN 978-7-5441-9404-4
定　　价：	45.00 元

联系电话：024-24112447
E – mail：sy24112447@163.com

本书若有印装质量问题，影响阅读，请与出版社联系调换。

前　言

恐怖是人类社会中神秘而又深邃的情感，同时也是艺术创造领域中一个经久不衰的主题。恐怖元素一直以来都是小说所关注的刺激性元素，它是一个非常宽泛的概念，凡是能引起恐怖感觉的各种事物、声响、符号、影像等都可以归结为恐怖元素。在小说中添加恐怖元素必须有一个基本的要求，就是普遍性和非个人化，这是由恐怖艺术的受众面所决定的。最好的恐怖元素是符号化的，这些符号的集合就是表现恐怖的语言，本质上可以说是一种有意味的形式。恐怖元素在全球复杂的文化交错背景下，显露出一定的跨文化共性。

正如其他美学元素一样，恐怖元素也是当下娱乐性美学元素之一。小说中的恐怖元素是人类文学创作中的一个十分特殊的表现形态，我们看待恐怖已经不能仅仅从情感的角度了，它成为人类生活的一个领域，也进入到了学术世界。西奥多·阿多诺就认为，人类世界的丑是源自于人类的恐惧，从恐怖中人们生发出对丑的认识。从阿多诺的观点，我们至少就可以看出，恐怖不仅是情感，更是人类对自身的反省和反观，也是对人类社会异化的深刻认识，尤其是在现代社会中，从恐怖和丑这类现实中负面的东西出发，是对人类世界美的肯定，也是对错位的人性的复位。为了刺激读者的阅读快感，有些小说充分发挥离奇想象的特点，在文本中特意设置阴森的气氛、恐怖意象、神秘场景及古怪情节等恐怖元素，以促成读者的感官刺激，达到让人欲罢不能的效果。其实，隐藏在恐怖氛围后面的是一种艺术上的美丽。当小说中的恐怖氛围达到一定程度的时候，这种恐怖就不再是单纯的恐怖了，而是超越了恐怖，成为一种艺术的美。

近年来中国文艺创作欣赏领域掀起了一股以激起欣赏者恐惧、焦虑、恶心等负面情绪为首要诉求的恐怖艺术风潮。这一新风潮已经引起了国内研究者的注意。文艺美学领域对这一现象的探讨大致可分为两类：一类是对文艺现象中的恐怖元素的分析，包括对恐怖文学的类型特征的探讨、对中西方文艺作品中恐怖元素的概括分析等；另一类是对恐怖美的特征的探讨，如把恐怖美归为"壮美""崇高"等两类研究。往往把恐怖当作一个现成的美学范畴来用，即使对恐怖美的特征有简单思考，也未见出这一范畴在美学史中的研究状况。对这一范畴的思考和使用必须首要对这一范畴的研究现状有一个整体的把握。

　　研究小说当中相关元素的意义，就在于探寻某小说类型变化多端、错综复杂的情节背后潜隐的基本叙事语法，便于人们对它的理解和把握。然而，任何小说类型的基本叙事语法都既是文体发展史的结果，又在"与时俱进"地经历着演变，必须超越结构主义的静态视角，在透视类型成规的同时梳理其传承与演进的趋势才能"通观"其整体形态。

　　本书对恐怖元素进行类型学研究，不仅要共时性地分析构成其类别的基本叙事语法，也要历时性地追根溯源，注重描述其生成、审美价值与雅俗性的轨迹。通过本书详细的介绍和研究旨在对恐怖元素的内涵和外延进行挖掘整理，从恐怖元素在小说中的表现形态、文化探源、意象意蕴、呈现分析、审美价值等诸多方面进行分析，总结出恐怖元素在小说创作中的应用规律。为今后的小说创作找到一种更新的创意方法，为广大创作工作者在进行小说创意、恐怖元素的增加、设计的故事情节时提供参考，具有一定的创新性和学术研究价值。

目 录

第一章 小说中恐怖元素生成背景 / 001
    第一节 小说中恐怖元素概述 / 002
    第二节 恐怖元素的文化内涵与演化 / 012

第二章 小说中恐怖元素表现形态 / 026
    第一节 恐怖的场景氛围 / 026
    第二节 恐怖的时间节点 / 034
    第三节 恐怖的主题内容 / 043
    第四节 恐怖的濒死过程 / 061

第三章 小说中恐怖元素的文化探源 / 066
    第一节 经济社会渊源 / 066
    第二节 思想渊源 / 070

第四章 小说中恐怖元素的意象及意蕴 / 077
    第一节 超自然意象及意蕴 / 077
    第二节 动物意象及意蕴 / 088

第五章 中西小说中恐怖元素呈现分析 / 098
    第一节 西方小说中恐怖元素呈现 / 098
    第二节 中国小说中恐怖元素呈现 / 114
    第三节 中国广西小说中恐怖元素呈现 / 131

第六章 小说中恐怖元素的审美价值 / 141
    第一节 关于恐怖审美的探讨 / 141
    第二节 审美在小说恐怖元素中的体现 / 145
    第三节 真幻交互、生死往复 / 151

第七章 小说中恐怖元素的雅俗性 / 161

  第一节 小说中恐怖元素的文化通俗性 / 161
  第二节 小说中恐怖元素的雅俗性 / 164

第八章 小说中恐怖元素对读者的塑造功能 / 168

  第一节 道德观念 / 169
  第二节 意识形态 / 175
  第三节 移情与审美 / 178
  第四节 恐怖净化 / 183

参考文献 / 192

第一章　小说中恐怖元素生成背景

美的现象十分复杂，它随着时代、文化和个性的差异而发生变化。西方爱直率，东方喜含蓄；有人欣赏悲剧，有人热爱喜剧。总之，不同的人会有不同的审美偏好。因此，没有固定不变的美，也没有柏拉图所谓的"美本身"。很多精神力量薄弱的人无法从恐怖文学中体会到美，而很多具有强健精神力量的审美者却能通过欣赏恐怖作品得到审美的快感。即使有人认为文艺片是电影的最佳形式，他也不能因此全盘否定恐怖片的美学价值，因为对美的看法是因人而异的，恐怖是可以具备美感的。尽管恐怖文学在当今社会的读者群中具有广大的影响力，其审美价值却常年遭到冷遇，恐怖美仍然是一个被学术界普遍忽视的对象。从评论界对恐怖元素的评论上来看，大多数评论家要么排斥或否定恐怖的文学价值，要么试图强行从作品中分析出主流文学的影子，他们只肯定恐怖文学与主流文学趋同的因素，而漠视或否认恐怖文学独特的审美价值。尽管中外专家都承认崇高或悲剧中都有恐怖元素的存在，但恐怖本身却被排挤在美感经验的大门之外。

对于"美"及其内涵，哲学家与艺术家众说纷纭争论了两三千年，至今没有寻求到一个完美的答案。早在公元前6世纪，古希腊的毕达哥拉斯学派就开始思考美的含义，提出了"美是和谐论"。而在亚里士多德的时期，悲剧被认为是美感经验形态的一种。在罗马帝国时期，朗吉弩斯就提出了崇高的概念。随着现代和后现代艺术的发展，美学已逐步突破了康德所确立的"优美"与"崇高"对立的范畴，相继产生了审美意义上的"丑"和"荒诞"。然而，很多人对于"恐怖"一词仍然会有各种各样的误解，认为恐怖与美毫无关系，就像人们曾经批判"丑"一样将"恐怖"鞭挞得体无完肤。那么，恐怖是否可以称其为美呢？

第一节　小说中恐怖元素概述

一、恐怖元素的产生

在《大不列颠百科全书》中，已经对恐怖元素的概念做出了很好、很规范的定义："恐怖元素是一种气氛阴森、题材可怕、通常包含一些暴力事件并立意使观众毛骨悚然的小说美学元素。有些是对畸形的或者邪恶的性格进行精细的心理探讨，有些是关于可怕的妖魔鬼怪的故事，有些是利用环境制造悬念气氛的神秘惊险故事。""专门以离奇怪诞的情节、阴森可怖的场景制作感官刺激，吸引观众好奇心的故事片。""恐怖"一词被用来指称一种艺术类型是在20世纪的30年代，这一时期，"恐怖"作为对一种特殊的电影类型的称呼出现在电影工业、批评家、观众的语汇中，在英国1933年的电影审查制度中就已出现了"H"的分类。随着恐怖电影的盛行，以恐怖为卖点的小说、音乐、连环画、电视节目、绘画等等纷纷出现。

在中国，恐怖元素主要是作为一种大众文化的小说元素出现的，它的发展虽然受到意识形态的规约，很难得到政府的积极支持，其影响因素是科技理性的发展与社会经济的变更所带来的社会心理和创作倾向的变化。对恐怖元素运用和欣赏，无论从技术层面还是社会心理层面的准备都需要科技理性的高度发展。中国历史上有许多历史著作含有恐怖元素，像先秦时期有《山海经》，汉魏时期有《十洲记》《列仙传》《列异传》《搜神记》《搜神后记》及托名汉人所著的《神异经》等，南北朝时期有《幽明录》等，唐宋时期有《玄怪录》《续玄怪录》《灵怪集》《宣室志》《稽神录》《夷坚志》《李章武传》等，明清时期有《封神演义》《二遂平妖传》《冥祥记》《剪灯新话》《聊斋志异》等。在这些传统文本中，神仙鬼怪形象多数并不只是虚构的东西，而是被人们感受为是真实存在着的。我国文化传统中的佛教和道教中都有扬善的形象体系：佛教中是普度众生的菩萨、罗汉等，道教中是长生不老、威力无边的仙人等；它们也都有惩恶的形象体系：地狱中的阎罗、判官、鬼役等。地狱中的形象总是对人们存在着巨大的威胁。在万物有灵论的思维模式下还诞生了各式各样有着神奇力量的器物妖、植物妖、动物妖等，这些妖不遵循佛教和道教世界中的善恶二分原则，对人们具有一定的威胁性，鬼和妖就构成了中国传统文本中对人们有一定威胁性的形象。而扬善的菩萨和神仙能够制伏鬼妖，帮助人们"消灾解难"战胜、克服这种威胁。可以说，菩萨、神仙、鬼妖都是人们正常世界中的一部分，写鬼写妖同写人的作品并无太多差别。因此传统文本中，写鬼写妖有很强的纪实性成分，对鬼和妖的战斗文字也大多是佛教和道教用来宣其教的手段。这种情形之下，令人恐惧的鬼和妖只能使大家信佛尊道，达到的是"诈怖愚民"的效果。在这种心理之下，恐怖艺术并没有接受的广泛心理基础。20世纪80年代之前，中国恐怖电影数量稀少的一个相当大的客观原因是在一定时间内受众接受心理的不成熟。中国的当代社会里，科技理性得到高速发展，曾经的危险和不可解释的事物慢慢被克服和合理解释，在经历了百年的启蒙运动之后，随着教育的发展，多数人尤其是生活在城市中的人们具备了唯物主义的世界观。在传统文本中现实主义的鬼、妖、神被当代的人们解读为虚构的、幻想的事物，这些事物充满了象征意义，具有了越来越多的娱乐价值。

在西方，英国是最早进行工业革命的国家，人类在这一巨大的变革中彰显了把握自然界并为我所用的无限能力，人同自然界的关系发生了急剧变化。作为这场工业革命的见证者，能够感受到人类超越自然的能量。在这一历史背景之下，自然界一些可怕的对象既让人恐惧又让人产生自豪感。康德与席勒虽然生在工业革命发生较晚的德国，在哲学文艺思想方面却较多受到了英法的影响，因此也能在思想上超越社会的发展，凭借强大的思维能力克服自然给我们的纯粹恐惧，把一部分恐怖的对象感受为崇高的。正是工业革命的历史背景同科学理性的发展一起使人们企图对自己感性、心理部分做科学理性的探索，才使伯克尼采等对审美活动中恐惧感的生理心理学，激发生命力的解释成为可能，也正是理性的发展使我们不能理解源于古代思维方式的那种破坏科学观念的装饰风格，才使恐怖这一审美范畴得以产生。到了20世纪70年代末，恐怖元素受到美学家们的重视，他们发现，它这种审美经验很难直接用现有的美学范畴去进行归类。他们开始去直接分析恐怖元素产生愉悦的机制、所表现的内容同人本身、社会生活的关系等等。美学家的探索表现出进入恐怖艺术的恐怖有两大特征：其一，恐怖的对象逐渐扩展，由人们理智上不相信、现实中不存在的怪物扩展到现实中存在的事物、关系、叙事中的不和谐部分等；其二，恐怖感愈加丰富，由主要是恐惧、恶心的情绪丰富为恐惧、恶心、焦虑等情绪。对恐怖元素如何让人愉悦的机制的不同回答也体现了两点特征：其一，恐怖与愉悦的关系的解释从间接到直接。从认识上的好奇心、求知欲所带来的间接愉悦到怪物直接给我们带来愉悦、从人的被压抑的部分的释放所带来的愉悦到由于对人类的一些超越现实的信仰的隐喻而直接使人愉悦。恐怖艺术越来越在一种直接的意义上使人愉快，这种对恐怖的解释就使得恐怖脱离了悲剧、崇高等范畴而成为一类独立的审美经验；其二，对恐怖的解释是并存的，虽然理论家力图使自己的解释取代另一种解释，是这些解释在互相修正、补充的意义上同时有效，这种现象一方面说明对恐怖艺术的讨论还有待完善，另一方面也说明了恐怖作为审美范畴的内涵与外延的丰富性。

当恐怖元素作为一种特定艺术类型的概念出现后，理论家往往根据恐怖情感这一接受效果，去探讨之前的艺术作品是否也给人类似的审美经验。不同媒介中的恐怖艺术通过不同的方式、带给人们不同的恐怖情感。绘画、摄影领域主要是通过一些具体的形象、刺激我们的视觉来激发我们的恐怖情感。小说主要是通过叙事者的导引，调动我们的想象力来激发我们的恐怖感。音乐则主要通过一些不和谐的音符来制造恐怖气氛。视听媒介则融合了小说、绘画、音乐的特点，通过叙事、具体形象、声响等多种元素来激发我们的恐怖情感。可以说，恐怖是文学艺术作品中更容易调动观众、激发恐怖情感的一种类型。恐怖元素综合了各种艺术手段，有效调动接受者的恐怖情感。

二、对恐怖的基础认识

恐怖一词，汉语词典中有三种解释：（1）因可怕而畏惧；（2）令人畏惧；（3）威胁、恐吓。在英语中为"horror""horrible""fear"等词，在汉语中有近义词如"恐惧""可怕"等。关于恐怖的西语词汇，李艳在《论悲剧与恐怖的区别》一文中进行了梳理，在早期的理论界，"horror""fear"等词并没有被直接区分来使用，直到20世纪90年代，"h·rr·r"一词才被作为一种审美范畴与"fear"这种单纯的心理状态相区分。然而实际上恐怖与心是密不可分的，简单来说恐怖是人类的一种情感或者情绪，而人的情与人的心自然是不可分割的整体。所以在中国才会有"言为心声"这样的观点。人的情感是源自心灵的，恐怖的情感必然也是源自于心灵的。尽管中国没有把"恐怖"作为一个整体概念来研究的传统，但是"恐"与"怖"的造字结构中，却也可以看出"心"的内容。"恐"与"怖"都是从"心"的，这就明确了恐怖必须要从心里方能生发出来。"心"作为人体的一种器官，是肉体的一部分，所以恐怖在生理上是有载体的。这也在一些科学家的研究中得到了证实：大脑研究权威教授约瑟夫·勒杜已证实扁桃体确如轮轴一样是恐惧之轮的核心，所以一个"英勇"或者"毫无畏惧"的人极有可能是患有扁桃体反应缺乏症。据此，科学家提出研制新一代抗恐惧药物的可能。这样看来虽说恐惧并不是源自于心脏这一器官本身，但它是有其肉体承载物的，即是类扁桃体组织。而且这种组织一旦接收到恐怖的刺激，它会立马引起很多相关的生理反应。通常恐惧发生时，人们会伴有明显的焦虑和自主神经症状，如紧张不安、失控感、心慌、出汗、颤抖、恶心、头昏、四肢无力、尿急、尿频等。很多的恐惧还伴有肾上腺素水平的提高，而足够量的肾上腺素流入血液会导致人的死亡。"心"也不单单是指代肉体，在中国古代人眼里看，心是一种意识；在中国古代哲学中，"心"指人的意识；在偏于主观的哲学中，心是万物的本原。由此知道恐怖不仅是传达肉体上的一种表现，还是一种精神世界里的意识活动。确切地说恐怖情绪是源自于人类自己的意识，而不是某个器官。动物也会有恐惧，比如当兔子遇上狼的袭击，它会立刻快跑，以图逃避死亡，但是人与动物的恐惧是不同的，动物的恐惧只是简单的条件反射，而人的恐怖更多的源自于他们的意识层面。人们会对未发生的事情而预感到危险、感到紧张和恐惧。关于这一点，亚里士多德有过相关的论述，他说："简单来说，我们对其感到恐惧的事物是一些可怕的事情，并且无疑是坏事。正是在这个意义上，人们把恐惧定义为感到坏事将要来临。我们害怕所有的坏事，比如羞辱、贫穷、疾病、孤独和死亡。"所以拉斯·史文森在他的书中也总是强调说人类能够比动物感受到的恐怖更多，范围更广，"兔子不会害怕远方的老虎，而人类会。"意识上的恐怖对人类的影响，往往比单纯的肉体上的威胁更为深远。恐怖已经不再只是一种简单的情绪反应，它有了更多的社会文化内涵。

（一）人类早期的恐怖

没有人知道人类说出的第一个词是什么，但很有可能是由恐惧引起的。想想平时我们交流时，有多少快乐是伴随着无言的交流，一个会心的微笑，一个幸福的表情，一个眼神，一个举动都可以表达快乐。然后想象一下当危险降临时，声音是多么重要：对在车辆疾驰的道路上玩耍的孩子的警告，落水的人的呐喊，受惊吓的人的反应，除了面部表情和行为反应还有可能伴随着尖叫。想象一下我们的祖先发现自己被包围，敌人正手持笨重的石质工具企图砸向他时，他束手无策，扭曲着表情，全身瑟瑟发抖，两腿发软，颤抖着声音大喊一声"不"——这是声音与恐怖的纯粹融合。从某种意义上说，恐惧引发了呐喊，从此恐惧作为人类的共有经验被清晰地表达出来。

恐惧是伴随着人类的出现而出现的，它是人类与生俱来的本能反应，深深地根植于人类的潜意识中，并且有着极深的社会历史文化背景。在人类出现的早期，由于自然灾害、其他生物和某些神秘力量的存在，人类的生存面临着巨大的威胁。无论身体还是心灵，都承受着巨大的压力。与之相伴而生的是对不可知命运的担惊和受怕，使人类产生了强烈的恐惧感。中国古代许多典籍、神话和文学作品中记载了人类的这种恐惧反映，如先秦时代的《山海经》，魏晋南北朝时期干宝的《搜神记》，明代的《封神演义》《西游记》，清代蒲松龄的《聊斋志异》等。同样的体验也见于其他民族，如古希腊的神话、西方的宗教、巫术、恐怖小说等。

  我们开始对什么都害怕——蜘蛛、灵魂、暴风雨、疾病。但最终对这些都耳熟能详。自然科学正是基于对曾是人类迷信和憎恶之源的对象的研究发展起来的。从某种意义上来说，文艺复兴是人类历史上最重要的转折点，标志着好奇心湮没恐惧的时代。人类从此开始涤荡一切迷信的污秽，奋勇探索世界。人类开始解剖尸体，详尽绘制人体器官图，观测星体轨道运行，毁灭了曾被作为真知传授的神学说和地狱说。因此，我们今天发现，人类早期的恐惧简直就是娱乐消遣的源泉：小说及其他娱乐形式被设计为嘲弄上至上帝、撒旦，下到狼人、连环杀手的一切事物的载体。

（二）恐怖作为一种情感

  "恐怖"首先指的是接受主体的、伴随着较为明显的生理变化的恐惧、恶心、焦虑等情感反应，在心理学上，这些情感是一些带有痛感的负面情感。人类是有感情的动物，在人类的情感中，既有对人的身心健康有益的情感，如欢乐、愉快、幸福等，也有对人的身心有害的情感，如恐惧、厌恶、焦虑、悲伤、愤怒、绝望等。其中有害的情感对人的身体健康有不同程度的损害，不利于人的正常生活。据心理学研究表明，人类不愉快情感的比例远大于愉快情感的比例，而有害情感对人的生理和心理都会有危害。人类的恐惧心理，就属于一种消极的情感，现实生活中有很多能够引起人类这种情感的境况，比如人类无法阻挡的自然灾害：山崩、洪水、疾病、山崩等；社会中人为的灾难：火灾、车祸、抢劫、偷盗等。当这种恐惧心理强烈到人类无法承受时就会危害人的身心健康，甚至危及生命。甚至有时看到别人处于危难之中，看到别人受到伤害的情景时，或者看到本来没有生命的事物突然有了生命的迹象，甚至看到别人的恐惧的表情时，都会感到恐惧。王杰教授在《马克思主义与现代美学问题》中对"恐惧"内涵作了深刻的揭示："在马克思的理论视野中，恐惧的内涵不仅指个体对日常生活异化状态的消极体验，而且也指主题对强大而无限的异在对象的消极体验。在量的方面，恐惧以造成肉体方面的深度创伤为标志，在质的方面，主要指剥削和压抑的主体形式，与剥削的生理形式和社会形式相一致。"

恐惧在化学成分上与好奇心较为接近，因而许多所谓恐怖的事物对人有特殊的吸引力，这就是为什么恐惧可以作为娱乐产业出售的原因。恐怖电影之所以经久不衰，是因为它与人们潜意识中的恐惧感渴望宣泄有关。按照弗洛伊德的心理学理论，任何一种情感，尤其是消极情感，如果被压抑过久，就有可能导致人的精神分裂。如果一个人长期处于对某事物的恐惧之中，他就可能患上精神疾病。而作为令人恐惧的实物的放大和虚拟，恐怖电影以其特有的距离美感，使观众在观看恐怖电影的过程中，体验到一种类似于生活恐怖经历的恐怖体验，释放平日被压抑和隐藏的恐惧感，从而获得一种轻松愉悦和心灵的解脱。可见，对于恐怖体验的需要，是人的一种心理本能。

（三）恐怖作为一种艺术

雨果在《克伦威尔·序》中指出，恐怖是由怪诞可笑与恐怖可怕两种因素共同构成的。雨果承认滑稽可笑是怪诞的一个方面，除了这一个方面以外，还有丑陋恐怖的一面。他明确指出：怪诞无处不在，一方面，它创造了畸形与可怕；另一方面，创造了可笑与滑稽。《辞海》中对"怪诞"的解释是：以反常的不合理的形式和其他超现实的表现手法创造出怪异、荒谬的艺术形象。怪诞是由丑恶与滑稽两种成分构成，丑恶是构成的内容，滑稽是构成的形式。怪诞在构成时采用超自然、超现实、不同质事物混合以及异化等方式，进入欣赏领域后最典型的接受反应是恐怖可怕与滑稽好笑混杂。

当人们欣赏怪诞艺术时，会伴有各种负面情感，比如惊骇、焦虑、恶心等恐怖情感。这些负面情感都是由丑恶引起并决定的，随着丑恶内容的不同，人们产生的恐怖情绪也有所不同。第一种情况是对人的伤害、摧残、折磨引起的恐怖。因为这些伤害、摧残、折磨人的形象或情景是人类最熟悉、最有体验的对象。当人们看到这些形象或情景时，便会凭自己的经验和同情不假思索地判定对象是丑恶，恐怖害怕之情必然油然而生。第二种情况是对动物、植物以及生态环境的屠杀、折磨、破坏引起的恐怖。动、植物和生态环境是人类赖以生存的基本环境，它们受到破坏将直接影响到人类自身的身存。当然，因为人是有感情的动物，动、植物也是有生命的生命体，它们受害会很容易引起人的怜悯，人会在设身处地的同情中感到恐怖。第三种是破坏、攻击象征义引起的恐怖。这种恐怖是经过观赏主体的联想与评价后产生的，和直观感受中产生的恐怖有明显不同。

三、恐怖元素的类型

（一）躯体破坏和人肉摧残的恐怖元素

经典恐怖元素主要通过威胁和不洁净来产生恐怖，后现代恐怖元素在保留了经典恐怖元素一些特征的同时，如仍常采用肮脏的东西来强化恐怖的效果，但它逐渐形成了自己的核心元素，即将人身体的破坏和摧残作为引起恐怖的重要方法，从而将恐怖艺术推向了一个极端。经典恐怖元素也不乏暴力，没有暴力就难以充分地展现故事所带来的杀伤性、威胁性，恐怖的表现力和气氛也会大打折扣，但是经典恐怖元素中的暴力基本上是陪衬性、烘托性的，只是叙事链条中的一个衔接成分，在整个故事中起着推动情节发展的功能性作用。在后现代恐怖元素中，暴力和恐怖的焦点转移到了人的躯体和肉身上，人肉恐怖元素成为制造艺术恐惧的最重要的方法，将当代恐怖艺术视为"精神分裂症身体的片语"。是一个缺少完整性的破裂的身体。躯体恐怖在当代恐怖艺术中的凸现与当代西方社会与文化背景密切相关，人的工具化、人与人关系的冷漠与孤立，造就了人们心理的异化与变态。与他人建立关联的挫败感会导致暴力，只有通过暴力人们才能在荒原中找到自我的认同感。暴力的根源是个人的无能感，暴力的实质是完全不能肯定自我，不能成为完整的自我，没有归属感，不能与他人建立有意义的人际关系。这种类似精神发泄的无目的暴力是当代精神压抑下的失常心理的扭曲反映，对他人直接的肉体摧残无疑将"他人即地狱"、人的物化和客体化推向了一个刻骨铭心的深度。

（二）全球化运用的恐怖元素

无论东方或者西方，怨念是恐怖电影必不可少的元素，是整个恐怖艺术的支撑点。怨念来源于人类内心深处的不满、怨恨，是对现实不满，对社会不满，对曾经欺辱、伤害自己的他人不满，甚至是对自己的不满。可以说，怨念是最深刻表达人性期望的元素。小说中，在死亡面前，怨念上升到可以和死亡相互抗衡，甚至可以超越死亡，导致另外的一系列死亡的高度，赤裸裸地表现了普通人性在终极死亡前的挣扎、惶恐，甚至是仇恨的真实状态。在此值得一提的是，小说中怨念的表达元素有头发、镜子、水、楼梯等等。

1. 黑发，除了营造恐怖气氛，同时在此象征着哀怨受害的女性，象征不会毁灭的怨念或牵挂，是一种死亡后可以向人世宣示存在的象征物。

2. 镜子可以反映一切，在小说中它反映的有可能是被隐藏的现象，人们害怕在镜子中看到不是自己的影像，害怕在镜子中出现了恐怖的东西。人们究竟在害怕什么？或许是不敢面对真实的自己，或许是人们自己不理解的东西并不希望在生活中去面对它，所以镜子成为恐怖元素小说中不可或缺的角色。

3. 水是恐怖元素小说中经常使用的。水，可以夺人性命，与怨灵的目的相同，水可以出现在任何时候、任何地点，可以以各种样貌出现，而水代表的是阴气的聚集，是不可知的阴暗的角落，是不祥的，同样被常常视为鬼魅，怨灵的化身和载体。

4. 楼梯是一个相当重要的场景，是与恐怖连接的入口。这一场景的骇人之处在于主角能活动的方向不是向前就是向后，黑暗，无穷无尽的通道，封闭的空间，无法逃脱，恐怖的鬼魅就在尽头的那一端等待。主角是无处可逃的，就像是电影院的读者一样。由内而外的恐怖，带来了对楼梯场景的多次运用。

（三）悬念运用的恐怖元素

"神秘"是恐怖元素里最核心的要素。茨维坦·托多洛夫细读大量含有恐怖元素的小说之后得出的就是这一认识，他将"神秘"因素从受体的角度表述为"犹豫"。认为"犹豫"即"对事件做出自然解释还是超自然解释，读者势必感到去从难决"是恐怖元素最主要的特征和叙事语法。众所周知，悬念是文学叙事的一般技巧，它是情节进程中悬而待决的矛盾、悬而待释的谜团，作者用以推进情节、唤起读者对情节发展趋势产生强烈期待。但含有恐怖元素小说中的悬念运用必使其"一般"变为"特殊"，使其具有独特的无解和恶性的性质。悬念运用的方式有以下几个方面。

1. 经常设悬而不解悬。悬念运用的一般格局是"设悬——揭晓"，恐怖小说却时常有心设谜，无意解谜，以悬念链条的这种残缺造成情节的神秘性。斯蒂芬·金的《童魇》给出的便是这种不解之谜：孩子们的面孔异变到底是鬼魂附体，还是茜德妮小姐的疯狂幻视？根本不予解答。

2. 一谜多解或刻意做出不能令人信服的解释。《蓝色怪屋》中发生的种种怪事，警方和灵异心理学家就作了不同的判断，却都是似是而非的解释。多解与曲解实际上也是无解，同样置人于"犹豫"。

3. 把悬念建立在毁灭性的冲突上。悬念源自冲突，冲突多种多样，有强有弱，最强烈的冲突是生存与死亡的冲突，恐怖小说中的重要悬念全都是攸关生死的悬念，令人惊惧。

4. 高频率使用恶性"突变"手段。"突变"亦称"意外"，是悬念的一种逆变体。它有两种形式，其一是良性突变，情节（人物命运）陷入"山重水复"之际突转为"柳暗花明"；其二是恶性突变，与前者恰恰相反，它是"晴天霹霁""祸从天降"，是一种"惊吓"技巧。一般小说总是交替使用这两种"突变"，使情节在起伏跌宕中推向高潮；而恐怖小说偏爱恶性突变，总是层层追险地加剧紧张，其最后的转折（高潮及结局）也多由它构成。

（四）形象的恐怖元素

形象的恐怖元素主要包括环境设置和人物造型两个方面，其中环境部分包括自然环境和人文环境。首先在环境设置上，作者始终致力于渲染一种阴森荒凉的气氛，给情节发展奠定悬疑惊悚的基调；在人物造型方面，作者根据人物的年龄和身份（职业）特点夸张了他们的身材、服装、相貌，并着力突出了这些特点之间的强烈对比。在这里，我们以影片《鬼妈妈》为例来分析。

1.恐怖元素之自然环境。萧索的季节和恶劣的天气。首样就能利用雪、大雾、枯树等自然事物来呈现寒冷、阴森、捉摸不透并危机四伏的环境。其次，在故事发生的整个过程中，天气一直处在阴天、大风、闪电或暴风雨等恶劣天气里。《鬼妈妈》影片中卡罗兰一家租住的房子四周环树（枯树），远景是一片雾蒙蒙的具有水墨画效果的远山。这显示出卡罗兰一家所在的房子地处偏僻空旷，甚至是与世隔绝。阴沉、萧索、人迹罕至的自然环境为离奇恐怖事件的发生创造了条件。

2.恐怖元素之人文环境。该影片主要的人文环境是卡罗兰一家租住的老式大房子——粉红公寓，它以结构复杂、年久失修、空旷并充满神秘的角角落落为主要特点。美工组致力于把房子做老做旧：掉漆的墙壁，朽坏的围栏，潮湿的地下室，年久失修的供水设施。这座年代久远的房子像博物馆一样保存着以前住户的记忆，恐惧抑或悲伤，激发了探险者的强烈兴趣。同样，它的疏于打理也侧面反映了此地的荒凉，为离奇恐怖事件的发生创造了人文条件。

3.恐怖元素之人物造型。首先是《鬼妈妈》里的蜘蛛女巫。蜘蛛女巫是影片中一切恐怖的制造者。她存于神秘小门所连接的另一个世界，能够利用小孩儿的欲望将其诱捕，并以他们的生命为食。女巫的外形设计融合了蜘蛛和骷髅的主要特征，并配以金属质感的剪刀手、脚来强调她善于编织缝纫的特点。其次是纽扣眼。在女巫编织的世界里，所有人和动物的眼睛都是纽扣做成的。通过纽扣眼看到的世界冷酷、死寂而虚伪；换上纽扣眼，就成了女巫的傀儡，像布娃娃的一样任人摆布。再次是真假父母。女巫仿照卡罗兰身边的每一个人做出了另一个妈妈，另一个爸爸，另一个韦伯，另一个波宾斯基、史宾克和玛丽安。和女巫变成的另一个妈妈一样，这些"另一个"都以卡罗兰为中心，只做让卡罗兰开心的事。如果生活中突然出现了两个一模一样的人，抑或本来熟悉的人突然变得反常，这不能不令人有些毛骨悚然。

（五）抽象的恐怖元素

抽象的恐怖元素所带有的故事内涵则显得更加深厚，不是表象下简单带来的视觉刺激，更多的是给读者一种紧张和深刻的反思，是恐怖元素小说中最具有深刻意义的类型。在这里仍以《鬼妈妈》影片为例。

1. 恐怖元素之生活现实。现实生活中不乏残酷与无奈，好比阳光明媚的另一面必然是阴影。影片演绎了对诱惑、陷阱、衰老、孤独等成人化的现实问题的思考和讨论。例如《鬼妈妈》，在另一个世界里史宾克女士和玛丽安女士像蝉蜕一样脱掉了衰老的外壳，当卡罗兰从她们手中取走象征着灵魂的弹珠时，她们扭曲着挣扎着疯狂地大叫着："小偷！小偷！"其实，时间才是"偷"走了她们青春的罪魁祸首。

2. 恐怖元素之真假难辨。邪恶和善良都带着一层面具，这是《鬼妈妈》想要表达的哲理。在卡罗兰的故事里，善良和邪恶都不是一眼就能分清的。例如，在东西方文化中黑猫都代表不祥，它们被认为是巫婆的信使，预示着厄运的降临。但是这个故事里，黑猫是一个绝对的正义角色。它机敏、睿智，经常给卡罗兰提供明智的建议，并屡屡救其于危难之中。它对卡罗兰说："你们人类有名字，因为你们不知道自个儿是谁；我们知道自个儿是谁，所以用不着名字。"这句话恰到好处地点明了故事主旨：坚持自己的信念，才能辨别真伪，才能逃脱敌人的糖衣炮弹。

3. 恐怖元素之悬念叠加。不停地制造悬念是营造紧张气氛的主要手段。第一层悬念：森林空地上那口被掩藏在模板之下的深不见底的废井。卡罗兰捡起一颗石子扔进去，等了很久却听不见石子落到井底所发出的声音；韦伯说过，因为这口井太深了，所以从井底向上看白天也能看见星星。这口井到底有多深呢？它是谁挖的，挖这么深有什么用途呢？一系列关于深井的疑问，使卡罗兰百般无聊的生活掀起了一层涟漪。第二层悬念：韦伯在他祖母的旧物箱里找到的迷你卡罗兰娃娃。韦伯祖母和卡罗兰素昧平生，她是怎么知道卡罗兰的样子的，又是谁照着卡罗兰的模样做了这样一个布娃娃？第三层悬念：卡罗兰发现的神秘小门。当卡罗兰纠结于是否应该穿过神秘小门去探险一番的时候，韦伯、波宾斯基和史宾克女士都警告她小心即将到来的"危险"，但是每个人都无法指出"危险"到底是什么，因此卡罗兰只能依靠自己一步一步揭开谜底。

恐怖元素激起的生命寂灭感与现实中生命力的消耗是不同的，元素中经由强刺激导向的生命的消耗，始终与现实保持了一种张力关系。换句话说，这种无助的感觉是悬置在艺术氛围中的，并不等同于现实中的情况。虽然将恐怖的对象和场景放在人们所熟悉的现实生活中，但不可否认的是，无论怪物的杀伤力如何，读者都是安全的。正是在这个意义上，尽管恐怖导向一种艺术的创伤性情感但是往往并不构成真正的伤害，也正是如此，我们才可以坦然接受这种不愉快，去感受其中的跌宕起伏。

第二节　恐怖元素的文化内涵与演化

一、恐怖元素的文化内涵

（一）中国恐怖元素的文化内涵

从古至今，恐怖元素在中国已经存在，但是在中国的传统文化中就没有被认可。像死亡，特别是这些未知的一部分给人们产生了畏惧感，使恐惧的心理一直缠绕着人类。从《易经》开始，在我国古代就有了鬼神一些学说，人类就有了这些认识。我国儒家始祖孔子一向不谈论"怪、力、乱、神"等这些，这就说明了在我国的先秦时代，已经有了鬼神之说。那时的一些著作也提及了恐怖的章节，比如：在《墨子·明鬼下》中曾经讲述，杜伯被周宣王诛杀后，在一次周宣王出去打猎的时候，记载杜伯的鬼魂的出现，追杀周宣王。最后让周宣王一命呜呼。后来在汉朝，汉朝推行政策是，排斥百家学说，唯独把儒家学说当作当时的正统，这一政策的推行，恐怖元素在此时期的发展就被打断了。但是恐怖元素也不是没有一点的发展可能性，由于中华文化具有圆融性。在我国东汉时期出现过相关文献，例如当时应劭的《风俗通义》这篇著作中就有《怪神篇》这个章节，矛盾的是他虽然公开反对巫师利用鬼神来恐吓人民，但是他觉得世间有不少精灵鬼怪。带着好奇的心理，他把这些的事物都一一记录在他的作品中。他的这部著作是在他的好奇心下才开始创作的，并不是出于自觉。这样恐怖元素就在中国出现了一段时间。魏晋六朝志怪的鬼怪故事，多以劝善惩恶、实现道德教化作为自己的使命。同时小说中沟通了人、鬼、神三重世界的隔膜，这一点显然被后来的所继承并加以发展。《唐宋传奇》则把关注的焦点落实到了鬼形象的人情味等方面，反映报恩内容的作品更加彰显了人的独立精神，特别是在歌颂男女为争取爱情自由时显现出的反抗意识对《聊斋志异》产生了重要而深远的影响。而蒲松龄的《聊斋志异》无疑是中国传统恐怖元素在文学作品的艺术造诣方面的集大成者。

恐怖元素在中国传统文化的存在形式就类似当代恐怖文化在近代恐怖电影中存在形式，徐维邦在 1937 年拍摄了《夜半歌声》，被誉为中国恐怖电影的第一声啼哭。不过，一切终究昙花一现。即使是到了现代，很少有作品以恐怖小说命名，但是许多作家的作品中也充斥着鲜明的恐怖元素，如徐訏《风萧萧》《鬼恋》，张爱玲《茉莉香片》《心经》，贾平凹《鬼城》等。这些恐怖元素的运用，对作品主题的深化和氛围的营造，具有不可磨灭的功劳。

（二）西方恐怖元素的文化内涵

恐怖元素作为一种文学材料的概念来自于西方，如果作较远的寻根，将追溯到"黑暗时代"那些充斥着鬼魂的史诗、传说，它们建立起了一种以幽冥世界为题材、艺术形象的文学传统。其后四五百年间，这一传统主要在戏剧体裁中时隐时现地延续，鬼魂通常客串配角，担当复仇或惩戒的任务（譬如莫里哀、莎士比亚剧作中设置的怨鬼冤魂）。虽然，鬼魂书写只是这些创作中的穿插性、辅助性手段和元素，尚未形成一种文类型制。但是新类型的产生恰是源于汲取和凝聚既有类型的部分元素，是前代这些不成型制的鬼魂故事的"积淀"。

在西方，基督纪元以前，凯尔特人在夏末举行仪式感激上苍恩惠时，占卜者用巫术驱赶据说在四周游荡的妖魔鬼怪。后来，罗马人延续了这一传统，并发展成为现代西方 10 月 31 日的"万圣节"。它构成了人类文化的一部分，并且在现代生活里以新的形式展现。好莱坞每年都会上演各种各样的惊悚、恐怖电影，鬼故事也在网络中泛滥成灾，还有很多刺激的网络游戏，游乐场，先锋艺术。如今到处可见怪诞诡异的恐怖元素，它已经充斥了我们的生活，甚至玩具、服装、饰品以及家居用品都有恐怖的踪影。恐怖元素已经成为一种时尚，曾经有很多杰出的艺术家对恐怖怪诞元素进行了合理利用，创造出了以恐怖为特色的经典传世名作，比如巴勃罗·鲁伊斯·毕加索、萨尔瓦多·达利、弗朗西斯·培根、弗朗西斯科·何塞·德·戈雅–卢西恩特斯、彼得·布鲁盖尔、雷尼·马格里特、马克斯·恩斯特等现代派绘画大师。在其他艺术种类上，恐怖元素也侵入了音乐、舞蹈和时装设计等领域。恐怖只是西方民族艺术的表面形式，其真正的核心是恐惧。根据霍布斯的恐惧理论，恐惧正是使这个世界保持清醒与敏感的心灵之源。他认为激情是人类行为的源泉。在他的作品《诗生活》中，他虽然表述得诙谐而愉快："亲爱的妈妈，您产下了双胞胎，我，还有恐惧。"但是，这种恐惧却表现了霍布斯内心深处对恐惧的认识。事实上，它指向了处于霍布斯思想核心的一片黑暗的实在，它植根于那个时代的暴力冲突，但反映了他所认为的人的境况的一个普遍事实，以及人类心灵所承受的永恒负担：神创造的这个世界似乎并没有因为我们的幸福安宁而被组织起来，而是对我们充满敌意，而且如果可能的话，会愿意杀死我们。正是在这种现实的支配之下，恐惧产生了，让人类社会对自己的现实能够保持清醒与思考。正是这种恐惧，使人类不再生活在惯性的浑浑噩噩之中。在这种威胁下，霍布斯认识到，人的最自然的激情就是恐惧。

（三）中西方恐怖元素文化内涵的相互比较

1. "桃源文化" VS "荒原文化"

就价值观而言，中国受儒家文化影响颇为深厚。儒家正统文化向来对于鬼怪持实用主义态度。孔子曰："敬神如神在。"一个"如"字充分表现了其中的怀疑和敷衍。子不语怪、力、乱、神，《论语·先进》中记载：季路问事鬼神。子曰："未能事人，焉能事鬼？"季路不甘心，继续发问："敢问死？"孔子的回答是："未知生，焉知死？"可见孔子对鬼神之事比较排斥。

中国的传统价值观是安土重迁，对自己的故乡比较重视，对家庭观念比较重视。因而中国人心中期待的是那个《桃花源记》里提到的世界。农耕文明也让中国人缺少冒险精神。与西方社会的有序发展相比，中国最大的一个特点就是"跑步进入工业社会"。改革开放30年给中国带来的不仅使中国的经济水平得到极大提高，更使其社会思想与行为观念发生巨大改变。从农业社会跳跃进入全球化的"后现代社会"，中国人较之美国人更能深切地感受到现代文明与农耕文明的矛盾与冲突。小说中对当代都市生活、对工业科学技术的渴望与恐惧都表现了中国人在追求内心的桃源文化时所遇到的困境和危机。因而，这种困境和危机给人们带来的心理焦虑成为中国小说的重要主题。

当然，中国恐怖元素小说选择心理悬疑做突破口的原因还与国内尚未建立分级制度密不可分。但另一个更重要的原因便是工业社会的种种压力必然带来人们的心理问题。压力也必然要在各种艺术作品中予以展现和宣泄。

美国有一种拓荒精神。这种精神跟美国早期的西进运动不无关系。美国是发达国家，经历了工业化的洗礼。因此美国人的焦虑更多的是站在全人类的角度上的，比如说《魔鬼末日》中的魔鬼的报复并不是针对个人的私人报复。这里的复仇其实是正义的较量，是神的世界与魔鬼世界的斗争。

2. 神道教 VS 基督教

就主体而言，美国恐怖片中出现的形象往往是僵尸恶鬼，结局一定是邪不压正。恐怖的形象往往是幽灵，有时候幽灵并不一定是恶的。

当爱与欲望不能得到满足或遭到打击之后，复仇则成了叙事的主要动因。此类小说恐怖元素大多是幽灵，这反映了中国的独特的宗教情操。大多数人都是神道教的教徒，神道教的主要思想是万物有灵论，这一思想满足了人渴望与死者交流的一种愿望。以本民族特有的宿命感，将鬼更多地融合在灵魂深处。鬼并不是一种异质化的东西，中国的鬼有让人不寒而栗的庄严感。更多时候，人在鬼的面前毫无力量，只有妥协和顺从。由于受到道教的影响，小说常常会出现一些与道教相关的符咒、做法仪式等。

美国的价值观是建立在清教主义之上的，因此不可避免地受到了宗教的影响。基督教认为世界是由神创造的，人类是受了撒旦的诱惑才去偷吃了善恶树上的果子，于是人便有了原罪，从而失去了乐园。宗教信仰让美国人普遍认为有魔鬼的存在。而且鬼一定是大反派。因此美国的鬼总是散发着恶魔的气息。他们永远同善良的神灵进行着对抗，既不会消除了怨恨，心平气和地到另一个世界去，更谈不上对亲人的亲切呵护和暗中保护。美国恐怖元素中的鬼往往以僵尸的形态出现，如《群尸玩过界》《猛鬼街》系列等。这些鬼往往笨拙可笑、形貌丑陋、智商低下，应变能力总是不及人类，在影片中他们想要残害人类但却又处处被人类捉弄。

另一方面，由于基督教中原罪的概念，人们对原罪的忏悔成为人们恐惧心理的一个重要传播源。也就是说，人们不仅对客观未知事物产生恐惧，在主观意识上对宗教理论的笃信更是会产生恐惧的心理。小说《七宗罪》《电锯惊魂》就涉及了相关的宗教因素。

3. 死而复生 VS 生而复死

恐怖元素大部分都离不开死亡的渲染，对于死亡，不能否认中西方历史文化的发展轨迹差异性明显，但在对于生死问题的认知上却很容易归结出一致性。比如中西方均提倡把握生命，从不主动求死。中西方的人们对于死亡很敬畏，把死亡之后的世界——人生彼岸，看得庄严而神秘，对死寄予无尽的想象。同时，在中西方都坚信死后的灵魂或精神可以永存等。尽管如此，中西方文化对于"死亡"的认识以及面对"死亡"的态度都有着本质区别。

"死"在西方文化中是人生必然的归宿，相较于生的不可预知、难以洞见，唯有死亡之必然才是永不褪色的真实。由于作为西方文化之源的两希文化自身所蕴含的悲剧精神；加之中世纪基督教更是以死亡问题为核心构建，把死提升为达到新的生命的必经途径，所以死亡是西方人能够坦然面对、甚至经常提及的话题，因而西方艺术作品中对于生死问题的思考被更频繁地展现。西方人虽珍视生命，但舍生取义的意识因更重视生的权利与个人发展而与中国人不同。基督教讲究生之苦难与死之救赎，耶稣以一死而度众生，展示的是世俗生命在"十字架"下的神圣超越和美丽想象。甚至古希腊哲学也对死亡采取一种辨证姿态：苏格拉底用充满期待的语气说，死亡是福；柏拉图相信，唯有人的灵魂才能不朽；而亚里士多德坚持认为，作为生命"形式"的灵魂或精神远比作为生命"质料"的肉体根本和重要。其实对于死亡，人类是无可奈何的，而且正因为有死，才更应该珍惜今世的生，这就是所谓的"向死而生"。死亡一直是悬在中国哲学家心头上的一把"达摩克利斯之剑"。中国人认为生命是美好的，活着是有责任的，而"死"就意味着"生"的完结，也意味着一切世俗快乐的短暂，这对于缺乏宗教情结的中国人无疑是生命中不能承受之重。所以中国哲学家对死亡的态度往往是悬而不解，明知不能改变就以审美的心态反复地品味它，进而转身积极地投入生之意义的探求。儒家宗师孔子说："未知生，焉知死""未能事人，焉能事鬼"（《论语·先进》），就充分反映了贯穿在中国文化中的人文精神和实践理性原则。中国文化中死的价值在于生的意义，祭拜鬼神并不是抽象的思辨，也没有狂热的信仰，而是要实现现实的人伦价值。即便是逍遥如老庄与睿智如禅宗，在其哲学和信仰形式中也充满了人间烟火的温情。面对死亡，中国文化追求生命的永恒，如果生有意义和价值，就让个体生命自然终结而无需悲伤；如果要悲伤，那也只是因为对生之意义的把握太少，对生之价值的探寻不够而留下的遗憾。深情于生，淡漠于死，感悟生命的流逝，捕捉生命的永恒之光。这既是生的自觉，也是死的自觉。

中西方传统精神对死亡的看法不同，根本原因还在于中国长期封闭式的自给自足农耕经济，将人们的思想牢牢禁锢于"族群""家国"的意识形态下，而忽视了个体自由发展的意义。而西方更加富有冒险性、浪漫性（也是危险性）的海洋性经济结构，让他们更懂得个人自我意识和价值的重要。西方人认为死后有可以进入一个更新、更完美的天堂，因而不惧死亡，无数艺术作品向往探求死后的天堂世界；中国的知识分子则选择对于人生现实、社会纲常、经世致用理想的坚守——没有条理清晰的逻辑思辨，也无疯狂沉迷的宗教信仰，以活在当下，实现生之意义的最大化为目标。正因为如此，西方的"死亡"具有浓厚的彼岸性，而中国文化中的生死则具有鲜明的世俗性。

二、恐怖元素的发展与演化

（一）第一次研究热潮

20世纪80年代晚期至90年代的中期，西方学界对恐怖元素的研究出现了第一个热潮时期，其主要原因是20世纪60年代到80年代恐怖艺术在西方世界取得了巨大的商业成功，恐怖艺术的社会影响使得其从以往的边缘领域进入到主流学术话语，恐怖元素成为学术研究的热点对象，学者们不但增加了对当下恐怖艺术的批评，而且努力从文学史、艺术史、理论史中寻找资源来解释当下的问题，这尤其表现在哥特式小说批评的异常活跃。哥特式小说是产生、发展于英国18世纪50年代至19世纪20年代，这一特定时期的小说类型，长期以来不被主流艺术批评界认可，无论是文学史还是文学理论都很少将其纳入关注的范围，但在恐怖潮流的浪涛翻滚中，却获得了新的学术活力。哥特式小说批评被纳入一般意义上的艺术恐怖理论，并与后来出现的现代恐怖小说、科幻小说、奇幻小说等诸多类型并列为恐怖艺术类型，历史上哥特式小说的代表作，如马修·刘易斯的《僧侣》、玛丽·雪莱的《弗兰肯斯坦》、布拉姆·斯托克的《德拉库拉》等作品被学界划定为恐怖艺术最早的经典之作。此外，学术界对哥特式小说的界定也发生了微妙的改变，出现了泛哥特式批评，艾德蒙森认为：哥特式最好定义为一种模式、一种手法和一种观点。福兰克也指出，既然哥特式这一术语已经在历史上永久地固定下来，当它应用到一系列的态度和反应的时候，也成为具有再生性的模式。所以，为了批评界和广大读者的适用性，哥特式这一术语最好理解为既指一种时间意义上的文学传统，又指一种不受时间限制的模式和理解。

20世纪80年代晚期至90年代的中期，是艺术恐怖研究在西方学界展开的第一个阶段，也是恐怖作为审美范畴的理论准备阶段。这一时期的学术发展围绕着恐怖历史资源的发掘与当下重构展开，解决的核心问题是：艺术恐怖为何能够给人带来愉悦与满足，进而形成了影响巨大的三个学术流派：精神分析流派、奇幻理论流派与卡罗尔的恐怖哲学流派。下面，我们按照这三个流派产生的时间先后，简要介绍下它们的代表人物与观点。

第一，精神分析学派。罗宾·伍德从弗洛伊德的精神分析理论（尤其是弗洛伊德对恐怖与神秘的东西的论述）中找到了研究支点，将精神分析法运用于恐怖元素分析，对其他西方学者产生了深远的影响，最早形成了对恐怖艺术的愉悦进行解释的精神分析学派。这一理论学派建构的出发点，源于弗洛伊德较早时期不起眼的一篇论文——《论神秘和令人恐惧的东西》(1919年)。弗洛伊德在这篇文章中提到的表示恐怖与神秘这一词语已经成为当今西方恐怖艺术研究频繁提及的词汇。这篇文章是目前所知最早用精神分析方法来分析恐怖与神秘东西的论文,弗洛伊德开篇即提出了从美学上对恐怖的与神秘的东西进行研究的愿望,无疑正对了学者们寻求理论依据的下怀。

精神分析学家偶尔也的确会对美学这一主题的某一特别领域发生兴趣,而这一领域常常被证明是美学的边缘地带,且为标准的美学著作所忽略。"神秘和令人恐惧"这一主题便属于这一特别领域。毫无疑问,这一领域与令人害怕的东西有关,与引起恐惧和惊骇的东西有关;同样可以肯定,这个词在使用时总是定义不清,因此它常常与一切引起恐惧的东西的意义相重合。然而我们可能期望存在一种独特的情感,其核心用这一特别的概念可表达。人们急切地想知道是什么共同的核心,让我们可以在令人恐惧的东西的领地里分辨出某种"神秘和令人恐惧的"东西来。

在众多的美学论文中还没有发现有关这一题目的论述。美学论文一般关心的是美的、有魅力的、崇高的东西——即关心、积极的感情以及唤起这些情感的条件和事物,而非于此相反的,令人厌恶、痛苦的情感。

第二,弗洛伊德以精神分析理论为依据,得出了神秘和恐怖感源于某种熟悉的但却受到压抑的东西这一结论。他认为,神秘和恐惧的东西实际上并非是什么新奇或陌生的东西,而是某种我们熟悉的、早就存在于大脑里的东西,只不过由于受到抑制而从我们的大脑中间离出来。进而他将恐怖的东西与精神类疾病中的"强迫性重复"联系起来,提出:"凡是让我们联想到这种内心的'强迫性重复'的事物都可以被看作是神秘而恐怖的东西。"

弗洛伊德对恐怖的理解启发了一些学者。罗宾·伍德吸收了弗洛伊德压抑、强迫性重复等概念,借用了马尔库塞理论中的"基本压抑"与"剩余压抑"概念,提出恐怖是某种压抑的回归,这种压抑并不是包括了俄狄浦斯情结的、普遍的基本压抑,而是剩余压抑,如果说恐怖流派反映的是我们的文明所压抑的或被压抑的东西的抗争,进而要求获得承认这一戏剧化的体现的话,恐怖的对象体现出来的正是压抑的恢复。罗宾·伍德将这一理论应用于恐怖电影的评论和分析,影响了一大批的学者,形成了艺术恐怖心理研究的精神分析流派。

恐怖艺术的精神分析学派尽管在理论上存在着诸多缺陷,遭到了不断的抨击,不少学者认为精神分析法并不能适用于所有的恐怖艺术,但是在西方恐怖艺术的研究思潮兴起之时,精神分析理论无疑填补了理论的空白,提供了最初的研究思路，对恐怖元素研究产生了重要影响，在卡罗尔的恐怖哲学理论出现之后，精神分析学派的学术影响力和势头才得以逐渐发展。

第三，奇幻恐怖理论。近年来，奇幻艺术迅速地在当代文学与电影中崛起，已经成为不可忽视的重要艺术现象，亟须理论研究的开展与深化。奇幻并不见得一定与恐怖等同起来，但奇幻文学也是较之恐怖文学早20年就出现的审美类型，奇幻艺术理论之所以能与恐怖流派发生密切的关系，离不开奇幻流派中的黑暗奇幻这个种类。尼尔说黑暗奇幻是一种"安静的恐怖"。奇幻打破虚妄和现实之间的界限，它并不去描写我们并不想知道的生活的黑暗面，而是对那个方向略有涉及，仅仅是为了提供轮廓和暗示。奇幻恐怖是另外一支在20世纪80年代末出现的恐怖批评流派。奇幻这一概念最早来源于托多罗夫的文学批评理论，发表在1975年《奇幻：通向一种文学流派的结构性方法》一书中。特里·海勒的《恐怖的愉悦》（1987）一书以托多罗夫的奇幻理论为依据分析恐怖小说，是较早使用奇幻理论进行恐怖研究的著作，詹姆士·唐纳德编辑的文集《奇幻与电影》（1989）收录了奇幻电影批评的代表成果，首次将奇幻这一文学概念应用于电影。肯·简达的《恐怖读本》（2005）一书将奇幻纳入十一种恐怖类型中的第一种，奇幻在恐怖流派中的地位得到正式肯定，奇幻理论中的"犹豫""震惊"成为解释恐怖艺术愉悦的重要理论之一。托多罗夫为奇幻下了三条规定：一是奇幻文本必须使读者将主人公的世界看作是一个活生生的世界，并且在事件所描述的现实与超现实解释之间产生犹豫；二是主人公也要体验到这种犹豫。从而，可以说读者的作用被转交到一个主人公那里，与此同时，犹豫被表现出来，这成为作品的主题之一。为了防止无知的阅读，真正的读者将他自己与主人公等同起来；三是读者必须根据文本采取特定的态度，抛弃立言式的与诗意的解释。这三个要求并不具有同样的价值，第一个和第三个真正构成了这个流派，第二个并不一定要满足。虽然如此，大多数例子都全部满足以上三个条件。

在20世纪80年代末以来的恐怖艺术研究潮中，最重要的成果就是诺埃尔·卡罗尔的《恐怖哲学——心灵的悖论》（1990）一书，他所开创的恐怖哲学流派，不但对恐怖艺术的审美愉悦做出了解释，而且将艺术恐怖上升到了哲学的高度，分析了它的生产机制，解决了恐怖作为美学类型的一系列重大问题，影响了大批的研究者，直至今天，它仍然是西方恐怖艺术研究中影响巨大的一部著作，具有里程碑的意义。辛西亚·福瑞兰德这样评价该书："通过提供一种框架，即唤起亚里士多德在诗学中对悲剧的捍卫，进而将恐怖带进西方美学传统。"

(二)第二次研究热潮

90年代晚期是西方恐怖艺术研究的第二个高潮期,再次出现了大批的研究成果,其热度一直持续到新世纪。这一次学术热潮的兴起直接受到恐怖艺术市场的影响与激发,即电影《惊声尖叫》(1996)的票房成功,带动了西方恐怖元素强烈的复兴,特别值得一提的是出现了两本与恐怖美学相关的重要著作。

第一本是卡罗林·克斯梅亚的《美学重大问题》(1998),它标志着恐怖作为独立的审美类型第一次出现在美学原理著作中。卡罗林·克斯梅亚在该书第五部分"悲剧、崇高、恐怖:为什么我们喜欢艺术中的痛感体验?"将恐怖作为继悲剧和崇高之后的一种痛感审美类型。悲剧是古典时代的痛感审美经验,崇高是近代的痛感审美经验,无疑克斯梅亚认为恐怖已成为现代的痛感审美经验。克斯梅亚在书中列举这三种痛感审美经验的时候,并没有对各个审美范畴做出具体的解说与规定,而是选编了代表性理论家的经典文献,排列在一起。在恐怖范畴下,她选编了诺埃尔·卡罗尔《艺术哲学》中的部分内容,以及辛西亚·福瑞兰德的一篇文章《现实主义者恐怖》。福瑞兰德在文章中针对卡罗尔的恐怖理论提出了重要的补充与质疑,如果说卡罗尔的恐怖理论限定在超自然怪物的话,福瑞兰德提供了另外一种与卡罗尔完全不同的恐怖类型,即以现实生活中的人为恐怖对象的现实恐怖。在福瑞兰德看来,这种恐怖类型颠覆了卡罗尔对恐怖的定义,代表了一种更为复杂的、具有后现代恐怖特征的恐怖类型。

第二是肯·简达的《恐怖读本》(2000),该书对西方恐怖艺术类型进行了细致的归纳与总结。自20世纪80年晚期以来,出现了大量的恐怖艺术研究成果,研究的泛化使恐怖艺术流派内部的区分越来越模糊,同一文本,在不同的学者那里,可能会纳入不同的分支流派。肯·简达的《恐怖读本》一书总结了80年代末以来,尤其是90年代以来的批评成果,将恐怖类型概括为一种:奇幻、恐怖与心理分析、畸形怪异、科学怪人、吸血鬼、同性恋恐怖、种族恐怖、美国哥特式、砍杀电影、低成本恐怖、新区域恐怖。简达对艺术恐怖的分类是目前所见的较为全面和细致的一种分类方法,但将一些传统的恐怖类型包括进来,而且根据当下恐怖艺术的发展,概括了最新的恐怖类型,如砍杀电影和奇幻恐怖,此外他还概括了一些我们并不熟悉的恐怖类型,如美国哥特式和新区域恐怖等。值得注意的是,简达归纳的所有类型都存在于叙事性恐怖艺术中,即主要是恐怖电影和恐怖小说,并且这些恐怖类型,无论在经典文本上,还是出现时间上,都具有突出的当代意义,这在一定程度上也反映出,作为美学范畴出现的恐怖,主要(或者说仅仅)存在于叙事性恐怖艺术中,它存在于当代,并且与电影的艺术表现有重要的关联。

在精神分析学派方面,尽管精神分析是最早对恐怖艺术进行研究的学术派别,但是在批评领域该理论一直没有获得重大的理论胜利,一再被其他学者质疑。

至20世纪90年代末,施纳德从弗洛伊德"超越信仰的确证"这一角度出发,补充和发展了精神分析学派。他认为人类本能中具有超越的信仰,恐怖艺术中的怪物正是我们各种不同超越信仰的隐喻,人们欣赏这些恐怖的东西正迎合了这部分的本能与信仰,所以能够得到愉快。前期学者们对恐怖艺术的研究,较多使用了弗洛伊德的"压抑"概念,却很少发展其"强迫性重复"理论,到了第二阶段,弗洛伊德理论中的创伤、焦虑、强迫性重复等概念才更多地运用到具体艺术文本的分析中。

新世纪以来,恐怖美学研究逐渐升温的同时,恶心的美学研究也随之升温,出现了门里高《恶心:一种强烈情感的理论与历史》、科尔纳《恶心论》等一批研究成果,尤其是门里高写出了第一本系统的关于恶心的美学史著作,恐怖进入美学,促使了恶心在美学中地位的确立,打开了另类的美学空间。

尽管西方大多数学者对恐怖艺术的研究限定在电影和小说等叙事性恐怖艺术上,艾克塔却打破了这种研究视界,他认为哥特式与恐怖的影响已经延伸到社会的多个方面,包括绘画、当代艺术、甚至文化与生活方式,他从恐怖文化的角度出发,以"肉"与"疾病"为标准,将哥特式与恐怖区别开来,艾克塔对当代西方哥特式文化与恐怖文化的认识,将恐怖美学带进了社会文化视域。20世纪80年代末以来的恐怖研究思潮推进了90年代末的研究成果,无论在研究广度与深度上都有所拓展,进一步巩固了恐怖审美类型在当代西方美学研究中的地位,恐怖艺术从由消费市场走向社会文化的焦点,从学术研究的边缘领域走到中心,再进入学术史的书写,这告诉我们:恐怖艺术类型不再是满足低级趣味的感官娱乐,它在西方社会的发展历程证明了越来越多的人已经开始认识到恐怖包含的深层社会内涵与人类精神,而这些正是当代西方社会发展到一定时期渴望补充的文化元素。因此,艺术恐怖研究的思潮不仅仅是一个历史时期的学术热潮,还有当今人类对自身、对世界、对文化的新思考。

三、恐怖元素存在价值

艺术的本性是一种活动,一种实践的特殊形式。艺术产品来自艺术创造,却实现或完成于艺术欣赏和艺术批评。真正完美的艺术作品，总是离不开欣赏者的情感活动的参与和再创造，而且恰恰是在这种参与和再创造之下才能得以最后完成的。而最能沟通审美主客体的"渠道"，则正是人类共有的普遍心理活动和活动规律。人们常常谈人有"七情六欲"。快乐、愤怒、悲哀、恐惧，是人与生俱来的情绪，不学而能。在这人类最基本也是最原始的情结活动中，最能让人振奋激动并迅速做出反应的情绪，莫过于面对惊险处境与情景而感到恐惧乃至恐怖了。为此，以逼真见长的银幕艺术，表现惊险事物场面，表现人在危难险阻处境中，也便最能使读者受到强烈刺激，产生关注、同情、担忧、悬疑感情，并进而生发出审美共鸣感，按照一些心理学家对情结和情感三维模式划分归类，把忧虑、悲伤、恐怖进行排序，处于最极端的情结便是恐怖。恐怖小说、影片就是以恐怖为主要元素的类型，恐怖有其存在的人类学原因，恐怖小说和影片也有其存在的审美心理基础。

（一）生命原动力的宣泄

安妮娜·乔菲在《视觉艺术中的象征主义》一文中谈道："如果不被认知和融入生命当中，人类身上的'动物性存在'（作为人类本能性的自我）可能会变得很危险。"人类是唯一能够用自己的意志力控制本能的生物，但人类也同样可能压制、异化和伤害自己的本能。打个隐喻性的比方来说，一个动物在受伤时最为狂暴和危险。受压制的本能能够控制一个人，甚至可以摧毁一个人。她还进一步指出：人类被某种动物追逐的相同梦境，几乎总是反映着一种本能已经从意识中分离出来，并要求（或试图）被重新确认和融会到生命之中。梦境中动物的行为越狂野，做梦者原始本能的灵魂就越具备无意识性，而将其带入生命当中的需要就越迫切，如果某些无可挽回的欲望和压抑的变态成了恐怖片最重要的内在心理基础，电影制作者和观众则能够通过恐怖、惊悚和宣泄，在意识、潜意识和无意识的层面上展开交流和对话。

事实上，安妮娜·乔菲的这段话正印证了弗洛伊德的某些观点。弗洛伊德认为，在人的深层潜意识中存在着本能的欲望和冲动，他称之为"伊德"，或叫"本我"。这种本能包括生命本能和死亡本能两部分，生的本能包括"性欲、恋爱、建设的动力"。死的本能包括"杀伤、虐待、破坏的动力"。于是，在弗洛伊德看来，无意识这一个人的本能世界中充满了黑暗和混乱，这些本能和欲望强烈地渴求满足，一种倾向是性的欲望和生存需要，遵循快乐原则，另一种倾向是挑衅和侵犯他人的本能，遵循死亡原则，这两种倾向交织在一起，形成生命的原动力。恐怖片的心理根源，就是因为它能够满足观众的安全感（快乐原则）和侵犯欲（死亡原则），使人的生命原动力中这两种能量得到释放和宣泄，从而体验到日常生活中难以感受到的巨大心灵震撼，并进而获得异常和超常的审美快感。恐怖片满足了观众心理需要，它的情节曲折离奇、悬念高潮迭起，通过"惊"和"险"的审美特性，使观众的心理能量得到刺激、释放、宣泄和升华，满足了读者的好奇心和求知欲。

（二）焦虑的释放

恐怖元素的加入反映了人类的一种恐惧焦虑心理、对人类在宇宙中孤独地位的焦虑、对社会道德的焦虑、对工业化时代科学技术的焦虑和恐怖，对恐惧的恐惧，对焦虑的焦虑。"当人考虑到可能的威胁或危险时，焦虑就变成了担忧。通过担忧转变成害怕、惊慌和恐怖。"人类无意识状态中的欲望和焦虑由于在现实中被压抑需要释放。"这是一种发生在我们身上的宣泄净化，通常存在于潜意识或无意识中一种与恐惧的面对面，梦境中一种莫名怪物对我们的亡命追击。恐怖片常常涉及人们对暴力、灾难和死亡的恐惧，它有时也会涉及超越人类经验和知性的内容，那些因我们知之甚少而产生恐惧的东西。恐怖小说的大多数涉及那些不确定、使人不安和让人恐惧的未知事物（死人、灵魂世界、科学、外层空间、疯狂等），它们往往会引发我们内心某种不可名状的焦虑。"恐怖片展示和抚慰我们生存状态中由社会政治引发的恐惧、对核能和放射性的恐惧，甚至对压迫和对抗的恐惧。恐怖片展示我们生命和失去方向的恐惧等。

恐怖元素暴露了日常生活中所隐藏的各种恐怖因素：失落的痛苦，死亡之谜，事件发生的不可预知性以及意向的不充分性。恰恰因为恐怖是日常生活中惯常被压抑的一个部分，所以用"恐怖"这样的字眼来谈论日常生活让人听起来似乎有些奇怪。恐怖片是通过将日常生活中的"自然"因素变形为魔鬼这一非自然形式而使得生活中被压抑的恐怖失去其自然本性，这一变形过程的实现要求日常生活世界中的恐怖至少在感情上是容易被人们所接受的，恐怖片通过对这些每天存在于我们生活中的恐怖因素的魔鬼化处理，将被压抑的恐怖提示出来。这一过程与弗洛伊德所描述的梦的过程很相似，正如梦总是替换和压缩被压抑的思想和感觉一样，恐怖片引入恐怖的因素来掩饰每天存在于我们生活中的恐怖；正如梦对内心矛盾的无意识表达和张力释放，恐怖片也允许观众将内心那些因为太具威胁力而难以有意识地表达出来的感觉表达出来，并因此在一定程度上能够控制住自己的感觉。

恐怖元素相当于一种文化噩梦，它是对于那些既吸引人又令人反感的素材的一种加工处理，正如弗洛伊德所说，梦（哪怕是令人忧伤痛苦的梦）是对实现被压抑的欲望的一种满足一样，恐怖片则是既令人迷恋又让人恐惧的一种混合物。弗洛伊德认为所有的梦表现的都是人愿望的实现。同样，噩梦也是这样，虽然它不是做梦者有意识的一种愿望，然而弗洛伊德坚持认为，我们实际上是希望体验噩梦中发生的那些可怕的事情的。必须承认，人们有时的确希望体验被惊吓的感觉，否则他们就不会去看恐怖电影或去进行其他惊险的活动了。

"虽然不断重复出现的噩梦和焦虑、担忧的梦令人感到难以接受，然而它们的确能为我们学习和成长提供有价值的机会。它们可以提醒我们注意那些具有潜在危险的情况，而这些危险的情况是做梦的人在现实中没有注意到的。要想在现实生活中发现这些同梦中经历类似的危险是什么并且要帮助"自我"采取合适的措施来应对它们，对这些梦的分析就可能有一种非常迫切的需要。这种对梦进行分析的结果在将来遇到"梦真正发生的时候"可能会变得更加清楚、明确，能使他们面对威胁而不慌张、害怕。面对持枪的凶手，不是逃跑或因害怕而发抖，而是勇敢地面对他，质问他是否有什么问题。自然的，个人的自我尊严、自我认同和自我信任程度就会有提高，噩梦可能也会从此停止了。"

正如噩梦的治疗效果一般，人类莫名的恐惧，包括了对超自然力量，对自己相对于机器的主体性，对人类自身的动物性，对人类文明相对于荒古时代，对死神以及命运等的焦虑恐惧。另一方面，恐惧心理又总是以某种方式被人类所压抑或制服。超自然力量被人类广泛应用和不断发展，人类在不断征服机器应用中的危机，例如新千年危机，黑客危机，网上犯罪危机等等伦理道德危机，冤魂出现后，他（她）的冤屈总是能被人查出来，而罪犯总是能受到惩处。最后，人的恐惧焦虑心理，又在追求恐惧效果的影片和文学中得到释放和治疗。

很多恐怖元素如同噩梦一般，不管人类愿不愿意去接受它都存在，如上文所述，它存在有其自身存在的合理原因。在噩梦中人类被打败即是对自身的提醒和警示，人类征服不合理的邪恶势力即是人类自身力量和尊严的实现。恐怖电影也正是如此，它通过展示那些不安的场景让人意识到潜意识中被压制的欲望和恐慌，让人在安全的环境中征服和释放自身的焦虑和压力，恐怖元素的文化职能就是治疗现实中人们各种文化焦虑。

（三）刺激与娱乐

心理学家认为，人的一生是不断渴望压力和刺激的，适度压力可以激发人的免疫力，适度刺激可以增强抵抗力。著名导演黄建新在接受《戏剧电影报》记者采访时说，社会在发展，人们需要更多的刺激来发泄，突然的刺激对人们休闲是有好处的，正如现在流行的"蹦极"一样，带来的是征服后的享受。当我们成功地经受住这些严峻考验之后,就会体验到一种与影片情境的激烈程度相一致的放松与获胜的感觉。

恐怖通过肾上腺素增加引起人们的刺激感,满足了一部分读者寻求刺激的心理。实际上,恐怖刺激一直是影视界和小说界的一个流行类型,不仅是现代人,古代人也着迷于恐怖和刺激。古代的神怪故事一直是非常兴盛的门类,人们口耳相传的鬼故事也不少。古代中国是个鬼神文化十分发达的国家,古人也曾为我们留下《搜神记》《太平御览》《太平广记》《聊斋志异》等一大批文化遗产。许多民间故事至今仍广为流传在百姓中。西方恐怖文化的流传发展更是从不示弱,当代西方恐怖小说中的神怪灵异,往往能为芸芸众生提供一种奇特的"逃生体验"。人们一方面从这些神魔鬼怪那里感受到强烈的恐惧,另一方面又从心底知道这危险与恐惧绝不会降临到自己身上。因而,银幕上的情节愈是恐怖,现实中的世俗人生才愈显平安。韩国导演朴基亨说得好:"恐怖元素的魅力在于它制造了令人惧怕的危机,同时又能够将这些危机一一化解,观众在阴森恐怖的气氛中体验着危险,在现实中,这种危机体验却能转化为一种摆脱恐惧的快感。"美国导演丹尼尔·利克也持有相似的看法,他认为恐怖元素的魅力就在于它是一种人类"求生"本能的诉求,看恐怖电影的感受就如同在游乐场乘坐"云霄飞车"一样,在安全的环境中挑战人类心灵的极限,使人恐惧,又使人兴奋。我国恐怖片导演阿甘也认为:"恐怖元素提供的娱乐与迪士尼乐园中过山车所提供的娱乐并没有本质的区别,两者都是让享用者产生极富乐趣的体验,使恐惧与娱乐融合在一起。"

事实上,对恐怖和神怪的东西感兴趣源于人类从古至今对生命的敬畏,对大自然神奇的敬畏。世界上的事不可能全部都是可解释的,人类总是在寻找真相的过程中,所以恐怖文化的出现与流行,是人们在世界的快速发展变化中产生的不安以及焦虑的反映。而恐怖文化不但给了人们减压与寻求快感和寄托,同时它还释放了人类无意识的内心神秘之地。尤其现代人在追逐物质过程中产生了高度紧张和压抑感,享受恐怖的刺激相当于一种心理上的强心针,有强烈刺激后的放松效果。恐怖其心理功能是通过情节故事和人物形象的造型,在读者心中唤起恐惧,满足他们的好奇心,并使其在安全的环境中充分享受紧张与刺激的感觉,使人类自身的情感得到宣泄和满足。

第二章　小说中恐怖元素表现形态

第一节　恐怖的场景氛围

着力描绘阴森场景是恐怖元素必不可缺少的，因为没有阴森场景就难以营造恐怖的氛围和情调，于是早期的恐怖总是将场景设置于与死亡、危险、黑暗关系密切的所在，如古堡、废墟、墓室、洞窟、森林、庙宇、医院、停尸间等等。随着时代的变迁和类型自身的发展，恐怖元素大大地扩张了场景领域，日常生活环境也被纳入笔底，但这些日常环境也已非同寻常，是阴森化了的生活场景。更进一步，还将人物视野中的一切对象都加以阴森化，器物、动物、其他人物甚至自身肢体，都罩上阴森的暗影。由此，小说中的整个空间都笼罩着惨厉色彩，造成整体性的恐怖氛围。空间对象阴森化的基本方法，就是把人物或叙述者疑神疑鬼的情绪和恐惧想象投射于其上。请看斯蒂芬·金对浴室里的一个洗脸盆的描绘："洗脸盆排水洞里用来拦截毛发杂物的滤网几年前就不见了，现在只剩下一个黑黝黝的洞，看起来就像一只眼睛，直盯着人看。"饱含恐惧的视线里，任何客体都会染上诡异的色彩逼真。恐怖元素这种与客观事实最相悖谬的奇幻文类偏偏必须营造真实感，这并不奇怪，如果恐怖小说中的情节、场景和道理都是赤裸裸的虚假荒诞，其惊悚效果将全部丧失，而这种体裁也就没有了立足之本。所以，很多包涵恐怖元素的小说都得竭力把所叙之事装扮得令人信服，这种装扮技术就是"逼真"。就是托多罗夫所说的"关键不再是确立事实（这不可能），而是接近事实，给人以真实感"。

一、神秘场景的氛围

对于小说的恐怖性而言，引入非人类角色只是最简单也最初步的尝试，一些小说作家并不满足于此，他们往往擅长于营造一种神秘的场景，使得读者毛骨悚然，并在这种欲罢不能的吸引中继续阅读之旅。这样的小说虽然不是以恐怖为主要描写对象，但许多篇幅笼罩着一种阴森、恐怖气氛，或者某些段落的恐怖意味很浓重。不管是狭义的玄幻小说还是以悬念为题材的玄幻小说，都要用这样神秘的场景来增添诡异的气氛。这样的场景引入在《鬼吹灯》《盗墓笔记》中体现得尤为明显。

场景在一些真实存在的地名上加以想象，多以雪山、深谷、悬崖、怪楼、坟墓等来展现，《鬼吹灯》九层妖楼就是用怪楼来显示神秘，因为情节曲折，场景符合读者的期待视野，甚至超越了读者的期待视野，因此被拍成影片。影片虽展现了九层妖楼的险要和奇特，但与作品本身比，还是少了读者的二次创作。比如："在地下竟然耸立着一座用数千根巨木塔搭成的金字形木塔，塔身上星星点点的有无数红色闪光。……千年柏木构筑成了塔身，一共分为九层，每一层都堆满了身穿奇特古装的干枯骨骸……"。作者构筑的奇特场景，在一种令人压抑的气氛中想象这塔的形状和置身于旁的惶恐与无助。《盗墓笔记》更是直接将场景写在标题中，显示出故事发生的背景。在描写盗墓过程中，墓穴的昏暗、神秘莫测的秦岭、茫茫的雪山、古老的瑶寨等都在令人匪夷所思的场景中展开描写，正是因为在有地名的地方增加了作者无限的联想和虚构，才给读者带来无限的恐怖。

像《魔戒》《诛仙》等以魔幻题材为背景的网络小说也注重对神秘场景的塑造。《魔戒》的场景是方贡森林、地下岩城等等，还有迷宫、骷髅国王、万人冲锋等等。《诛仙》当中的幽谷、阴暗的森林、死灵深渊、寒冰石室、镇魔古洞都充满了神秘异邦之境和魔幻主义色彩。较之《鬼吹灯》和《盗墓笔记》中真实场景的虚构，更增添了恣意纵横、天马行空的奇妙想象。《诛仙》中的《神魔志异》，在现实中并不存在，但是作者却通过这本书进行自由编撰，通过作者奇崛的想象力，虚构了更加神秘和恐怖的场景，使恐怖氛围更加令人诡异。

二、非常环境下的氛围

人总是在一定的社会环境中生存和活动的，并且，人也总是在不断地寻求着与自身相和谐的令人愉快的自然常态的生存环境。但是人一旦被置于或被推入一种非正常的陌生的活动空间，就必然会引起一种可怕的恐怖感。很多包含恐怖元素小说都以展示非常态性环境为其显著特征。读着这些展示非常态性环境的文字，会令人恍如置身其间，产生毛骨悚然的恐怖。威廉·贝克福德在小说《瓦赛克哈里发史》中就有一段令人触目惊心的恐怖描写，它展示的是野兽吃人的极端化场景：

更糟糕的是，这时人们耳边传来不远处野兽的号叫声。很快，他们就看到树林中有闪闪发光的眼睛在游移,这只能要么是老虎、狼的眼睛,要么是魔鬼的眼睛。前面开路的人已经踩出一条道路,可他们还没弄清楚是怎么回事情,就被野兽吃掉了。他们的被吃掉引起后面一片恐慌。狼、老虎和其他动物,听到它们同伴的嗥叫,从四面八方聚集过来。霎时间,处处可听到骨头被咬碎的格格声;接着,那些兀鹰也扑扑地扇动着翅膀从天而降,加入了捕食的行列。

在第31章《修道士》中阿格尼丝被关进墓穴的场景,也同样令人感到恐怖可怕。我们不妨摘录两段感受一下:

整整一个小时过去了,我终于能看清自己的处境了。而发现自己的处境,令我惊骇不已,当我苏醒过来时,发现自己已被放在由柳条编制的床上,这种床由六根木棒撑着,无疑,修女们曾利用它把我送到墓穴。我看到此,心里感到多么的悲伤啊!我身上盖着一块亚麻布,几朵褪色的花撒在我身上,我的一边放着一个木制的十字架,另一边放着一串念玫瑰经用的念珠,四面低矮的墙壁把我禁闭起来,顶部也盖着。不过,顶部有一个小石格栅门,通过它,少量的空气可在这凄惨的棺材里流通。从格栅处射来的一抹晦暗的光线使我辨清了周围的恐怖。一股股令人窒息的恶臭味使我感到难受。我还看出格栅门没被锁上,以为也许能逃出去。当我怀着这种念头站起身时,手触到一些柔软的东西,我抓一把到光线下去看。天哪!我发现一具腐烂的尸体上面爬满了蛆虫,这是几个月前已死的修女的尸体。我感到多么的恶心,多么的害怕呀!于是我便把那尸体从我身边挪开,又好像死了般地倒在自己的棺材里。

当我的力气稍有恢复,并清醒地知道自己处在同伴们腐烂的尸体中,恶臭的气味令人窒息,我便产生了从这阴森恐怖的地狱中逃出去的愿望。我又向光线处移去,格栅门离我很近。也许我能从这里逃出地狱。于是我毫不费力地举起它,借助于不规则的墙壁上突出来的石头,设法爬上去,爬出这地狱。此时我发现自己处在一个较为宽阔的墓场里。一些外观和我刚爬出来的坟墓非常相似的坟墓,有序地分布在四周,看起来好像沉入地面。一盏阴冷的灯用铁链悬挂在洞穴顶上,为地狱发出阴森森的光。死的迹象随处可见。例如颅骨、肩胛骨、股骨以及许多死亡者其他的残骸,都留在这潮湿的地面上。每个坟墓都分别用一个大十字架装饰,在一角竖在一个圣克莱尔的木雕像。开始我没注意到这些东西,只注意到门是逃出墓穴的唯一出口,我用裹尸布裹紧身体,急忙向门旁走去,奋力撞门,令我极度可怕的是发现门是从外面锁上的。

玛丽·雪莱著作《弗兰肯斯坦》中的同名主人公最初造人,也是在可怕的墓穴里进行的。请看她的描述:

当我半夜三更还在紧张急迫、屏息凝视地探索着自然最深处的奥妙时，唯有月亮在凝视着我。当我涉足于亵渎神明的墓穴的湿泥中，或者为了激活那毫无生命的泥土而折磨活着的动物时，谁能想象到我秘密的劳作所含的种种恐怖呢？现在想到那些情景，我的四肢便要发抖，不免头晕目眩。但在当时，却有一种不可抗拒的、几乎是疯狂的冲动驱使我往前走；要不是心里怀着这一个追求，我似乎就丧失了灵魂和任何感觉。这种感受实际上只是瞬间的心神恍惚，只要异常的刺激停止了作用，我回到惯常的状态以后，便觉得前所未有的敏锐。我从停尸房里收集骨头；我用亵渎神灵的手指去触摸人体的巨大秘密。被走廊和楼梯与其他房间分割开来的一个单独的房间，或者说是房子顶部的一间斗室，被我当作了进行污秽的创造的工作室。

小伙的主人公弗兰肯斯坦应怪物要求准备为其创造伴侣而选择的工作地点，却是在最偏僻的位于苏格兰奥克奈群岛上的一座荒凉小岛，那里岩壁高耸，土地贫瘠，海浪咆哮。这些描写都为小说染上了浓厚的恐怖色彩。

非常环境还包括对地狱的描写，使一些小说都烙上了恐怖的色彩，但在地狱与现世的连接的描写上以及对恐怖的接受上，中国恐怖元素小说和西方恐怖元素小说仍有些微区别。前者中的人物是以活人的身份直接进入超现实的地狱世界，不仅恐怖地目睹旁人备受地狱之火煎熬的痛苦，而且自己也感同身受，所以从艺术的接受上说，它带给人的视角冲击和心理感受更为直接，也更为恐怖；而后者中的人物多是死后在地狱世界旁观他人的受难，自己并未受难，加之地狱和现世之间经过了一个"死"的环节的过滤或缓冲，恐怖景象又是死而复生后的回忆，因此从接受上说，其恐怖的强度自然会有所减弱。

三、物理空间的氛围

恐怖元素在叙事空间选择有一定的规律性。西部小说中茫茫戈壁中的小城镇，小城镇中贩卖烈酒的小酒馆；歌舞片中富丽堂皇的夜总会；繁华的大都市；恐怖电影中幽暗的古堡，人迹罕至的偏远山村，发生过凶杀案的恐怖凶宅。这些叙事空间选择遵循着一定的元素创作规律：叙事空间就是指由作者创造或选定的、经过处理的、用以承载所要叙述的故事或事件中的事物的活动场所或存在空间，它以活动影像和声音的直观形象再现来作用于观众的视觉和听觉。

黄德全在诠释电影的叙事空间这一概念时，强调了它是用以承载所要叙述的故事或事件中的事物的活动场所或存在空间。叙事空间的选择必须依靠电影所要表达什么样的主题。心理恐怖小说在叙事空间的选择上遵循着恐怖元素的创作规律。封闭性空间所产生的压抑感与心理恐怖中所表现的类型人物的封闭心态也有相关性。周登富在其《银幕世界的空间造型》的文章中指出：

所谓"封闭性空间"是指人物（角色与观者）的视野被空间层次内容部分或全部的遮挡，总体形成一种明暗的、狭小的空间效果，使人的心理和意识产生具有一种压抑、悲愤的视觉感受和艺术效应。

视觉"遮挡"所导致的压抑与悲愤，正好符合恐怖元素小说的艺术效果，压抑的环境也是产生心理障碍的主要原因。封闭的空间一方面指的是物理空间的封闭性，在另一方便则象征着家庭社会等生活氛围空间的压抑型。一个健全的人格需要开放健康的生活空间与心理空间。而一个有心理障碍或者精神疾病的人，从小所处的空间，对于这类人的患病原因起着至关重要的作用。

心理恐怖小说的物理空间选择遵循着恐怖元素的封闭性空间创作特点。斯蒂芬·金的小说《闪灵》中主角杰克·托伦斯本来是一位教师而后成为一名作家。为了寻找创作灵感，他带领着全家人来到了一个深山中的一座酒店中。酒店在冬季时节由于大雪封山的原因会暂时停业几个月，杰克·托伦斯就在这个期间选择了看守酒店的工作。由于天气的原因。一旦下起了雪，酒店通往外界的唯一道路（盘山公路）几乎不能通车（只有特制的雪地车才能勉强通行），物理空间的封闭性成立了。旅馆酒店这一空间也是心理恐怖小说中常见的叙事空间。电影《精神病患者》的叙事空间选择在了一个偏远公路旁的一家汽车旅馆。由于公路的偏僻，所以汽车旅馆平时没有什么客人。携款潜逃的女职员误打误撞地入住这间旅馆，在人迹罕至的相对封闭空间里，恐怖事情发生了。再如《致命ID》中那间汽车旅馆，由于大雨所致的道路堵塞，形形色色的各路人马聚集在了这间旅馆中。接二连三的凶杀案就在这个被大雨封闭的旅馆中发生。

换句话说，在小说或影片的开端部分，观众就知道人物动作局限性，一个封闭的空间。应该说，这一类情境给观众带来的效果属于"无条件先天恐惧"。针对无条件先天恐惧，许多恐怖小说、影视惊险作品用不着像展示逻辑上的三段论那样先制造一个"某情境伤害生命"的恐惧前提，不必让读者、观众熟悉人为制造的伤害信号（有条件刺激），而是直接向主人公展呈现出观众先天就害怕的情境。

旅馆、酒店作为恐怖元素的叙事空间有着其先天的优势。一方面旅馆是一个临时的住所，在里面居住的人互相都不认识。人们对于陌生人的猜疑心理，增加着不安全感。例如《致命ID》中，在旅馆的各个房间中住进了五拨人马。在雨夜中赶路的过气女明星与她的司机、被他们撞倒的中年妇女的一家三口、汽车旅馆的老板、司机在向外寻求帮助时无意中碰到的新婚夫妇以及带着一名杀人嫌犯的警察。这五种不同职业人不同社会地位不同年龄阶段性格的人马，由于机缘巧合住在了同一个空间中。命案接踵而至，正当这些人认为的杀人者就是那名逃脱了的杀人嫌犯时，奇怪的事情发生了，这名嫌犯离奇死亡。当杀人的嫌疑落到旅馆老板的时候，死亡的脚步并没有停下来。这时杀人的嫌疑又一次的变得扑朔迷离起来。住在酒店的人们各怀鬼胎，都有着一定程度的不足为外人道的隐情，这样的情况导致大家的行为都有些怪异。这时相互的猜疑在陌生的房客之间更加深了程度。而在另一方面，汽车旅馆大都处在人迹罕至的公路旁边。与外界的相对隔离增加了人物的危险性。《致命ID》中，道路被大雨堵塞，偏僻的公路旁手机失去了信号，酒店里的有线电话和警察车上的无线电由于天气的影响也失去了沟通外界的功能。《闪灵》中的大雪封山，《精神病患者》所处的那个偏僻的汽车旅馆，与外界的及时沟通和得到外界的救援都被这封闭的空间所阻碍。

  再如《危机四伏》和《捉迷藏》这两部心理恐怖电影中，影片的叙事空间都选择在了风景优美远离都市并人迹罕至的别墅内，看似完美的风景下面却隐藏着危险。别墅旁静静的湖水，神秘莫测的山洞都渲染出影片的神秘与诡异的恐怖气氛。《小岛惊魂》的故事发生地点顾名思义选择在了一座孤岛上面，二战结束，影片的主人公格蕾丝在英吉利海峡的小岛上独自抚养着一对儿女，耐心等待着丈夫从战场归来。两个孩子由于都患有对阳光过敏的怪病，惧怕阳光的直射，更不能在白天做户外活动，只能待在家里。因此格蕾丝将这座古宅的窗户包得严严实实。神秘诡异的氛围就在这孤立的小岛与终年不见阳光的古宅里成功的实现了。《禁闭岛》的场景也是在一座孤岛上。《玩命记忆》的叙事空间选择了一座偏远郊的废弃仓库，《战栗空间》发生在一幢曼哈顿的封闭空间中。《空中危机》另辟蹊径，直接将故事发生的地点选择在了一架飞机上面。《捉迷藏》里，在一间房子内，患有精神疾病而导致人格分裂的父亲切断了电话线，女儿无法向外界求援。

  浴室、衣柜、地下室等封闭狭小的空间。封闭狭小的空间给人的第一感觉就是压抑，压抑过后被害人无躲避的与危险正面的接触，也同样出现在这狭小的空间里。说到浴室首先就要提到那段经典的《精神病患者》中的浴室杀人情节，导演希区柯克花了一个星期时间，用了上百个恐怖元素来营造空间氛围。这段情节不仅在拍摄的技术层面创新，浴室这一封闭的空间也成了经典的恐怖电影所选用的场景。例如《闪灵》中男主人公杰克在房间的浴室中遭遇女鬼的场景，再如《捉迷藏》中的浴室场景，孩子的母亲、伊丽莎白、猫的死亡都发生在浴室的浴缸里。仓库地下室等狭小的空间同样也是心理恐怖电影常用的场景。《小岛惊魂》中孩子躲避危险是藏在衣柜里，影子若隐若现，近乎零距离的危险，增加观众的紧张恐惧感。

  影调的昏暗也是心恐怖电影叙事空间的一大特点。在对比相关含有恐怖元素小说的叙事空间时我们不难发现，小说的影调都偏向于昏暗。光线的昏暗一方面是由于黑夜的缘故，例如《精神病患者》恐怖的时间都发生在黑夜，黑夜中汽车旅馆的恐怖氛围，与若隐若现的窗边精神病杀人者那本不存在的母亲的剪影交相呼应；《致命ID》黑夜的映衬下还经历着瓢泼的大雨，同样的汽车旅馆结构较《精神病患者》更加复杂。另一方面，在白天里室内光线的黑暗也同样能够渲染恐怖的气氛，《小岛惊魂中》因为孩子怕光所以被厚厚的窗帘所遮盖的窗户，影片中室内场景的光源来自于烛光与壁炉的照明，昏暗的光线，古朴的房子增加阴暗的恐怖效果；《闪灵》的叙事空间在一间巨大的酒店内，影片的色调以暗淡的暖色调为主，暖色调明亮的特征被人为调暗的亮度所改变，相较表现阴冷的冷色调更具感染力。《闪灵》在白天的戏份不少，但是室内无窗走廊里昏暗的灯光也同样渲染出诡异的氛围；《捉迷藏》的恐怖情节大都发生在黑夜，即使白天时大多是阴暗的天气，室外的阳光很少照射进这所大房子里；《战栗空间》古怪阴暗的大房子；《玩命记忆》的废弃的阴暗的仓库内，昏暗的灯光在观众心里就产生出不安的感觉。

四、心理空间的氛围

  从压抑的自闭发展到疯狂的爆发，小说的主角往往会经历这样的性格转变。压抑从何而来，自闭是否有迹可循，作者们会在剧情的发展过程中给观众一个交代。自闭与压抑多数与恐怖主角的心理空间封闭相关。"心理空间不仅仅是客观物质世界的单纯再现，也不仅仅是展开戏剧情节的环境空间，而是内心化的、情感化的影像空间。人物的心理、情绪、感受都在自己所属空间内发生。相较于生活空间，拥有社会属性的人的成长心理空间对于他的性格形成与定性都有着很大影响。正常健康的人格需要大概健全的家庭、良好的教育、和睦的同事邻里关系等等。不正常的人格则常常伴随着诸如家庭的破碎、不良的教育引导、生活关系的不良影响等。这些关乎于成长的关键因素影响着人格的养成。含有恐怖元素小说的主角（施暴者）往往有着这样那样的心理障碍，这些人格方面的缺陷经常是心理空间的封闭所导致的。

《精神病患者》中的那个变态的杀人狂,围绕着他的变态人格特点集中在他的恋母情结上。他母亲的形象在电影中一直停留在他的嘴上和窗边的剪影中。当私家侦探走进那间宅子中时,变态杀人狂母亲的谜底揭晓了,原来她早已死亡多年,已经变成干尸。而电影画面中曾经出现的母亲背影是他的儿子假扮的。变态杀人狂归案时,观众看到那个想象中的他的母亲,其实一直生活在他心里。强烈的恋母情结导致他完全封闭了自己的心理空间,物理空间的封闭也对他的病情推波助澜。长时间的独处独居阻隔着他与外界的交流,心理的空间也被这在两个原因所封闭。

再如《闪灵》中的作家杰克,他其实是拥有一个看似完整的和睦的家庭。在他们驱车前往酒店,一路上的交流也印证着这一点。他的心理空间要比上段中提到的杀人狂要开放得多。但是从杰克的职业上我们可以猜想到,作为一个作家,他的心理空间很有可能长时间的处在封闭的状态。因为对于作家这个职业而言,他作品中的内容都要依靠他的艺术想象来呈现。而在这艺术的创作过程中,长时间地面对纸笔打字机等写作工具是必要的。作家这样的职业特点使他必然会自觉不自觉的处在心理空间的封闭状态。杰克的工作成就我们在片头可以看出,其实并不如意。再加上他妻子没工作,还有一个即将上学的适龄儿童,生活的压力可想而知。工作生活的双重压力是导致杰克最终疯狂的原因之一。作家职业的特点与生活的重担再加上一个相对封闭的生活空间,这些都是导致杰克心理空间封闭的主要诱因。心理空间的压抑封闭使得杰克产生了某种幻想,那些其实不存在的形象其实是杰克心理压力的外放形式。杰克在出现幻觉后经常去找那个他幻想出来的酒保聊天,向他倾诉着自己的苦恼,并将自己遭遇写作瓶颈都怪罪到了他老婆孩子身上,最终导致了杰克的报复心态。当他挥舞着一把斧子砍向亲人身上的时候,这两个杰克曾经的至亲变成了挡在他成功路上的绊脚石。

后天原因造成的心理空间封闭在心理恐怖电影的人物刻画中占有很大的比重。《小岛惊魂》中那个同样是要将至亲置于死地的母亲形象也是一个典型的例子。一个急切地想要保护自己孩子人身安全的母亲在受到丈夫战死打击后,带着自己的两个孩子躲进了人迹罕至的古宅中。在被纳粹所制造的恐怖环境中一个丧夫的单身母亲,她的处境导致了心理出现了扭曲。在这样的被压力所封闭的心理空间,最终导致了她的被迫害妄想。一个一个的被害幻觉,一步步地摧残着她的信念。想要保护孩子们的急切心理和纳粹恐怖的压力最终导致她在幻想中将自己的两个孩子杀死。物理空间的封闭与心理空间的封闭二者结合导致了她悲剧人生。《致命ID》中那个分裂为十一个不同人格的麦肯·瑞夫,他的人格分裂是由于幼年时悲惨的经历所导致的。麦肯·瑞夫的母亲是一个妓女,他从小就生活在这个不完整的家里,性格养成最重要的时期"童年"他就有着被母亲虐待的经历。这些就是导致他人格分裂的原因。在麦肯·瑞夫分裂的十一个人格中有三个是代表邪恶的,影片剧情的设定是麦肯·瑞夫内心中这不同的人格在相互残杀,人格中善良的一方再被邪恶的一方追杀。影片的最后一个几乎被忽视的小孩子的人格将仅存的善良人格杀死。麦肯·瑞夫内心中的那个邪恶小孩就代表着那段悲惨的童年记忆。内心中人格的相互厮杀从外界的眼光中看不出端倪,极度封闭的心理空间在电影中体现在,影片中几乎全部的篇幅都表现麦肯·瑞夫的内心世界。《致命ID》从剧作的角度,就是在讲述封闭的心理空间中的故事。

物理封闭的空间与心理封闭的空间一同将心理恐怖电影中的类型人物逼上绝路。封闭的心理空间导致着各种各样的心理问题,千奇百怪的心理障碍又将心理空间继续的封闭起来。心理空间的封闭表现出与外界沟通的阻碍,越来越封闭的物理空间直接的引起心理空间的封闭。

第二节 恐怖的时间节点

仅对空间进行渲染是不足以表现恐怖之美的,恐怖的发生还需要时间的配合。任何一部叙事文学作品都内含着叙事时间与故事时间两种时间。托多罗夫在《文学作品分析》中,对这两种不同的时间作了清楚的说明。"时况问题之所以存在是因为有两种相互关联的时间概念:一个是被描写世界的时间性,另一个则是描写这个世界的语言的时间性。事件发生的时间顺序与语言叙述的时间顺序之间的差别是显而易见的。"法国电影符号学家克利斯蒂安则更为形象地说明了这一点:"叙事是一组有两个时间的序列被讲述的事情的时间和叙事的时间。""所指"时间和"能指"时间这两种双重性不仅使一切时间畸变成为可能,挑出叙事中的这些畸变是不足为奇的;更为重要的是,它要求我们确认叙事的功能之一即是把一种时间兑现为另一种时间。"叙事时间常被称为文本时间,是它们在叙事文本中具体呈现出来的时间状态。故事时间是指故事发生的自然时间状态。前者只能由我们在阅读过程中根据日常生活的逻辑将它重建起来,后者才是作者经过对故事的加工提供给我们的现实的文本秩序。这两种时间之间的是相当微妙复杂的,"研究叙事的时间顺序,就是对照事件或时间段在叙述话语中的排列顺序和这些事迹或时间段在故事中的接续顺序"。当叙事顺序与故事顺序相一致时,我们称之为"正叙""顺叙"或"直叙";当表现出来的是差异性的时候,我们称之为"时间倒错"。"时间倒错"通常是由叙事中的"倒叙"或"预叙"引起的。倒叙是指对往事的追述,即"对故事发展到现阶段之前的事件的一切事后追述"。而预叙则是对未来事件的暗示式预期,即事先讲述或提及以后事件的一切叙述活动。

恐怖的时间节点分为时间中的顺序、时距、压制与延宕,其中以六朝志怪小说与英国哥特小说为例将依次从顺序、时距这两个方面来探讨恐怖元素叙事时间表现形态的异同,因为这两种中西方含有恐怖元素的小说类型是各自国家的优秀恐怖元素的代表,也可以因此对照出中西方恐怖元素运用在时间节点上的异同点。

一、时间中的顺序

六朝志怪小说与英国哥特小说在叙事时间的顺序上,既有表现形态的相似,又有显著的差异。

六朝志怪小说对"具有双重时间序列的转换系统"的处理,集中呈现为一种叙事方法,就是顺叙或称直叙,倒叙和预叙方法运用较少。在六朝志怪小说中,我们发现故事事件发生的先后次序与其在叙事话语中呈现的次序多是相应的,也就是说,文本中叙事的前后次序从整体上总显示出故事发生前后的逻辑顺序。例如在《三王墓》的故事中,其故事的自然时序是:1.莫邪为楚王铸剑三年乃成;2.预感被杀,嘱妻子复仇;3.莫邪被杀;4.母嘱子为父复仇;5.为复仇,子献头于客;6.客完成复仇任务。在文本中我们看到,作者的叙述时序完全是依照故事本身的自然时序展开的,未作任何技术上的调整,前后逻辑关系清楚,层次分明。这种叙事时序与故事时序的一致性,是六朝志怪小说叙事的普遍特征。造成这一普遍特征的原因,除了当时小说篇幅短小尚难以催生复杂的叙述方式外,也与中国人喜爱明晰的思维方式有关。不过,更为重要的原因是,这种顺叙的特征乃是受中国史传叙事传统影响的结果。杨义指出:"把历史时间切分为段,在每一时间段中则使用'现在时'的行文,这是我国编年史著作对语言时态的非原生性的处理方式。这一处理方式减少了每一时间段内复杂的时态纠缠,直接进入临境状态,和历史人物、历史事件进行对话。"可见,由于史书是史官每天记载并日积月累后完成的,而每天所记都是现在时,也即顺叙,因此产生了这种顺叙模式,并深刻影响了后来的文学创作,所以说顺叙是由记述史实衍变过来的。杨义称此现象为"永远的现在时"。

相对于顺叙，倒叙在六朝志怪小说中确不多见。不过我们还是能在一些作品中找到这样的用法，如《幽明录》描写"地狱"的志怪小说通常用倒叙法，并以"初"字为标志。这也是六朝志怪小说受史传文学传统影响的明显印迹之一。中国史书中倒叙的运用，起码在《尚书》《左传》的时代已经发现。不过这种传统对六朝志怪小说的影响明显逊色于顺叙传统。描写"地狱"的经典篇目《赵泰》就是先写赵泰死而复活，再详细追述其"初死时"游历地狱所见的种种景象，最后则再叙复活后的人间反应等情况，所追述内容构成作品的主干。《康阿得》《石长和》《舒礼》等莫不如此。《幽明录》的《陈良》《薛重》使用的也是这一方法。《陈良》写陈良因经商获利被朋友谋杀，尸体被"弃之荒草"。后来死而复生，回家后才追述死后发生的情况，追述后，又回到正常叙述状态。《薛重》亦然。祖冲之《述异记》中的《庾邈与郭凝》也采用倒叙法。小说写庾邈与郭凝立誓相爱，至死不渝。但不久郭凝暴亡。作者并未说明其中原因，而是后来使用倒叙法借郭凝鬼魂之口交代出其暴亡原因。这种倒叙法在干宝笔下偶尔也有自觉地运用，例如《搜神记》卷十五的《戴洋复生》和卷十六的《苏娥》。不过，最突出也最值得一提的还是《苏娥》。我们不妨先将此篇故事与早载于曹丕《列异传》中的《鹄奔亭》作一比照。

《鹄奔亭》是这样写的：

苍梧广信女子苏娥，行宿高安鹄奔亭，为亭长龚寿所杀，及四年致富，取其财物，埋至楼下。交趾刺史周敞行部宿亭，觉寿奸罪，奏之，杀之。

从比照中不难发现：1.短短五十余字的《鹄奔亭》被干宝扩充至六倍于它的《苏娥》，情节描写更为丰富、细致、委婉；2.改编过的小说最突出的变化就是结构上的变更。《鹄奔亭》完全按照事件发生的时间顺序依次描写，因此显得情节简单；《苏娥》则完全打破了原有的平铺直叙的方式，代之以倒叙法，这不仅是描写手法的变动，更是结构的调整，因此情节显得起伏有致，引人入胜，人物情感的表达也更为强烈，充分表现了苏娥的不屈与执着申冤的情感世界。从《苏娥》结构的改变上，我们感到了干宝的"倒叙"意识，因为他显然意识到倒叙的魅力。可见，倒叙"不仅仅是一个简单的时间顺序错综的问题，而是通过时间顺序的错综，表达某种内在的曲折感情，表达某种对世界的感觉形式。"

六朝志怪小说中的预叙现象更为少见，偶尔我们能在极个别作品中看到它。《搜神记》中的《三王墓》《安阳亭书生》即为两例。《三王墓》中的莫邪对"重身当产"的妻子说:"吾为王作剑,三年乃成。王怒,往必杀我。汝若生子是男,大,告之曰:'出户望南山,松生石上,剑在其背'。"这段话就提前交代了两件事:一是自己必遭楚王杀害的悲剧命运;二是让妻告诉未来之子藏剑所在。这两件事此后都得到了应验。这里预叙的运用既说明了莫邪对楚王残暴本性的了解,又表达了莫邪盼子复仇的迫切信念。在《安阳亭书生》中,书生夜过安阳城南一亭,准备住宿于此。亭民对他说:"此不可宿,前后宿此,未有活者。"书生回答道:"无苦也。吾自能谐。"书生的话也承担了预叙的功能。最后我们看到,书生不仅在亭内安然无恙,而且"凡杀三物,亭毒遂静,永无灾横。"本来亭民的一番话,渲染了故事的恐怖气氛,我们不禁为书生捏了一把汗,希望他立即离开这个可怕的地方,然而他却毫无惧色,显得胸有成竹,从容以对。这里的预叙表现了书生的勇敢与无畏,更增加了故事的悬念,吸引我们想知道书生将究竟如何应对将临的凶险。

罗纲认为:"在西方小说中,与倒叙相比,预叙较为少见。但在中国古代小说中,预叙却采用得十分普遍。"如果撇开志怪小说这一快,他的看法是正确的。因为从他举例情况看,他所说的"中国古代小说"是话本小说及其以后的古典名著,显然未包括六朝志怪小说。赵毅衡同样认为,西方小说倒叙式悬疑多,预述式悬疑少,而中国传统小说正相反,杨义也说预叙是中国小说的强项而不是弱项,认为中国作家在作品的开头"不是首先注意到一人一事的局部细描,而是在宏观操作中充满对历史、人生的透视感和预言感。可以肯定地说,这些学者在谈论预叙这个方面时,几乎都忽略了作为中国小说发展过程中重要阶段的六朝志怪小说里预叙罕见的事实。

至于倒叙和预叙在西方文学中的情况,热奈特早有论述。他说:"提前,或时间上的预叙至少在西方叙述传统中显然要比相反的方法少见得多;虽然古代三大史诗《伊利亚特》《奥得修纪》和《埃涅阿斯纪》每一部都以一个提前的概要开始,这概要在某种程度上说明了托多罗夫用于荷马叙事的术语'宿命情节'的正确。小说(广义而言,其重心不如说在19世纪)'古典'构思所特有的对叙述悬念的关心很难适应这种做法,同样也难以适应叙述者传统的虚构,他应当看上去好像在讲述故事的同时发现故事。因此在巴尔扎克、狄更斯或托尔斯泰的作品中预叙极为少见……"里蒙·凯南也说:"预叙远不如倒叙那么频繁出现,至少在西方传统中是这样。"正是由于"小说'古典'构思所特有的对叙述悬念的关心"以及对"在讲述故事的同时发现故事"的效果的追求,造成了西方文学传统中预叙相对薄弱的情况。但是,当我们承认这一总体事实的同时,也不应该忽略局部范围中相反情况的存在，也就是说，在我们面对具体研究对象时，决不能被"总体事实"所迷惑和左右。在特定范围里，发现这种相反情况是至关重要的。就六朝志怪小说与英国哥特小说相比而言，情况就完全与上述事实相反，倒是预叙在六朝志怪小说中极为少见（预叙在后来的中国小说中才成为叙事常规），而在英国哥特小说中却是常见的叙事方式。

前面说过，预叙是指叙述者提前讲述以后发生的事件的一切叙述活动。英国哥特小说虽然频繁娴熟地运用着这一手法，但也并非是它的创造，更非出于偶然。就这一手法的运用来说，在西方也有其悠久的历史传统。古希腊的荷马史诗《伊利亚特》和《奥德赛》、古罗马维吉尔的《埃涅阿斯纪》都是以简洁的预叙手法开始叙述的。18世纪英国笛福的《鲁宾孙漂流记》等作品，也是一开始就对故事作了巧妙的预叙。虽然预叙在某种程度上干扰了读者发现最终结果的阅读期待，但却又能营造出"另一种性质的心理紧张"的氛围，"它通过时间上的指向性以引起读者的期待"这种紧张与期待能产生诸如"它怎么会这样发生"这类问题及诸如此类的变种，如主人公为什么会这么愚蠢？社会为什么会容许这样一件事情发生？等等，继而会引导读者特别去关注人物的命运，关注事件的发展与变化，从而从另一个层面上引起更大的阅读兴趣。因此，赵毅衡指出："从叙述结构观点来看，预述甚至比倒叙还重要。"

刘易斯在《修道士》中，就多次运用了刺激读者兴趣的预叙手法。"叙述者是明白之人，但却往往说出或者写出谜一般的话或者隐喻。尽管从表面上看，这些话十分清晰明白地表达了其所指，但读者却不得不设法解开其中的谜。"至于倒叙，则一向被视为西方文学传统的叙事方式，并且经常体现在不同的叙述层次之中。英国哥特小说在这一点上也不例外。《弗兰肯斯坦》就很有代表性。小说是由四封信组成的，其中第四封信又分为三个部分，即开头、正文24章和续前信。从沃尔顿的叙述本身看，四封信依次叙述了他自己在外的航海历程、奇遇弗兰肯斯坦、听弗兰肯斯坦的自述、见证弗兰肯斯坦的死和怪物的消失，是典型的以自然时间顺序叙事。不过，在这个叙事文本中，其内在的叙事结构是相当复杂的，因为正文的24章所包含的主叙述层和次叙述层都是由倒叙来分别完成的。也就是说，第1–10章与第18–24章是弗兰肯斯坦的追叙，追叙其身世、造人过程、所造怪物给他和家人及其友人带来的灾难，为主叙述；第11–17章是怪物的追叙，追叙其诞生后遭人歧视并复仇的经历，为次叙述，主叙述和次叙述两大层次结合起来就是倒叙在整个作品中所占的幅度。从第一叙事时间（沃尔顿偶遇弗兰肯斯坦）的起点先后插入弗兰肯斯坦和怪物的自述，最后止于与第一时叙事时间相衔接,其间悠长的倒叙构成了作品毋庸置疑的主体。这是一部相当典型的整体性倒叙的作品。而作品的第一叙述层,即母体叙述层或超叙述层则更多地起到一个构成叙述框架,并显示出成为预述的故事结局而已。《修道士》中第一卷第三章至第二卷第一章的内容也是以倒叙的方式完成的。这一部分被冠于"雷蒙德的历史"和"雷蒙德的历史续篇",由雷蒙德自己追叙其历险经历及其与阿格尼丝的爱情磨难。

不过,尽管预叙和倒叙在英国哥特小说中的运用十分突出,但并不是说哥特小说就不用顺叙方式,事实上,就我们重点探讨的四部哥特小说来说,顺叙的表征还是很明显的。上面我们说过,《弗兰肯斯坦》这部小说如果仅从沃尔顿的叙述及见闻过程本身看,四封信依次叙述了他自己在外的航海历程、奇遇弗兰肯斯坦、听弗兰肯斯坦的自述、见证弗兰肯斯坦的死和怪物的消失,是典型的以自然时间顺序叙事。《奥特朗托城堡》《瓦塞克》和《修道士》所反映的内容也都是以事件发生的前后次序来展开的。《奥特朗托城堡》描写主人公曼弗雷德为妄图继续霸占本不属于他的奥特朗托城堡,丧心病狂,无所不用其极,但最终不仅竹篮打水一场空,而且成为制造家庭惨剧的罪魁祸首;《瓦塞克》描写国王瓦塞克为满足虚荣、私欲、野心和权势,不惜伤天害理,滥杀无辜,最终一步步走向毁灭之途;《修道士》则不仅详细展示了安布罗斯为情欲所惑、深陷其中难以自拔最终导致杀人犯罪的悲剧过程,而且还讲述了雷蒙德与阿格尼丝历经磨难终成眷属的爱情故事。所不同的是,《弗兰肯斯坦》和《修道士》中顺叙和倒叙交替使用,所以在叙事上更多地呈现出曲折回环的复杂状态;而《奥特朗托城堡》和《瓦塞克》则因未使用倒叙而更显示出直线式的自然原生状态。

显然,相比较而言,在处理故事时间与叙事时间的关系上,英国哥特小说比六朝志怪小说显得成熟与多样化。

二、时间中的时序

时距,在叙事学里就是指故事时间与叙事时间长短的比较。时距通常表现为以下四种基本形式:概述、场景、停顿、省略。概述是叙述者对故事情节、时空背景等最本质内容的简洁交代,故事时间明显长于叙事时间。热奈特认为,直到19世纪末,概述始终是两个场景之间最通常的过渡形式,犹如舞台的背景,因此是小说叙事的最佳结缔组织。场景即叙事故事的实况,主要由对话和行动描写构成,叙事时间大致等于故事时间。停顿是指当叙事描写集中于某一因素时而造成的故事进展过程的延宕,如静态的描写,叙述者的议论等,这时故事时间等于零，叙述时间无限长于故事时间。省略是指故事情节线索的某一部分被省去不提，有时它会以具体时间标志显示出来，有时则完全不用任何标志，但读者在阅读时能感觉到省略。这时故事时间无限长于叙事时间，或者说叙事时间几乎为零。正是上述四种形式的反复交替运用，建构起了小说疏密有致的基本叙事节奏。研究时距作为一种技术问题本身并无价值，其真正价值所在，恰恰是不仅能帮助我们确认作品的节奏，且更重要的是让我们领悟到叙事者真正的关注点和价值取向。

六朝志怪小说虽然处于中国小说的雏形和起步阶段，其叙事艺术比起后来的小说也确显得有些粗糙和简单，但并非没有研究价值。从一些志怪名篇的创作实践看，其叙事艺术不可低估，很值得重视和研究。事实上，志怪小说中蕴涵着很多叙事艺术的因子，解剖它有助于重新认识它那久被忽视的价值。在具有代表性的志怪小说中，上述四种叙述运动形式不仅样样具备，而且交替运用得十分娴熟自如。以《搜神记》中的名篇《弦超》为例。

《弦超》写的是人神之恋。作品情节紧紧围绕一个"梦"字展开，组成"做梦""圆梦""梦破""续梦"四个主要场景。作品开篇简笔交代了故事中的人物身份、故事发生的时间、地点后，便写弦超梦中所见情景：一位仙女从天上翩然下凡自愿来从之，并诉说自己的身世。弦超面对绝美玉女，神清气爽，心情激动，以至于梦醒时还觉得恍如梦中，那美丽的身影依然在眼前时隐时现，挥之不去。这一情景把主人公眷恋、缠绵的情感写得细腻真切，活灵活现。第二个场景写生活中的"圆梦"：弦超果然与梦中仙女邂逅。这是梦的实现，也是最幸福的结合。这一场景主要集中写弦超所见所闻。首先是浓墨重彩仙女的容貌、服饰、用车及车上装载的精美器具、珍馐美味等，这些内容的描写本身又意味着故事进程的暂时停顿；接着写"与超共饮食"及弦超的一席话。仙女坦言与他"宜为夫妇"，乃是"宿时感运"，不仅以后衣食住行无须担忧，而且"亦无妒忌之性，不害君婚姻之义"。于是他们成为夫妇。在这里，叙述节奏的舒缓与主人公陶醉在天赐良缘、大喜过望的幸福氛围中的心情相吻合。第三个场景是"梦破"：由于弦超不慎泄露了他和玉女的关系，怕招致非议，玉女不得不离别而去。作者细致地描写玉女向弦超诉说伤别离情，又呼侍御"下酒饮啖"，还为弦超织衫赠诗，然后涕泣流离，把臂告辞。一场离别写得那么黯然神伤，牵肠挂肚，那么悲悲切切，哀婉动人，以至于别后的弦超仍"忧感积日，殆至委顿"。第四个场景是"续梦"：写他们五年后再度重逢，接续旧好。由于这四个场景是作品的重心所在，描写也较为细腻，因此叙述节奏显得舒缓平稳，叙述时间与故事时间大致相当。概要的运用，在作品中除开头背景交代外还有四处。一处是文中的"如此三四夕"这一短短的概述句，概括了主人公梦后几天的状态，写尽了他对梦境的留恋与痴情，文字既含蓄简洁，又韵味十足。第二处是对赠诗中心内容的概述，因其诗文"二百余言，不能悉录"，所以仅以"应运来相之"等句来说明"此其诗之大较"。当然，这里也有省略的运用，从"其文二百余言，不能悉录"一句中可以看出。当弦超接受父母之命娶妻后，他和玉女的生活也从此发生转折，再不能像以往那样悠然自得地整日相守在一起，作品再一次用"分日而燕，分夕而寝，夜来晨去，倏忽若飞"等概述句概括他们紧张而不安定的生活状态。第四处是文末对两人重续旧好后具体幽会时间的概述。尤其是最后两处，作品的叙述节奏显得十分急促和紧凑，这是对他们生活常态发生逆转后的生存状态的反映，从中透出一缕浓浓的惆怅与无奈。由于他们做夫妇的七八年和别后五年间不是描写重点，故统统省略。

从以上分析我们不难看出，《弦超》虽然篇幅不长，但概要、场景、停顿、省略四种叙述运动形式一应俱全，交错运用自如得体，使叙述节奏不仅显得张弛有序，疏密有致，而且使四大场景环环相连，醒目突出，有力彰显了作品的价值取向。从表面看，作品是写人神的浪漫婚恋，但深处反映的却是对自由、平等、幸福爱情生活的无限神往，对现实环境下父母包办婚姻的一腔幽怨，曲折地表现了当时寒士庶民在门第婚姻压抑下的人性潜意识中的本能欲望。

同样，概要、场景、停顿、省略这四种叙述运动形式在英国哥特小说中也一应俱全，运用得十分娴熟自如。这一点当无须多言。

倒是需要指出的是，由于英国哥特小说与六朝志怪小说在篇幅上距离悬殊，加之各自文学传统的差异，因此两者之间在同中又显示着不同的面貌。这不同点主要体现在停顿的叙述形态上。作为浪漫主义先声组成部分的英国哥特小说，已经表现出了鲜明的重视情感与自然景物描写的倾向。小说里众多的人物外貌描写、自然景物描写、随处可见的议论，特别是人物心理活动的描写，常常使作品正在进展中的故事情节出现频繁的长时间的停顿现象。从《修道士》《弗兰肯斯坦》等小说中，我们不难看到，作者十分偏爱、擅长以细腻的笔触对人物的情感世界作直接的透视描写，使读者不仅看到人物的外部行为本身，而且真切地将人物行为种种隐秘的心理动机活灵活现地和盘托出。这种停顿虽然从某种程度上造成了故事情节连贯性的中断，但无疑又使有益于认识的相关信息的容量得以增加和扩充，同时，也自然透露出了作品的兴趣点和价值指向。当然重视心理刻画的倾向，又是强调个性表现、重视个体的自我意识的西方社会传统在文学描写领域内的具体反映。而六朝志怪小说因受重群体、轻个体的中国传统伦理道德规范的潜在影响，对人物肖像、心理及环境等描写往往着墨不多，且多是在情节进展中附带交代出来的，因此作品中的停顿表现出时间短，不甚突出的特点。例如《弦超》中对天上玉女的容貌、服饰、吃穿用品以及弦超的心理描写都极为简洁，这种因静态描写而引起的停顿也就显得干净利落，不拖泥带水，从而使其他的表现内容得以突出醒目。

三、时间中的压制与延宕

时间问题是读者在阅读之初首先需要判定的主题，直接左右读者对一部小说的认知框架。恐怖元素小说中叙事时长与故事时长之间的关系较为灵活，在二者之间不对等的关系中产生叙事的速度，以多种时长处理方式对叙事文本进行编排。

时间的压制，包含概略和省略两种形式，即从自然流动的时间叙事中抽离掉相邻的信息，若这些信息是冗杂、无关紧要的，那么此种压缩将会使得故事的表现更加流畅自然。这就是概略，可以通过杂耍蒙太奇等方式呈现，通过具有代表性的镜头的剪辑，避免剧情的拖沓。例如在展现小说最初的故事情节、事件发生过程中人物行动，通过环境和任务的配合，再用凝练的镜头语言，仿佛一气呵成。省略的方式则更加彻底，不加选择地进行删减甚至抛弃携带着关键因素的信息，使得两个原本存在因果关联的情节相互疏离，导致读者陷入错觉的泥淖中。很多恐怖元素小说开篇便完全省略了出现细节的表现，因而为读者的情节判定设置障碍，增强了悬念的效果。

时间的延宕则可以分为休止和延长，在情节发展到紧张之处时，刻意放缓速度，通过悬念前奏的积蓄，实现量变到质变的跨越，以此迸发出前所未有的戏剧张力。休止在悬念制造中的运用体现在空镜头的表现，故事发展过程中情节逐渐浮出水面，真相开始从幻想中剥离，就像月亮从阴云中浮现，预示着后续情节的突转。空镜头中的风物常带有寓意，故事时间的暂停并非是一种无故的拖延，相反却是在为下一秒的剧情开展渲染情绪。延长是电影叙事有别于其他类型叙事的一种时长处理方式，叙事时长的延展将会进一步放大观众的焦躁和疑虑。

时间的压制与延宕左右小说叙事的速度，一次次挑战读者的心理防线，在看似平静中制造波澜壮阔的视觉冲击力。

第三节 恐怖的主题内容

从本质论上说,"恐怖"是一种效应,包括恐惧、焦虑、凶险、惊骇等心理反应。这些感觉的产生,一方面是因为世界中有着太多未知、偶然的灾难性因素——如地震、海啸等不可抗拒的灾难,它们造成了人类内心的不稳定;另一方面在现实中,人情世故里藏匿着太多凶险叵测的东西,如暴力、阴谋,这一切足以使人的内心变得脆弱和敏感,易于接受"恐怖"正鉴于以上两方面原因,艺术家适时地将"恐怖故事"引入到艺术创作中来。

从文学史角度来看,20世纪90年代以来中国小说"先锋化"大致经历了:"重故事情节"—"重典型人物塑造"—"重人物心理意识"三个阶段,尽管淡化故事和情节是现代小说的普遍性趋势,但"恐怖"小说却显示出一种逆潮流的走向,它要回归"故事"本身,让"小说"再现其原始本质讲一个有意味的故事。自然,紧张、惊险、曲折而又充满神秘感的情节,成为恐怖元素魅力永不枯竭的源泉,也是它得以征服读者、长盛不衰最灵验的武器。

陈平原在他的《千古文人侠客梦中》说道:"每一种小说类型都有区别于其他小说类型的基本叙事语法。"在他看来,这种可以决定小说类型性质的语法"并非仅仅是艺术手法,起码不是普通意义上的艺术手法,它既涉及特殊的格律、结构、情调等一般称为'形式'的层面,也涉及特殊的主题、题材等一般称为'内容'的层面。"因而,要真正地进入到恐怖小说所建构的"世界"内部去,必须解码恐怖小说的情节结构,甚至我们不仅应当透过"故事情节"来观照情节背后的"主题"。还应当看到"主题"背后的文化以及文化背后的读者审美接受心理等因素。

考察当下恐怖元素运用情况,我们可以寻找到一些共同的故事类型及主题表达:对伦理恐惧的故事——善恶有报的"复仇"主题;对未知恐惧的故事——无处藏身的"劫难"主题;对人性恶恐惧故事——"同类相残"的"邪恶"主题。下面笔者将一一说明。

一、复仇主题:伦理恐惧故事

在传统中国,"复仇"故事之所以能广为流传,其主要原因可能是一方面在于中国人传统的主导哲学,无论是儒家,或道家、法家,历来都没有正面提倡"犯而不校"的道德情怀的,"十年一剑""血债血偿"等上古时代的价值观念无一不道出中国人内心深处对"复仇"的认同感;而另一方面则在于"因果应"的思想观念在传统中国拥有着广泛的心理基础,尤其在佛教传入后,"三世因果"等宣扬果报思想的价值观念更是在宗教层面寻找到了合法的信仰依据。

在传统人们的观念中,"复仇"是人类在自身处于弱势地位时的一种应激性的反应方式——攻击和应战。它源于人类的一种自我保存的本能——当自我受到外力威胁时所采取的攻击行为。一般说来,"复仇"行为往往被定位为弱者对强者的反抗,这便先在地作了如下合理的规定:复仇是一种天经地义的行为,是复仇者无须扪心自问的正义行为与义务。正因为现实世界中有形形色色的弱者,他们遭遇着林林总总的不幸,因而才得以演绎出繁复而多样的"复仇"事件。随着文学历史的演进,"复仇"逐渐成为文学表现的常青母题,也因利势形地为恐怖小说作家所热衷,具体说来,其表现有:

1. "被害者复仇"——对"恶霸"势力的憎恨

早在《搜神记·干将莫邪》中,我们的祖先就诉说过一个凄厉悲壮的"复仇"故事:干将莫邪被楚王杀害之后,他们的儿子赤为报血仇,自愿献头给山中侠客,达到刺杀楚王为父报仇的目的。故事呈现了赤与山中侠客之头共战楚王头的血腥恐怖场景的描写,这是"复仇"主题将暴力美学带入小说的一个成功范例。该故事在其情节的设置上就是"被害者"的后代以"复仇"反抗强权,几经演变此类情节就逐渐固定为"父仇子报——弱者抗争"的模式。在此,"被害者"作为"弱者"的复仇——尤其是丧失性命的"被害者",除了自己亲身"复仇"外往往还可以由其"血亲"来替代"复仇",或者化"鬼"报仇,所以整个过程往往相当惨烈,这也正是小说中恐怖元素与其他类型小说元素在讲述"弱者复仇"故事时最为显著的特色所在。

此类小说比较常见。在网络上传播较广的伊秋雨的《下一个是你》,又如魏晓霞的《恐怖星期三》等故事就是围绕"弱者的血亲复仇"这一主要线索来展开的,其中《恐怖星期三》讲的是不贞的嫂嫂与情夫密谋伪装"闹鬼"将身体孱弱的哥哥恐吓致死,妹妹明白真相后,找到一个外表与哥哥酷似的"黑衣人",设计出一场"死者复活,前来索命"的恐怖剧,以其人之道,还治以其人之身,使嫂嫂在良心不安和"精神恐惧"的双重煎熬下,心理崩溃,死于车轮之下。

当然,利用"血亲复仇"事件来制造"恐怖"效应的模式也并非僵固不变的,随着时代变化,社会生活日益宽广,诸多人际关系被建构起来,于是诸多小说作家把"弱者复仇"故事的情节模式跳脱到"家族血亲"的范围之外。如李西闽的《蛊之女》讲述的是一个乡村女孩遭到有权有势的恶人的蹂躏,又无能反抗,最终选择习得"蛊术"来报复和惩戒所有为富不仁的、位高权重的不法者。沉炎的《偶人旅馆》就将关注点伸向农村的"权力体制"对平民造成的压迫。"权力"拥有者——镇长纵容指使小舅子开旅馆,并假公济私,以不平等竞争的手段来抢夺他人生意,致使一对诚实经营的老夫妇无法生存下去而陷入无望的绝境之中,最后无奈之下的老夫妇只得使用巫术,将路客"化作偶人"留下。这种"诡异而恐怖"的反抗形式本身蕴藏着作者在伦理上对"复仇者"的同情。

在这里,对于大多蒙冤受屈的弱者而言,他们完成"复仇"大计并没有一条康庄大道可走,他们唯一可能做的就是"以暴抗暴",那么,他们的复仇途径也充满了血腥与暴戾。于是,弱者想要获取复仇的能力,必先完成一个从"常态"到"非常态"化、从"人"到"妖魔"化的转变过程,或变为厉鬼(至是装扮成厉鬼),或习得某种巫术,或是下一个怨毒无比的诅咒。这里,我们不禁发出疑问:恐怖小说中的"弱者"不去采用"法制手段"而是依赖匪夷所思的伪科学、巫术等超自然力量来"复仇",置身在民主与法制的文化氛围中的现代读者,却又恰恰能够接受这样一种"恐怖形式"背后的"价值观念",这是为什么?笔者认为这正是"恐怖类型小说"的魅力所在。事实上,"复仇"是民族长期处于专制权威社会环境中生发出来的一种传统,对于失去法律庇护的沉默的绝大多数而言,他们只能通过做一个弗洛伊德式的白日梦来平衡告慰其事实上创伤不断的心灵。那么,艺术上"以暴抗暴"的"暴力"血腥场面和极端场景则在一定程度上使弱者的强烈情感得到宣泄和表达,甚至这些"场面"愈恐怖,他们的内心愈得到满足。因此,无论"复仇"事件"合法"与否,它一方面能行之有效传递了弱者的一种"同归于尽"的反抗意志和强力精神;而另一方面又为读者营造"非常态"的恐怖情节,使他们获得艺术的美感。或许,这也正是"被害者复仇"类恐怖小说的真价值所在。

2. 女鬼复仇——对"爱情背叛"的抗争

在男权占主导地位的中国社会中,女性是弱者;又由于"爱情"是文学永恒的人生母题。所以,"弱者复仇"的恐怖主题与"爱情"因素结合起来,构成了"女鬼复仇"的情节模式,成为恐怖小说又一常见的类型模式。"女鬼复仇",而且是复"爱情背叛"之仇,是中国传统艺术文化中比较喜欢借用的一个典型情节。唐传奇《霍小玉传》(改编之前)和《聊斋志异》中的《窦氏》等恐怖故事；甚至《李慧娘》《情探》等经典的恐怖戏剧，他们的中心情节无一不是讲述"弃妇"死后化为厉鬼对负心情人实施报复的恐怖事件。

2000年，中国第一部明确打出"恐怖小说"旗号的作品——丁天的《脸》，讲述就是"爱情背叛——女子复仇"的恐怖故事。此后不久，蔡骏的《诅咒》也同样重复着这么一个"弃妇复仇"的故事原型，故事讲述的是一个文物研究者在楼兰考察的过程中与一名当地女子邂逅相爱。一年后，当这个男子携带妻子再度进入楼兰之际，该女子生命已经垂危，她临终将自己与那名男子所生的女儿托付给这对夫妇，然而这对夫妇在有了自己的孩子后却抛弃了这个小女孩，在此，那名男子彻底地背叛了和那名女子曾经拥有过的爱情。最后，为这种"背叛"买单的将是20年后一连串恐怖的"死亡"事件。该小说还被改编为声名显赫的电视剧《魂断楼兰》，由著名演员宁静出演这位复仇女郎。由小说向更大众化的电视剧本改编的事实可见，"复仇负心汉"的故事背后蕴藉着的道德伦理观念与大众道德观念的契合程度。

近年来，"女鬼复仇"的故事模式有所变异。严格意义上"两情相悦——始乱终弃——含恨而死——伸冤复仇"的故事叙事框架已被打破，故事往往被注入一些时代性的伦理道德命题，在"快意恩仇"老套故事的情节背后人们开始思考一些更为复杂的伦理意义，出现了对女性自我尊严和人生价值等问题的反思。比如邪魅罗的《404自杀室》讲述的是这样一则故事：由于男朋友投进别人的怀抱，因此失恋的女孩子自杀身亡。女孩的妹妹气愤之余，找到姐姐情敌所在的404寝室并设法住进其中，开始策划一起又一起"鬼魂附身——室友无端暴亡"的恐怖闹剧，以此不露痕迹（将知情者杀人灭口）地为姐姐成功复仇。当然这部小说在创作理念上依旧限定在"爱情背叛"这样一个大的主题框范之内。但是，它更深层地引导我们去思考另外一些问题，"移情别恋"这样的"爱情背叛"到底应当背负多重的道德十字架才算得上合适？"爱情""男性"对"女性"的生活到底存在多大的意义？

又比如美女作家 Goodnight 小青《画皮》小说讲述的是一个有"前世怨情"的女鬼奉阎王之命找债主复仇，不料自己却爱上了这个男人，尽管她知道完成复仇使命后自己即可投胎豪门，享受"来世"的荣华富贵，但她还是放弃了复仇，准备与男子厮守一生。然而多疑的男人却暗中调查，发现"她"是"非人类"后毫无顾忌夫妻之情，与道士密谋如何铲除她。绝望之余，"女鬼"只能撕破画皮，杀死男子，完成了"复仇大计"。在这里，女鬼的"复仇大计"曾一度中断，但为什么最终她还是"复仇"？似乎这里，我们更应该看到的不是"女鬼"，或者说是女性所遭到男性遗弃玩弄的不幸，而是她们本身内心深处一种丧失自我的软弱和不争。

所以到此，恐怖故事已经不再是围绕"善恶"这是非价值标准而展开，其背后开始蕴藉着更繁复更深邃的爱情伦理探讨。"弱者复仇"事件很可能只是作为整个恐怖故事的动力装置，以此来驱动恐怖情节的层层展开，而故事的具体讲述方式和文本背后所富含的思想意蕴则呈现出各自特异的丰富性与复杂性。

3."不幸者复仇"——对幸运者的嫉恨

在世界周围遍布着许多的"不幸者"，作为"弱者"不仅在物质上他们需要援助，他们的精神和情绪更需要引起世人的关注。可以说，我们生活的空间是幸运者的世界，面对于此，不幸者心理情绪上的失落如果不能转换为动力来通过个人奋斗改变自身劣势处境，那么就极有可能导致他们产生心理的扭曲、变态（阴暗），甚至出现精神分裂等现代心理疾患，这样一来，"不幸者"就成为"疯狂者"。他们对"幸运者"（事实上的"无辜者"）实施恐怖的杀戮、伤害行为以作为对自身"命运不公"的"报复"。

令人毛骨悚然的复仇故事《三减一等于几》（周德东著）讲述的就是一个离奇的"疯狂者报复"的故事，在一个并不富裕的北方小镇，一群善良的妇女知足而热闹地过着生活，一个丑陋弃婴的出现打破了她们的平静。李太太、卞太太、慕容太太决定集体收养这个可怜的孩子，同时他们决定，如果孩子的父母找来，随时把孩子奉还。如果一直没有人前来认领，他们要共同抚养他到18岁。但是，好的故事往往是反常规的。太太们的"母性"换来的不是好报，而是一桩桩的恐怖事件：慕容太太的女儿被推到井里淹死，卞太太放在沙发底下的房款不翼而飞，李太太的丈夫李麻被莫名其妙地砍伤，故事讲到最后，我们终于明白，那个"婴儿"事实上是一个残缺的中年人。整个故事也被讲成是一个畸形人对"高大""威武"的健全者的仇恨故事，这已不仅仅是"申冤在我，我必报应"的故事，而是一个落难者"恩将仇报"的故事。

在这里，恐怖作家周德东对人类的"仇恨"情绪做出了更透辟的分析，跨出了传统的"果报与复仇"的道德理念束缚，他看到了弱者是由于"嫉恨心理"而"复仇"幸运者。除了《三减一等于几》之外，他还创作了《虫子》《天惶惶地惶惶》等恐怖小说，表达异类对"万物灵长"、人类的"仇恨"以及对"强者"不折不挠的迫害。而他的《第N种复仇方式》给我们带来一个更为惆怅的故事。故事的显形形态是陈述一个"复仇者"由于妻子、孩子死于酒后驾车的车祸，而对"逍遥法外肇事者"实施了"报复"然而当我们深入到故事中去时，我们得知，那个被害得家破人亡的出租车司机，他有"复仇者"妻子和孩子遇难时根本不在现场的证据，而且事实上他也确实不是车祸的制造者，但是"不幸者"却无法容忍司机能过上"一家团圆，其乐融融"的幸福生活，他买通殡仪馆工作人员、买通司机妻子生产孩子医院的助产士，装神弄鬼，疯狂地迫害这个胆小却厚道的司机，最终精神失常的司机在杀死了自己的孩子后命丧黄泉。

透过这些故事，我们不再是看到"弱者""不幸者"的值得同情的一面，而是看到他们由于不幸而被扭曲的人性，"复仇"背后的伦理因素也绝非是"善恶果报"那么简单的四个字就可以一言以蔽之，而更多将看到的是隐匿在芸芸众生心底几近畸形的"妒忌—仇恨"心态，歇斯底里，疯狂而丧失理性。在此，对于"复仇"行为的实施者恐怖小说作家也不再是一味地认同与追随，而是开始了文化意义上的反省。陈平原先生曾在分析《水浒传》中"武松鸳鸯楼连杀5人"时指出，其中12个人是无辜丧命，可武松"毫无懊悔负疚之情，反而洋洋得意，纯是杀得性起，且于杀人中得到某种快感和乐趣。"尽管乱杀无辜，武松依然是被大众公认的大英雄，这种观点似乎亘古未变。

但是，在此情节模式中，恐怖小说家谈"复仇"时已然带着反思的意味，一种深入骨髓的对国民心理的文化反思：假如说"父仇子报"，世世代代的冤冤相报尚有一丝"正义"的道德追求在里面，那么"盲目复仇"到底给人类、给社会、给我们的文化精神带来了什么呢？当我们翻阅祖先典籍之际，当我们在《太平广记》中发现11卷之多的卷宗记录"仇恨——复仇"的故事之际，当历历眼前的"红色运动"中全民语言的字里行间都流溢着"阶级仇恨——打倒敌人"的词汇之际，似乎，我们应当感到，基督教"爱自己的仇敌""有人打你的左脸，你应当把右脸也转过来由他打"的精神，并不像哲学教科书里描述得那样滑稽可笑。

二、劫难主题：未知恐惧故事

"劫难"这个词源自于佛教，是指累世之轮回生死。随着时代的发展，它为人们所广泛接受，多用于形容人在肉身上的受祸、受苦、受伤。而作家们正好利用人们心中对"受祸、受苦、受伤"的恐惧心理，尤其是无端的不可预料的"受祸、受苦、受伤"的恐惧心理，来制造一个个令人发指的恐怖故事。"劫难"主题的故事一般可以分为下列几种情形：

1. "厄运"故事

"天有不测风云，人有旦夕祸福。"这句谚语道出了实际生活中存在变数的极大可能性,更道出了人们对变数、厄运的无奈。恐怖小说家们笔下形形色色的"厄运"故事,就是对这一古谚形象的注释和演绎。在古代中国,眼界尚不甚开阔的人们常常借助"鬼"形象来表达对"厄运和劫难"的理解。一方面,它流露出人在把握自我生命时脆弱不自信的一面:恐惧死亡,恐惧受到伤害,恐惧不测的发生;另一方面反映出人对平静常态生活秩序的留恋,害怕失去已拥有的一切。

早在《记闻》中提及有这样一桩事件:一个出门去"视女家礼事"的"田叟","出村,有二人随之,"结果就再没回家,待到家人四处搜寻才发现"叟死闪中,而衣服甚完,无损伤,乃知二人取叟之鬼也。"这里的"叟"与"鬼"之间的关系是不确定的,鬼之所以索走叟的性命并不为有何宿怨而血恨,只是出于本能!这里,田叟之死完全出于偶然,没有任何因果逻辑,事前也没有任何征兆,这是最无可防备的"死亡"自然是最可怕的。

该故事可谓是"撞鬼厄运"故事的一个雏形,当下的恐怖小说很多涉及此类主题,形成了一种特定的模式:即由一个"恶鬼"或"妖魔"引发灾难,以之作为情节向前发展的驱动装置;将一次"历劫遭遇"作为整个故事的主体,使"遇难和危险进一步恶化,危险解除或在危险中毁灭"这样一条线索来充当故事的主线。

比如,恐怖网中作者署名魏爽的小说《金鱼魔王》讲述的就是"香港某一间保险公司的经纪"李明在回家的路上巧遇一个"秃头的阿伯"(金鱼魔王的化身),几句搭讪之后,他的生活和命运开始变得灾祸连连,凶险莫测。大黑狗的狂吠嚎叫;胸带白纸花青年的频频出没在自己的视野中,这一切都象征了死亡与不幸的开始,随后,客厅中出现莫名的鱼腥味,原本健康的妻子得了怪异的疾病,命在旦夕……

又比如,麦洁的小说《猪变》,讲的是村民"老实"遇见妻子的"表弟"(幽灵),表弟送来一种可以促使猪快速生长的药粉,然而这种药粉却鬼使神差地被全镇的人误食,于是"小镇上的人得了一种怪病"。他们的身体迅速膨胀,"皮肤好像是半透明的,身上的肉往下坠着"。最后,他们的皮肤裂开,"所有的裂口都是竖着的,裂口中渗出油一样的液体,接着是像泉水一样小股小股地流出来",最终,油一样的液体"哗啦啦地涌了出来"。人们就这样悲惨地死于非命。最令读者绝望和心寒的是:遭受灭顶之灾的大多只是良善的无辜之辈,他们的"惨死"完全是由于那个"幽灵表弟"的偶尔"造访"导致,别无他因可寻。

但是现代社会，科学技术的发展、理性精神的日益普遍，一方面，随着人类认知视域的不断扩展，恐怖小说不再拘囿于仅仅以"超验"世界中的"幽灵"来象征代表"厄运"一切阴森可怖的"非常态"形象，包括具备高级智慧的异类形象、诡异的自然或非自然的现象和事件，也包括人——变态的、具有魔性色彩的灾难制造者——恶人，这些都可以充当"厄运—劫数"之源。另一方面此类"宿命"色彩过强、完全沿袭传统"鬼故事"的恐怖小说，由于其在创作观念、审美上没有开辟出新的图式，开始逐渐失去读者市场。大批的恐怖小说作家将创作视点转移到自然界、社会生活领域的层面，"厄运"作为一个恐怖符号，其背后的丰富含义亦进一步被释放出来。

恐怖小说家老猫在他的恐怖小说集《优雅与恐惧》的自序中写道"因为得到之后，就开始害怕失去。"由此，"害怕失去，这是所有有身份的人共同的软肋。"这是对"厄运"很好的一种解释，"失去"对于一个拥有者而言就是一种不幸、厄运。此外，恐怖小说家周德东的作品《我遇见了我》，也很好地回应了他的这一观念。

《我遇见了我》讲述的就是一个成功人士遇鬼的不幸经历：知名作家兼编辑周德东遇到一个与自己长相酷似的人，这个"幽灵"冒用周德东的名字，搅乱他的生活规律，并且步步为营地吞噬他的社交圈，架空他的一切，使真的周德东丧失自己的身份，眼睁睁地看着自己苦心经营的一切成就全被那个"面孔惨白"的假周德东所截获——包括家人的信任、自己的地位，还有物质上的经济基础。在这里，"真周德东"完全是一个被动者，他是被逼无奈、防不胜防地遭受到这个"幽灵人物"的冒充以及随之相生而来的厄运。值得一提的是，故事最后将"冒充"事件解构了（当然即使不解构，读者也不可能相信这是真实的故事），当"真周德东"忍无可忍将刀刺向"假周德东"时，却发现刀扎到了自己身上，原来"假周德东"是"真周德东"假想出来的"敌人"和"恶鬼"！由此可见，故事真正要表达的就是一个成功人士的忧患和恐惧，以及他对生命的紧迫感和危机感，而并非是一桩灵逸事件或什么邪谈怪论！

可以这样说，读者之所以被以上形形色色的"厄运"故事所打动，正是因为在现世的生活中，他们对一切已经发生的变逸事件无法做出解释，而对那些将来可能发生的事件亦处未知的状态，值得注意的是，作者将故事中的情景，故事中人物的遭遇以仿真的笔法来描刻，使他们这些故事的旁观者能有身临其境之感，故事也因而获得了特定的美感效应。

2. "违禁"故事

禁忌是一种带有神秘色彩的行为规范，它关键的特点之一正是在于它的"危险性"，因为一般违禁者所将遭受的后果都是血淋淋的，甚至是以生命为代价的，所以，"禁忌——违禁——惩戒"往往成了小说家在恐怖小说中比较青睐的故事线索，而揭秘"禁忌"所形成的叙述势能更是成为推动故事向前发展不可多得的动力装置。

"禁忌意味着恐惧。"禁忌不同于"常识"，诸如存在"放火——火灾""触电死亡"此类内在逻辑关系清晰的"因果律"与"必然律"，它带有更大的不确定因素，诚如万建中先生在《禁忌与中国文化》中说道："某种语言、某种行为或接触某种人、物与人们认为要降临的恶果之间根本没有任何直接的联系。"因而，触犯"禁忌"者，对于厄运除了恐惧之外只有无可奈何和束手就擒。

"禁忌"何以对人类造成如此巨大的震慑力量？在这里，"禁忌"不仅与民俗学中的神秘文化有关，更与现实生活中的许多自然灵异现象有关。比如，人们至今都无法解释的"法老的咒语"让每一个"入禁"者离奇死亡。这一切现实的惊悚心理体验基础足以打开恐怖小说创作的一大资源宝库。

事实上，"禁忌"可以涉及的范围十分宽泛，大到某个"禁区"，小到某个"词汇"的忌讳。午夜对着镜子梳头是一个禁忌（《午夜不要对着镜子梳头》）；私闯"鬼楼"是一个禁忌（《地狱的第十九层》）；佩戴古老家族遗留下来的"玉戒指"也同样能构成一个禁忌（《荒村公寓》）；甚至连"阅读"也能成为禁忌（比如《第二十七页不能看》《死亡接力书》等）。

对恐怖小说而言，揭开"禁忌"背后的隐秘"设禁"之由，就成为恐怖故事的一个中心情节。从传统中国社会看来，作为一个伦理文化发达的国度，许多"设禁"行为本身就蕴涵着一定的道德劝喻功能。2005年出版的恐怖小说《碎脸》（鬼古女著），讲述的是一个"违反禁忌——死亡惩罚"的故事，小说描述的是，江京医学院学生寝室的13号楼405室对所有"江南籍女生"是一个"不可迈入"的"禁区"。自1977年6月16日至1993年6月16日的16年中，12个曾违禁入住的"江南籍"女生相继坠楼身亡，无一能幸免于难。当又一新学年开始之际，女生叶馨被安置到了这个宿舍，一方面她已被卷入了这个"禁忌惩罚"的行列之中，另一方面好奇心驱使她展开对这些诡异死亡事件的调查，她深入到档案馆，查阅遇难者的背景资料，并跟踪追查尚存活于人世的"幸免者"，在有意或无意中她了解了事实的真相：导致死亡的是一种诡异的"能量"。在"文革"时期该医学院大批的专家教授蒙冤受屈，含恨身亡，然而他们阴魂不散,临死时的"意念"形成一股强大的"能量"能够以信息感应的方式扰乱活人的神经,对他们产生致幻作用,劝诱他们自杀。而405室之所以自杀多发正是因为其处于该信息能量的"感应"区域内。

《碎脸》这部小说主要是围绕着揭开"设禁"之由来展开。最后,故事点明了,医学院的大批专家教授在临终前发出一些怨毒的"咒"其目的是要向迫害自己的造反派讨回一个公道;同时也是为了通过这种极端的方式来表达对社会的不满、对历史的不满、以及对人伦道德沦丧的不满。此时,作者成功地以此"恐怖"故事的形式来达到昭告世人的目的:要警惕人性中"恶"的膨胀,要在自我的道德审视和自我的否定中推进文明的前行!在此,"设禁"的缘由一旦破译,"禁忌"之恐怖性也就在此片刻之间得到瓦解,整个故事给读者带来的悬疑、紧张也在刹那得到释放。

类似《碎脸》式的"禁忌"故事,其情节发展过程往往形成一种传统小说中常见的"开始——发展——高潮——落幕"的抛物线式的模式。不过还有更多的"禁忌"故事背后往往没有特定的"禁忌"缘由,故事就朝着开放式的、恐怖递进式的方向发展。在2003年的"榕树下"的"聊斋夜话"中有一部作者为梦雪天的《死亡接力书》。小说中的"一叠神秘的手稿"就是一个禁忌符号:首先"手稿"的创作者夜静怡暴卒身亡,相继死去的是给夜静怡验尸的法医小王、张主任,再接下去是书商。然而,一连串的死亡,却是出于相同的死因由于浑身血管的爆裂,心脏衰竭而死。于是,"十几名高级电脑程序员"开始"制作出了一个强大的分析工具的应用软件"来分析手稿;同时"监视器,心电检测仪,温度检测仪"等高科技手段也被相继投入使用,以跟踪对"手稿"目击者的医学观察。然而"谜团"仍无从破译,在此,"高科技"的神话被彻底打破,让人们感受到"禁忌"中主宰人类命运的那种神魔力量,这种力量牢不可破,它能让读者陷入与剧中人物同样无助、绝望的恐惧深渊之中。

蔡骏的《荒村公寓》则告诉我们这样一则违禁故事:欧阳家族的"地下室"有着古埃及法老陵墓诅咒一般的神奇魔力,其中蕴藏着5000年前良渚文明遗留下来的玉器。四个大学生作为"违禁的闯入者",死的死,疯的疯,尤其是他们中凡是私自戴过"玉指环"者遭受到的则是无比惨厉的精神折磨。恐怖的一幕幕在他们大脑、眼前盘旋萦绕,挥之不去,在惊恐中他们无可选择地走向死亡或者疯狂。尽管这里,四个大学生和叙述者"我"都很年轻,拥有探险和进取精神,崇尚科技的力量,立志去破解"荒村"之谜,但是正是这样代表新理念的知识者却被古老悠远的良渚遗址的断壁残垣所惩罚和教训。在此,故事道出了人类精神上的灾难感，也道出了他们对回归神秘主义的文化本源的一种心向神往，故事之所以赋予这种远古的物品以神性，一定程度上表明了当代人置身现代文明中所产生的一种失落感、无序感以及不安全感。

很显然，这类"禁忌"故事中，"禁忌"只是作为一种比较纯粹的故事讲述策略，没有更多的文化延伸意义，可就是这种率意的、现在时的、表现内心最本真状态的"禁忌"故事，能给予读者更切肤的震颤感；也正是这些与道德无关的神秘力量禁忌，比之于道德违禁的惩戒明显带有神意的色彩。它们代表了人类对自身的渺小和无能的反观（尽管神性的远古禁忌文明曾经因为科技的昌明、文艺复兴中对人性力量的标榜而一度低落），它们的出现一语道破了现代人无条件存在的、一触即发的"恐惧"，更道出了人们日渐滋生出的对技术理性的不信任和怀疑以及他们意识深处密不示人的悲观情绪之深。这种"禁忌"的描写，其本身所携带的强制的震慑力所指向的是遵从与恪守，是虚怀若谷地对神圣不可侵犯事物怀有本能的恐惧感，甚至，我们可以说这是一种敬畏。一种"对生命和死亡、对自我及他人，对世间的一草一木，一声一息"的"神秘感、怀疑和尊重"。笔者认为，无论"禁忌"本身有无附加含义，"禁忌"主题的故事通过传递给读者一种恐怖效应，目的正是要传达出作者对人类命运的远视和忧患，提醒生而为人的芸芸众生对生命、对将来、对自我、对世界树立正确的认识。

3."历险"故事

不同于"厄运"和"违禁"故事，主人公总是被动地受到或妖或鬼，或飞来横祸或奸佞阴谋的残害，只能被"命运"牵制着，消极待命。这使小说整体上总沾染着一种宿命甚至悲观厌世的情绪。"历险"的故事则将故事的重点摆放到"遇险——脱险"这样一个过程上来展开，从其中揭示出人类的一些基本的生存能力、人性本质和性格特征。

魏晓霞《鬼谷逃生》《12小时惊魂》都是描述"历险"的故事。前者讲述的是在一个名叫"迷魂谷"的山谷中，一群被骗来的女人受到"谷主"的残酷奴役和虐待。她们最终历经千辛万苦，突破环生之层层险象：狼群的围攻、歹人的追逐和中途的迷路，终于逃脱了这个充满血腥、暴力和压迫的地方；后一个故事讲述的是，女记者胡小明想到边境海岛上去找好友、缉私队副队长阿英，一路上屡遭不测、跋涉多灾，最终历尽了艰难险阻到了岛上，却发现误入了更加险恶的境地——那里盘踞着一群毒枭！但到了故事最后，历经一幕幕令人毛骨悚然的恐怖景象后，疲于逃命的胡小明依靠着自己坚定的求生信念和意志力终于还是逢凶化吉，获救脱险。然而，值得关注的一点是，类似上述以"奔跑——追杀"为情节主线充满动感的、崇尚积极进取人类精神的类似《丁丁历险记》《汤姆·索亚历险记》恐怖历险记式的"历险"故事在中国的小说中都不多见。而大多数的本土小说家喜欢将"险情"固定到一个地点中，用一种忧郁、沉闷、阴森的消极悲观的笔调来展开故事，让整个故事带着东方独特的静态的恐怖效应。而故事中"险情"发生地往往就被设定为一座"鬼宅"。

在具体的情景设置上，一方面小说家们充分利用以往固有的"鬼宅"资源来营造小说气氛，为故事人物的惊悚"历险"经过提供与之相配合的情节因素。他们已不再满足于既定的"鬼宅"故事模式，企图将"尸变、宅妖"的《聊斋》模式和"贵族宅第、欧洲古堡"的《呼啸山庄》模式相结合，将东、西方所特有的神秘、惊悚文化因素综合到故事当中去，力图呈现给大众一个全新的"鬼宅"故事模式。

另一方面，"鬼宅"故事在环境渲染上，作者们既不放弃对中国"荒原中古墓野宅"氛围的借鉴和继承，又融贯中西引入西方哥特模式恐怖小说中"废弃中世纪城堡"意象——从而在艺术上营造出某种独特的氛围。比如，蔡骏的恐怖小说《荒村公寓》与《幽灵客栈》，张二的《极度惊魂》都是将故事置放在这种人烟稀疏的荒郊野地"古宅"中进行，此类荒凉的"古宅"有一个明显的共通特性就是：①古宅中曾居住过没落的旧家族或部落、现今依旧幸存一个或几个劫后余生的老人，作为"恐怖历史事件"的见证者和"恐怖传闻"的散布人；②古宅中流传有因反抗罪恶而设下的咒语或死亡预言、并出现种种神秘诡异的怪相。有了起调阴森的前奏，故事真正展开了——"鬼宅"中"误闯入"不多的几个彼此陌生的人物——尽管他们同时受到死亡恐惧的威胁，由于彼此之间素昧平生，他们开始猜忌、憎恨、甚至敌视对方，在这些矛盾的推动下，一系列的故事也就在此展开，主人公的"历险"也开始了。在这个"恐怖经历"铺陈开来的过程中，作者们借鉴采纳了节奏紧张的、悬疑色彩强烈的西方式"侦探小说"的情节（类似英国 H.G. 威尔斯的《红屋》中的"一群人中终究有一个凶手"故事模式或《尼罗河上的惨案》中追问"游船"中究竟"凶手"是谁的破案情节），再配以缥缈凄清的梦幻式的东方意境作大背景，使通篇故事在讲述过程中显得错落有致、波折跌宕又不失哀婉阴森之感。

这里需要说明的一点是，在现代的语境下，作家笔下这样一种孤独离群的"鬼宅"，其背后潜藏着丰富的隐喻含义，暗示着现代人的生活结构形态，"鬼宅"中"人脉"的稀疏以及其与"社会群居"的隔绝则象征了当今社会普遍存在的分层叠合式住房及家庭封闭式的环境,这种空间结构形态带给人类内心的将是永恒的孤独和寂寞,还有由孤独寂寞派生而来的不安全感和焦灼感。不妨以《幽灵客栈》为例,故事发生地"幽灵客栈"本身就是一座"凶宅",那是海滩边的"在一片荒凉的山坡上,孤零零地矗立着一栋黑色的房子",这栋房子离群居社会"百里之遥",那里的人们"谈宅色变",因为那里曾经发生一起神秘血案,此后就开始流传开那一则则骇人听闻的恐怖传说……在此,作者把"历险"任务交给视角人物周旋来完成。周旋在入住之后,他遇见了面目丑陋的雇员阿昌,阴鸷沉闷的店主丁雨山,行踪诡异的清芬母子,表情寡淡的白衣少女水月……每一个人置身"鬼宅"其中却无法知道周围人的来龙去脉和详细实情,大家的心灵都处在离群的封闭的孤独状态之下。随之而来的怪逸事件:电脑莫名被烧毁、浴室里幽幽的女声、客栈大厅上照片人物莫名其妙地改变表情,足以让故事视角人物周旋诚惶诚恐,一点一点地丧失对周围一切人事的信任感,并本能地滋生出对环境的瞥惕与恐惧情绪。置身鬼宅,每个人都变得很脆弱,内心却畸形地膨胀着"自我保全"意识。于是人们各为己利,对他人处处设防甚至伺机消灭以增强自身的"保险系数":落水后死里逃生的水月并不能给"同是天涯沦落人"的同行者带来任何一丝安慰,大家(其中还包括她那两个结伴而来的同学)宁肯选择相信"莫须有"的谣传——落水后复活的人将有"魔鬼附身",将会给他人带来厄运!于是几乎每一个人都绞尽脑汁千方百计想灭掉这个"不详的妖孽"。在众多人工集体的联合剿杀之下,美丽而年轻的血肉之躯终于变成了一具真正的"死尸"。然而,"青春生命"的代价尚不足以换回人们的安宁生活,接着,杀害水月企图"自保"的人们也一一相继死去,是水月的"阴魂"作祟,是二十年前的"僵尸"又复活了,还是世界之外的那种灵异力量开始发生作用了?到此,这座邪异的"鬼宅"着实令读者的内心无法安宁了。

据此,我们可以这样认为,此"历险"类的恐怖小说,相对于读者的阅读而言,是一个经历"心理历险"的过程,随着险情的不断升级而内心压力愈积愈深,"恐怖"的心理之弦也一再被绷紧,当"历险"结束之际,心理压力方骤然得到释放。还有相当部分诸如《招魂》等小说,其恐怖故事完全是在从"恐惧"到"荒诞",从"历险"到"闹剧"此两者之间的张力中展开的,其中所蕴含的巨大情感反差将使读者陷入对生活的喟叹和感慨之中去。

事实上,无论是"厄运""禁忌"还是"历险"主题的恐怖故事,它们的情节指向都无疑是为故事主人公设置一个"劫难",当然,对于不同的故事类型,"劫难"的含义也不尽相同,但是所有此类故事殊途同归的是都让主人公去"经历",去"受难",去"挣扎"。作家们之所以要设置出那么多的"灾难"和"险情",其目的不仅是要述说出现代人"四面楚歌"的危机感和"坐待天命"的无为情绪,而且更要提醒世人能够正确认识到自身的局限;摆正自身在整个历史环境中的正确位势,并做好随时应付生活中不测和艰险的准备。

4. "人性恐惧"故事

关于"人性"的善恶问题曾让中国的思想者们展开过激烈的论争,孟子的"性善论"与荀子的"性恶论"各执一端,相持不下,小说家们似乎更愿意站在荀子这一边。他们笔下的故事,多半将"恐怖"的来源归咎于是人的"邪恶"、人的"同室操戈""同类相残"。事实上,在我们说到人性"恶"的时候,"恶"这个词是不能作一种单向面的理解和阐释的,它应当是一个含义更为宽广的语汇。弗洛姆在分析"恶"时视野就显得较为开阔,他认为"恶是一种特殊的人类现象","恶是人在悲剧性的试图逃避他的人性的责任中自我的丧失。"而描写"人性"的恐怖小说则正是着力于细致地展开各种各样的"自我丧失"。

与人类的真实世界一样,恐怖小说所描绘的幻化世界也是不完善的。但恐怖小说作家笔下的"世界"是虚拟的,因而在营造它的同时,作家拥有更多的艺术空间来发挥一己对人性的鞭辟之见:比如恐怖小说可以毫无顾忌地虚构一个不忍卒睹的凶杀案件,也可以随意地从故事现场中跳脱出来以旁观者的眼光来展现故事全貌,甚至还可以借用魔幻现实主义的艺术手法来展现"人性"的另一面或"现实"的另一种。其中不仅揭露出人性中攻击性的、暴虐的一面,更囊括进人性中怯懦、猜忌、自私等隐秘、微妙的另一面。恐怖小说家们的高明之处正是在于他们能够适时适地揪住这些丑陋的、不善的却又真实的东西,并将之晾晒到读者熠熠闪烁的目光之下,从而来否定这些"恶",并讽劝世人来抵制这些"恶"。

下面,将从人性的嗜血、贪婪和卑微三个层面对当今"性恶"主题的恐怖元素小说加以简要梳理。

(1) 人性的邪恶——嗜血与破坏欲

陈平原先生曾在《千古文人侠客梦——武侠小说类型研究》中提到,正是因为"武侠小说"暴露了人内心深处"潜藏的嗜血欲望",因而能满足读者"人类的心理"中的"暴力"倾向,受到中国人的普遍欢迎。在文中,陈先生同时还指出,正是这种攻击性的施暴本能,使得原始社会中的人类为了争夺有限的生存资料而相互残杀,以致优胜劣汰,让人类这一物种绵延至今,而这种本能却并不因为理性与文明程度的与日俱增而消殆，而是永恒长久地埋植在人类的心灵深处。

相对于其他的小说，揭示这种蛰伏人类心灵隐蔽处的"嗜血暴力"本能，恐怖小说可谓是享有得天独厚的"类型优势"。我们甚至可以这样认为，崇尚暴力美学元素，以"侦破凶杀案"为情节线索的恐怖小说，其文本本身就构成一个使人性中的残忍、变态、破坏欲望得到充分恣肆自我表演的天然舞台。

丁天的《脸》就是以一连串接踵而至的剥皮凶杀案件为故事主线，来揭示人性丑恶暴戾的那一面的。小说中，韶华已逝的女科学家金月琴为使自己返老还童，青春永驻，正进行着一项科学攻关，以期合成"YLG元素"。虽然金月琴的愿望本无可厚非，然而问题的症结正在于该元素的原料必须从年轻女孩的活体中提取！在损人利己的"恶"的冲动下，恐怖故事就开始上演了。易容后的金月琴爱上了青年编剧高辉，于是她开始嫉恨高辉身边所有青春娇艳的女孩，并将自己的试验目标锁定在这些女孩身上，将十来个与高辉交往甚密的女孩一一残暴地杀死并毁尸：她们的皮被完整地剥了下来，她们的内脏也被取出，一张张美丽的容颜瞬间变成"血葫芦似的脑袋"。恐怖狰狞、鲜血淋漓。这种荼毒青春、扼杀美的恶劣行径所带来的恐怖效果，实令人触目惊心，久久难以恢复内心的平静。

蔡骏的《夜半笛声》与《脸》在故事寓意上是一脉相承的。不过，后者通过对"恶心"而非"血腥"这一恐怖元素的描绘来展示人性之恶。小说带领读者重温了第二次世界大战中日本法西斯"生物细菌战"的那段历史，展示军国主义者"非人道"的滔天罪恶。故事中，男主人公肖泉的祖父曾不幸成为眼蝇蛆细菌的人体试验品，而肖泉正是家族中"瞳人"基因的遗传者，在他成长到一定年纪时，身体基因内携带的"蝇蛆"病毒就会发作，随着该病毒的生长繁殖，作为"瞳人"的肖泉大脑脑浆将被吞噬一空，同时全身亦将因感染细菌而溃烂，直到死亡。在病毒始发到死亡降临的这漫长的七年里，肖泉的精神与肉体受到双重的摧残与蹂躏。最后当苦苦追寻他七年的恋人池翠带着他们的孩子见到他的时候，他已经成为一个昼伏夜出、全身溃烂、披头散发的"魔鬼"。将一个英俊貌美的青年变成一个如此恶心、怪诞、恐怖的"古墓幽灵"，这本身已经令人深感痛楚，然接下来的事实更令感到惊怵：正是人类自己的邪恶在给同类带来的灾难和恐惧！而要真正摆脱灾难和恐怖，与其让我们来祷告上天，哀求神灵，不如真正来直视自身的"性恶"。所以，借助于一种"恐怖"的美感元素来激发读者对"性恶"的关注，事实上预示着恐怖小说作家已经开始观照、认知和审视人性的负面因素，并逐步走向对自身灵魂的拷问和积极反省。

（2）人性的阴暗——贪婪

佛家将人的罪孽归因为"贪、嗔、痴"的存在，而"贪"又被列为第一位，因为"欲望"是人性中永远的一根软肋。如何采用一种有震慑力量和劝说力度的文学语言来透析这种"贪婪"欲望，根据《夜半笛声》中的解释：所谓"瞳人"，就是眼蝇蛆细菌的人体试验品。1945年的夏天，日本军方制造了夜半笛声事件，他们用笛声控制了一百多个孩子的精神，然后将眼蝇蛆细菌注入孩子们的眼睛里。眼蝇蛆很快就侵入了他们的大脑，孩子们的脑细胞被吞噬，迅速地惨死在地下。但是，有一个男孩出现了异常情况，当眼蝇蛆细菌入侵他大脑以后，并没有吞噬脑细胞，而是在大脑半球的顶叶部位停留了下来，并长期寄生在这个位置。其他所有的孩子都死去了，只有这个男孩奇迹般地幸存了下来，并在眼睛里留下了重瞳的印记，日本人故而将他称之为"瞳人"。

综合考察之后，将"贪婪"归置到恰如其分的位置上去，成为小说作家们亟待于解决的问题。

在诸多如金钱、名誉、情感等"贪婪"欲望的对象中，金钱又是一块别样的试金石，它能撕裂披拂于人性之外的楚楚衣冠，使其毕露无遗。于是，种种与"贪财"相关的不法事件成为恐怖小说故事书写的对象：贩毒走私、贪污盗劫、杀人越货……林林总总。

魏晓霞在《老宅魔影》中讲述了一个"盗墓"故事。故事中，"老宅"的地下室是一座鲜为人知的古代陵墓，内藏有大量价值连城的文物珍宝。自从"一个不苟言笑的医生"陶凡入住之后，相继在闯入过"老宅"的人中发生连环"失踪横死案"—不知去向的小学生赵柱儿；神秘失踪的美貌女子——苏婉、丽丽；雪地里冻成冰块儿的毁容男尸……于是死亡、恐惧、悲哀开始主宰村民们的生活，每个人都战战兢兢。故事最后，读者被告知，这一切不幸都是"白脸医生"陶凡的杰作：他穷凶极恶地杀死那么多无辜的生命仅仅是为了在偷运文物过程中能掩人耳目，为了能独吞那笔巨额财富！对于这样一个原本有着良好职业和经济收入，衣食无忧的狂热"金钱信徒"，除了彻骨的寒冷和恐惧感，我们夫复何言？

在老猫的《恐惧与幽雅》中收入的三篇惊恐小说，无一不是揭露这种无止境的人类欲望。《我睡不着》中，电视台的文化名人、豪华的住宅的形象代言人，克扣工人工资却腰缠万贯的房地产开发商等等社会名流却如同上演一幕死亡接力般接踵被杀，盘根错节的案件背后我们看到了杀戮的唯一的动机只是为了争夺房产，为了让自己的既得利益抵达最大化。《别墅怪谈》中，女律师的男朋友为了钱与房产开发商合谋将知道"房产开发内幕"的女律师残忍杀害。《邻居家的声音》里为了家产，亲人间剑拔弩张，儿子囚禁父亲，爷爷杀死孙女……那么"贪婪"者呢？在给他人带来毁灭与灾难的同时，他们的欲望得到满足了吗？作者们坚定地给出了否定的回答，赐予了他们"引火自焚"的结局：陶凡（《老宅魔影》）被绳之以法，冯焰欣（《黑梦》）一命归西，而《我睡不着》中的蒋红、史未来也无一能有善果。尤为值得一提的是有相当部分的小说，如嫣青、独妖的《黑梦》，主要展示的是贪欲对贪婪者本人（而非他人）所造成的悲剧命运，女主人公冯焰欣是一个美丽而聪慧的女孩，然而她对利欲的痴迷成了贩毒分子利用她的最佳突破口。在被卷入肮脏的毒品交易中后，她几次企图回头靠岸，却身陷其中，欲罢不能，最后毒枭用火将她烧得面目狰狞，成为一个不人不鬼的怪物。而她的男朋友洪峰，也同样是一个金钱欲望的殉葬品，当这个男人通过冯焰欣的日记得知冯焰欣被害的真相后，他出乎常情地变得欣喜若狂，并企图以罪证"日记"去敲诈凶手500万，然而象征幸福与希望的500万没有到手，自己的性命却断送了。

　　事实上，贪婪是历史进程的附加品，从天下为公到天下为家，人的本性就逐渐惯性成"趋利避害"。"趋利"的本性发挥到了极致就变成了"贪婪"。当人有了"利"可趋之时，就不能再看淡、放下一切了。很多小说作家都看到了贪婪损他性灾难性的本质，并力图以恐怖的艺术效应来充分展示甚至夸大这种因素——他们还给予贪婪者一个坠入万丈深渊的结局，因为在他们看来，这种可怕的过度的欲望，其所涉及的不仅仅是停留于个人层面上的是非善恶，而更多指向的是对社会制度的触犯和违抗！但是，贪婪——金钱欲、名誉欲等等，作为一种纯粹的罪恶，它们背后是否可能附加着一些人性中其他的东西呢？比如人情中的亲情、爱情因素。因为，人毕竟不是佛，有着七情六欲，有着恐惧和怨恨。

　　丁天的《灰色微笑》将人的"贪婪"之恶作了一种更公正更立体的阐释：故事中的谢大明身为一名刑警却私通文物盗窃团体以牟私利，起先是为了供奉在美国读书的妹妹，后来是为了能跟自己所爱的情人陆菁菁共同去美国享受优越生活。当他背叛自己头顶帽檐上国徽的这一刹那起，他就万劫不复了。最后作者安排了这个选择亲情、爱情而非"制度""规范"的"贪婪者"一个异常凄美的死亡，不像其他贪婪者那样死得丑陋而龌龊，他选择了一种神圣却又痛苦的死亡方式：把枪口对准胸口而非太阳穴开枪，以期留下眼角膜给失明的爱人陆菁菁，了结自己"爱"的心愿。这个故事不同于以往"贪婪"主题恐怖小说用一个变态、疯狂的贪婪者来凸现一种血淋淋的恐怖场景，小说通过破译一个惊险的文物走私案，对人内心复杂的欲望心理作了立体的全方位的透析，让读者在悬念、犹疑和震惊的情绪中看到人性"贪婪"的同时还看到人情的"复杂"，而这种"复杂"本身又将给读者以一种思考人性、思考人生的沉郁感和一种深沉的恐怖感。

（3）人性的卑微——极端自私、猥琐与怯懦

如果说，嗜血施暴是人类的一种负面本能，贪婪是人类在完成社会化进程中后天习得的一种负面禀性，两者都是张扬的、积极的攻击性本能的话，那么自私、冷酷、猥琐则是人类一种保守的、消极的、防御性的本能。

周德东的《空前绝后》正是要表现人性"多疑""排他"的自私本性。小说讲述了这样一个故事：男作家子席与女演员芒园在"世界屋脊"上旅游时邂逅，二人结伴下山后发现地球上人类消失了。两个孤独生命在失去社会和自己所属群体的特殊状态中生存，他们结为夫妇，相依为命。一开始，子席没有杀芒园，那是因为在如此孤独的环境下自己依赖对方不敢和她分手。而这个胆小而残忍的男人，逐渐不放心起来，他开始怀疑对方可能对自身会产生"威胁"时，猜疑、自私的本性使子席在惊恐、绝望、困惑中惶惶不可终日。他把自己的环境想象成是一个处处潜藏危险的空间。整个故事就是这样以"子席"的视角展开，并详细描绘了他如何的活在人性的阴影中，如何的承受惊恐的煎熬，最终走向毁灭的心理过程。整个小说节奏阴郁，沉凝似铁，给读者带来一种荒凉、焦虑的阴沉气氛，当这个利己主义者痛下毒手，亲手将已经怀孕的芒园残忍杀害时，读者心中漫长的、阴湿的恐怖情感则彻底化为了一种虚妄感和伤痛感。

恐怖元素运用在表现这类主题时，作家往往倾向于选择一些危难、极端的特殊场景，因为在严酷的极端环境中，文明、秩序与理性才得以暂时缺失，此时人性中潜伏的低沉的灰暗的阴影才得以显露。比如在燕垒生的《瘟疫》中，作者描绘了这样一幅荒凉的场景：病毒肆虐，一座小城中不断有人感染瘟疫，然后他们都变成为一尊石像。于是，人心变得异常冷漠，为了保持残留的健康者的"安全"，感染者就可能随时被"就地解决"，尽管他们还有生命但也会被"投进焚尸炉"。所以"往往会从里面发出一声撕心裂肺的惨叫"。故事中的"我"是一个尸体处理工，"一天大约焚烧二百个人"。到了后来"不但不害怕这种惨叫，反而在投入每一个石像时，总是满心希望它发出那一声绝望的呼叫在此，似乎"我"比《空前绝后》中的子席更嗜血，更残忍，双手沾染了更

多人的鲜血。但是与前者一样的是，"我"也是出于"恐慌"：恐惧于感染疫菌、恐惧于遭受肉体的痛苦，更恐惧于死亡的阴影，是自私、委琐和不安才使"我"变得如此冷酷和麻木。

事实上，带有恐怖元素的小说在对人性"自私"之恶作诠释时，他们的情感显然是复杂的，既有纯粹的鞭笞、不屑，也有"痛何如之、恨何如之"的心灵颤动。他们甚至还利用"无意识"完全暴露的精神不健全者的恐惧感情来影射"正常人"内心深处的恐惧，通过展示这些臆想症患者的心理，夸张地将众生以"自我生命安全"为中心，视他人为地狱，对他者处处设防的心理表达出来。

但也就是在这些"怯懦""委琐"的，甚至神智不甚清晰的人们身上，暴露了"正常"人身上所存在的某些莫名的恐惧心理。或许读者真正应当反思的是，人类的无意识为什么充满的都是一些"恐惧"而非别的或相反情绪的什么东西？难道仅仅是因为"人心"都"不古"？回首古代的处世哲学，"防人之心不可无"的古训、"人不为己，天诛地灭"的箴言事实上都告诉了我们，人类是多么"自私"和"自我"。因而他们注定了将因此而怯懦、而患得忧失、而使自己的内心为阴湿而沉寂的"恐怖"情绪所缠绕，当忧郁症、迫害狂想症这些心理疾患逐渐侵蚀着人类心理健康之际，或许我们是应当好好地清理一下自身的心理积晕了。

综上所述，在主题的选择过程中，作家们深刻地挖掘了"恐怖"产生的源头："恐怖源于仇恨""恐怖源于未知""恐怖源于邪恶"。同时他们选择了相应的"复仇主题——对伦理的恐惧故事"、"劫难主题——对未知恐惧故事"和"邪恶主题——对人性恐惧故事"作为讲述的对象。唯其选用这些好的素材方能使小说真正地获得一种特殊的艺术魅力。

第四节 恐怖的濒死过程

恐怖是其竭力为读者带来的一种阅读体验，且多是以场面的感官刺激来表现，尤其有关死亡的或者是濒临死亡的凄惨场面，给小说中的在场人物，同时也给读者带来别开生面的视觉冲击。在恐怖小说的开山之作《奥特朗托城堡》中，曼弗德亲王亲眼看见了儿子康拉德的死亡场景："他看到自己的孩子粉身碎骨，几乎全身压在一顶庞大的头盔下面……"甚至，他还阴差阳错地制造了自己亲生女儿玛蒂尔达的死亡。而在刘易斯的《修道士》中，死亡的恐怖画面比比皆是：虚伪的修道院院长安布罗斯用枕头捂死了少女安东尼娅的母亲埃尔维拉，这个不幸的女人"她脸色青黑，表情可怖，脉搏已停止了跳动，体内的血液开始变冷；双手僵硬、冰冷"。女修道院院长多米娜被群情激愤的人群打死，"他们打她，踩她，蹂躏她，一直到她变成了一堆肉，难看，变形，恶心"。还有少女阿格尼丝被囚禁在墓穴而濒临死亡的恐怖场面，"我几乎完全变成了一具骷髅，视力逐渐衰退，四肢开始僵硬。屡屡因为饥饿的折磨而发出痛苦的呻吟，那阴郁的呻吟声在地牢的拱顶不断凄凉地回响着"。在这些场景式的恐怖画面中，更多的是死亡画面所表现的赤裸裸的血腥与暴力给人感官上带来的直接恐怖感，是属于比较纯粹的外部刺激。就如同死亡这个名词本身对人的意识所带来的冲击，因为死亡这个概念在人的意识中已经有了预设，明白死亡的可怕性。血腥而凄惨的死亡画面或是濒死画面、弑亲的人伦惨剧这些仅凭事件名称本身就能引发人们的恐怖感受，再仔细地描写这种场面恐怖感自然而然地直击人的神经，也就越来越成为一个黑暗之谜，散发着狰狞的恐怖气息。想要摆脱却在不知不觉中死去，根本没有任何感觉。或者是压迫窒息的痛苦感死去，只能预期死亡者的痛苦的程度，因为他或她在确定了死期之后，每天都在死神阴影下生活，在意识特别清晰的状态下，人们对死亡怎不万分恐惧和痛苦？

死亡画面的血腥刺激所带来的感官恐怖固然是死亡制造恐怖的常用方法，直接而有效，有些描写极为血腥，直接刺激人的视觉，形成赤裸裸的恐怖感受。但有关死亡与恐怖之间的纽带，恐怖元素运用效果最好的是关注的是死亡给人的心理、精神世界带来的冲击，即死亡临近时的威胁给人物带来的心灵上的恐惧与压抑。由人内心的恐惧在精神世界中的合理演绎所产生的恐怖被突显出来。无论是个体还是群体，在面对死亡时，来自心灵的恐惧与战栗都被恐怖元素的震撼效果描绘得淋漓尽致。

以爱伦·坡小说《陷坑与钟摆》为例，小说以第一人称描述了"我"在被京教法庭判处死刑立即执行之后，面对随之而来的种种死亡方式，在生命受到威胁之时内心的恐惧与煎熬。一般被宗教法庭判处死刑的异端者大多被处以火刑，捆在火刑柱上被活活烧死，而"我"面对的死亡方式显然不是直接的肉体痛苦，而是另一类被称之为最可怕的精神恐惧。这是一种怎样的精神恐惧呢？在"我"还没有意识到的时候，这种精神恐惧已经悄然而至。首先是在"我"意识刚醒之时面对未知的恐惧。在"我"接受审判之时，"我"的精神与肉体已经经历了一次漫长的痛苦，以致"我觉得我的知觉正在离我而去"。而这时死刑的审判无疑是雪上加霜，猛烈冲击了"我"的意识，使"我"陷入了昏迷之中。昏迷而未完全失去意识时模模糊糊的感受以及睁开眼之后无边无尽的黑暗使"我"陷入了可怕的猜测中——"我"被活埋在了墓穴之中！面对未知的黑暗，所有的人天性都会具有丰富的联想能力，各种经历、经验、推断、想象纷至沓来，使得黑暗更显恐怖。"因为在全然的黑暗之中，我们无法知道自身处于什么样的境地，安全与否；我们看不到周围的事物：可能我们每时每刻都在和某些危险的障碍物做斗争；当我们跨出一步时，就有可能坠入悬崖；而且，当敌人来临时，我们不知道该如何保护自己。"死亡所带来的恐惧已经使"我"精神脆弱，而在黑暗中未知的死亡方式更是加剧了对"我"的精神压抑，内心的恐惧已经趋向极端。所以"我"在摔了一跤恰巧发现陷坑之后便缩至墙根不再冒险了，内心的恐惧让"我"想象着遍地都是陷阱，而随即在另外一种精神状态下，"我"可能有勇气跳入深渊。这便是陷坑给"我"带来的精神折磨，即便"我"没有跌入深渊致死，但它已经用它自己的方式使"我"饱受精神的恐惧。即使"我"逃过了陷坑的死亡，却没有办法逃离宗教法庭执行的死亡，精神恐惧的折磨依旧在继续。在"我"昏睡醒来之后，便发现自己仰躺着被绑在一个低矮的木絮上面，而正对"我"的天花板上镶嵌着一个类似老式钟上的巨大钟摆，钟摆的下端却像一柄屠人性命的月牙形钢刀，锋利无比。这时"我"知道了那些善于折磨人的僧侣给"我"安排的死法了。眼睁睁地看着死亡临近却无能为力，经受比死亡还可怕的漫长恐惧，感受死亡一点点在"我"的精神、"我"的肉体上的凌迟。当"我"刚刚意识到这种死法的时候，内心的恐惧不用言说也可想而知，相对于死亡，这种等待死亡临近的恐惧更加震慑"我"的内心，所以"我"迫切地希望钟摆可以降得快一点，疯狂地挣扎想去迎向那摆动的弯刀。但是，当钟摆如期降至将划过"我"的胸部时，"我"又陷入了更加疯狂的状态。爱伦·坡在故事中连用了三段文字详细描述了恐怖的濒死时"我"的精神恐惧。这三段的开头都透露出"我"疯狂而绝望的精神状态。尽管"我"知道死亡对于"我"来说是一种解脱，但是只要想到下一个摆动刀刃就会切入自己的胸膛，"我"内心的恐惧就无限蔓延，就是在这样的无限挣扎中，这钟摆不仅将要凌迟"我"的肉体，而是已经在凌迟"我"的精神。幸运的是"我"的精神还没有崩溃，最后的清醒与希望帮助"我"摆脱了这无尽的折磨，"我"又一次逃脱了逼近的死亡。然而，这也许也是"我"的不幸，因为新一轮的精神恐惧还在继续。在经历了黑暗中面对未知时的恐惧，眼睁睁看着死亡临近而无能为力的恐惧之后，接下来"我"所面对的是已不得不主动走向恐怖的死亡这样的恐惧。火烧的铁壁、变小的空间让"我"不得不跳下陷坑，然而陷坑中的恐怖景象又逼"我"退缩,"我"陷入了进退两难的绝境,精神被恐怖逼迫得连感觉都不确定的状态。在爱伦·坡的笔下,描述个体面对死亡时的被迫反应处于极端的状态,死亡的恐怖被加剧,个体精神的恐惧也一步一步被扩大,由内心的恐惧带来的恐怖将时间都相对拉长了。

极力渲染、突显痛苦、受难和死亡过程,是生成恐怖元素小说的一种表现形态。在这种小说里,无论正面形象还是反面角色,常常被置于难以摆脱的痛苦受难状态,备受折磨。例如在《修道士》中,作者以极其敏感细腻的笔触,惊心动魄地描写了安布罗斯面对宗教与情欲的两难选择而引发的痛苦挣扎。特别是他杀害两条生命后,深知自己罪孽深重,永远不会得到上帝的宽恕,但又极为害怕永堕地狱,饱受惩罚,因此一直处于惊恐不安的痛苦状态,甚至害怕睡觉,因为他一闭上眼睛,就会"发觉自己正处在一个燃烧着大火并散发着硫黄气味的洞穴里,魔怪命令他的打手将该洞团团围住,并把他扔进各种痛苦的熔炉中,每一种可怕的痛苦都胜过以往。在这种骇人的景象中,埃尔维拉和她女儿的鬼魂在徘徊漫游着,它们向魔怪列举着他的罪状,对他大加谴责,要魔鬼用更严酷的方式折磨他。"他死亡前所遭受的缓慢而痛苦的死亡过程更为作者不厌其烦地详加渲染。他被魔鬼的魔爪深深插进头里,从高空扔下,摔在一块尖顶的岩石上,结果在悬崖间滚来滚去,最后滚落至河边——这时,他已是伤痕累累,血肉模糊,气息奄奄。但他还试图挣扎着站起来,然而他已不可能再站起来了。这时,太阳从地平线上冉冉升起,温暖的阳光照射在安布罗斯身上。他浑身都是血,一大群昆虫很快爬满了他的痛苦。请看这两段凄怆的文字:

地牢里空气污浊、腐臭,阴冷潮湿。孩子出生后几小时便死了。我是怀着难以诉说的悲痛,无可奈何地目睹着孩子死去的啊!但我枉自伤悲,我的孩子死了,无论如何叹息,他也不能再活过来。我把孩子裹起来,搂在怀里,让他柔软的手臂搭在我脖子上,让他苍白冰凉的脸蛋贴在我脸上。我让他这样安息,我一千遍一万遍地吻他,同他说话、哭泣、哀伤。卡米拉每天来一次给我送吃的,尽管她心冷如铁,看到这场面也不能无动于衷。她担心极度的哀伤会使我发疯,而实际上,我的确已处于疯狂的边缘。出于同情,她劝我把孩子埋掉,但我决不同意。我发誓只要我活着,就决不同他分离。他是我唯一的安慰,无论如何我不会放弃。尸体腐烂了,人人看了都恶心、厌烦。但在一个母亲的眼里,他仍然是那么珍贵、可爱。我经受住了、压抑了那味道,仍然把他搂在怀里,爱他,为他哀伤。我就陷于这种悲惨的境地,地牢里寒冷刺骨,空气也更污浊不堪,令人窒息。我的身体更虚弱。不久开始发烧病倒,起不来床。虽然感到疲倦、衰弱，却难以入眠，因为时常被一些爬到身上的昆虫所侵扰。有时，癞蛤蟆在我胸膛上得意地爬来爬去，散发着令人恶心的气味；有时，黏滑的蜥蜴爬到我的脸上，并且缠绕在我那一团散乱的头发里；早上醒来时，经常发现我的手指上爬满长长的虫子，它们在我孩子腐烂的肉体上繁殖。每次遇到这种情况，我都是带着厌恶和恐怖尖声叫喊，并竭尽一个有病虚弱的女人的全力把它们抖掉赶走。

恐怖元素采用一系列濒死过程让观众在惊险刺激中享受那份来自于心底的恐怖，濒临的死亡感之所以让读者感到刺激，是因为没有死亡也就没有了生的意义，其恐怖让人们不断进行反抗，其神秘又催生了人们探索的欲望，在这样的反抗与探索中，人们开始更加深刻地思考与体验到生命的美好。也正因此，死亡才成为人类文化生产的巨大引擎，尤其是哲学与艺术。

濒临死亡对一般读者而言，其引发的主要是对死亡会导致的肉体痛苦，所感受到精神上深深的恐惧，而对那些被宣告在或长或短的时间内必死者而言，他们首先感觉到的是生命突然将失去而导致的精神，像是被獠牙啃噬般的心灵上的剧痛。当然，濒死引发的生理上的痛苦将加重人们精神上的恐惧；反之，濒死所带来的恐怖引发的人们精神上的恐惧也将加重人们生理上的痛苦。这种相互作用也就构成了小说的最重要的恐怖元素。

第三章 小说中恐怖元素的文化探源

第一节 经济社会渊源

一、恐怖元素运用的市场现状

恐怖元素的运用顺利地进入到传统媒介，鼓舞和激发了一大批的人加入到此类小说的创作中来，如今，几乎打开任何一个文学类的网站，此类小说都会映入眼帘。恐怖元素运用的越来越成熟，甚至有不少著名作家也在小说中采用恐怖元素达到小说的创作目的或者突出小说主要的情节并以其壮观的声势引起了学界的注意，文学界中传出了批评或支持的声音。有评论家认为"这是单纯的文学问题，而是文学商品生产领域里的事情。今天在年轻人中流行的那些读物，首先应该当作商品市场中的生产——消费——流通问题之一。相应的文字消费者，并不试图通过这种阅读去获得所谓'人文精神'层面上的'意义'，而是要在一瞬间获得某种快感层面的'意义'。因此，我们无法用传统的文学思维往上硬套"。张柠认为"当代文学领域出现的一个最大变化是，一些'创作'变成了'生产'，一些'作品'变成了'商品'，一部分作家变成了商品生产者"。因此，"批评的矛头不能指向商品生产中的劳动者，而是应该指向商品生产背后的资本运作秘密、剩余生产和剩余价值的秘密。正是资本运作（包括资本投入、宣传广告、媒介炒作等）将产品变成了商品，将创作变成了复制，将物品劳动者变成了商品生产者"。也有评论家认为文学从来不惧鬼神。有作家认为"装神弄鬼，对于全人类的文学实在太重要了"。

虽然有些采用大量的恐怖元素的小说已经不是一个新鲜的话题，但是由于它本身的特殊性，所以始终被正统的文学界拒之门外，专业的评论家少有人去看，也鲜有人去评，因此关于小说专业的中肯的评价凤毛麟角，不可多见。但各自的态度表明了"不同文学群体之间基于文化身份、价值尺度、利益关系、年龄、性别等因素而产生裂隙——某种形式的断裂正在发生"。

在文化产业日益兴盛的当下，每个作家创作出来的作品所承载的不仅仅是文学和审美，现代作家不再像传统作家一样，将文学视为神圣的物件，是文人与文人之间才能沟通的纯粹的精神产物，文学作品往往被束之高阁，与大众是脱节的。文学作为一种文化现象需要被推向市场，进入市场后，文学从生产到消费都是一种经济活动，不仅需要按照文化艺术的规律来生产，更要按照一般商品的生产模式来生产。20世纪90年代文学开始进入市场化，作家们开始寻求在市场中长期生存的出路，文学已经不再只是"高山流水""曲高和寡"的代名词，也开始迎合起了大众。文学逐渐进入市场，成为被大批量生产、流通的商品。相对于纯文学故步自封、沉浸在自我中的创作模式，一些新类型小说却更能够在当今的文化市场中显露锋芒。马克思早就从生产的角度，阐述过文学的现代属性，如今，虽然精英小说还停留在传统的"创作"概念中，但当代小说创作的产业化方向已相当明显了，将小说提升为畅销书，获取商业利润，推销价值观、抢占文化在这种趋势下，作家和读者之间的关系也逐渐由原先的精神启蒙和被启蒙者的关系而变成了文学产品制造者和消费者的新关系。

美国当代文艺学家艾布拉姆斯提出著名的文学四要素，他认为文学是一种活动，而这种完整的活动要由作品、作家、世界、读者四个要素组成，文学是一种文化符号，要在作品与读者之间架起一座桥梁被读者接受与认知，是需要有一个流通环节的，因此就促生了文学消费，文学随着近代商品经济与高科技及传媒的迅猛发展，变成了一种特殊的商品，因此文学消费也自然包含了人们对文学的一般商品消费、阅读和欣赏活动的过程。随着文学的市场化，人们的社会价值观、文学审美观都发生了深刻变化，一部文学作品离不开市场的推广，读者接触到文学，必须通过文学商品的形式，所以文学需要在流通环节体现出它的价值才能为大众所接受。近年来各种恐怖元素被社会接纳和关注，更多的带有恐怖元素小说被翻拍成影视作品，这都得益于小说创作运用恐怖元素的技巧不断进步，作者到作品的全方位设计、打造与包装，从宽泛意义上对流行元素的把握到个人的创新精神再到品牌策划的团队作用，形成了值得认真研究的"恐怖元素现象"。这种带有市场导向性的文化包装要比精英文学只面对自己的封闭创作更带有当代文化生产的属性。

二、恐怖元素小说的普遍社会效应

文学不是作家去追求孤芳自赏的手段，而是要使文学本身起到记录生活、表达情感、交流思想的作品，文学既是个人的也是社会的，文学只有进入到大众，体现大众的普遍需求，反映整个社会现状，体现普遍的社会价值，才能为大众所接受。一部只有文学价值而没有社会价值的作品是得不到认可的。

  文化市场在20世纪90年代的兴盛，以及大众文化、新的传播媒介和消费主义的价值观强烈地冲击着精英文学和知识分子文学。当代社会的消费性在刺激了人们的物质消费欲望的同时也刺激了人们的精神文化消费欲望，随着大众文化在中国的兴起，传统的高雅文化一统天下的局面以及价值观渐渐瓦解，而更注重感官的、欲望的、情绪的，与政治和功利无关的享乐消费冲动被释放了出来，并成为日常工作的调节和缓冲，它使得各种类型文学有了广阔的市场和众多的消费者。文学的高尚性和神秘感逐渐被冲淡，大众文学要求的是普通民众的广泛参与性和与日常生活的息息相关。大众读者不会再想如今市场上，畅销书基本上都保持了写"好看故事"的创作精神。"首先是故事，然后才是文学。"运用恐怖元素的小说读者众多，就是因为作者设计了一个个好看且有悬念的故事。读者不再深究作品中单纯的文学性、思想性和审美性，而更加注重的是作品带来的故事内容。蔡骏在主流文学与大众之间建立了沟通的桥梁，既不失作品的文学性，又契合了广大民众的阅读需求，游刃有余地游离在主流与大众之间。

  在欧美以及东亚地区的悬疑类型小说创作中，关注社会性主题的犯罪小说是其主体，很多作者会把小说中的恐怖元素作为整个故事的中心，正试图将关注点转向社会，逐渐在作品中透露出强烈的人文情怀。从惊悚基调，到初步探索现代都市人精神世界，再到以离奇谋杀案切入社会深处，一步步探索创作的出路，可以说，这种写作方式让恐怖元素的创作方向起到了很好的引导作用，对于中国小说界整体水平的提高注入了不可替代的强大力量。

  "在我们这个波澜壮阔的大时代，在我们这个可能会改变全人类历史的国家的这个时期，我们却缺乏中国作家真正的声音。我并没有说我们就一定要回归以前批判现实主义的传统，哪怕是现代主义，甚至后现代主义的作品，比如卡夫卡的作品，同样可以反映大时代。哪怕是魔幻的，比如拉美的那种，也同样可以反映大时代。甚至于哪怕是非常通俗的，就像我极其喜欢的一位美国作家史蒂芬·金把通俗小说创作进行到底的这位大师，他的作品同样反映了一代美国人的精神世界。我们也可以做到，我也愿意去尝试，不管用哪种方式，我想都会是殊途同归。"正如蔡骏所言，作家的工作不仅仅只是埋头写作，更要有关注社会现实的责任感。因为单纯靠想象营造出来的情节虽然紧张刺激，能满足读者的审美需求，但是在感官享受之余，读者要能够从作品中联想到现实意义,因此不同类型小说也应该结合现实问题创作,最好进行批判现实写作,反应当下社会的真实面貌和人民大众的生存状态。因为现在的小说更自由,更先锋,更代表大多数读者的心声……这不但是小说家的责任,还是小说创作的新方向。因为恐怖是形式,内核是要传达世界观和价值观,作品要始终关注世界鸿沟、贫富差距、城乡对立等社会问题,这是一个小说作家的社会责任。希望通过对作品中恐怖元素的运用,使更多的读者与作家们,关注我们当下的现实社会,重拾19世纪文学大师们的精神,扫除小说界脱离现实脱离读者,纯粹为故事而故事的低俗风气。

三、恐怖元素运用的市场助推剂

1. 网络提供平台

在网络信息大爆炸的当今,网络已经从一定程度上为读者的阅读品味以及文学市场做出了一个导向,《中国新闻出版报》发表评论说:网络是一个开放的平台,读者已经习惯了在网络上寻求阅读资源,而出版商也对网络上的资源保持着灵敏的"嗅觉"。许多文化传媒公司在推出一系列畅销书的时候,包括在选题策划、推广营销等方面往往都去参照网络的情况,因为网络是与大众交流最密切的载体方式,从网络上能最快、最直接得到读者的反馈信息,为文化市场上的策划者给出比较可靠和引导性的建议。

2006年2月,一个名为"天下霸唱"的作者将《鬼吹灯》首次发表在起点中文网,创下了高达千万的点击率,随后由南海出版社出版发行。原著小说的可贵之处在于第一次全面详细地描述了一个完整的盗墓体系,并将其中的派别、流变、手法等内容铺展在读者眼前。从此在文坛上掀起了一股"盗墓热"。众多盗墓小说应运而生,这其中取得成功并能与《鬼吹灯》相提并论的,便是由南派三叔创作的《盗墓笔记》小说系列,这部作品从2007年开始已经陆续出版了九部,总销量超过1200万册,与《鬼吹灯》共同开启了中国小说的"盗墓时代"。两个小说系列都描写了因一次盗墓行为而引发的一系列故事,其中更是融入了中国古代阴阳、鬼怪等恐怖元素,故事情节悬疑紧张,细节的描述引人入胜,因而受到了广大读者的热爱和追捧。

《鬼吹灯》和《盗墓笔记》的持续发热来源于其故事结合了悬疑、冒险、恐怖、惊悚等元素,并立足于中国几千年来的传统文化,具有东方主义神秘色彩和吸引力。但是,真正能吸引读者的是这个题材的文本所传递出的关于生命、关于死亡的思考。不管是《鬼吹灯》还是《盗墓笔记》,都表明了中国自有墓葬那一天起就形成的生死轮回的价值观,盗墓寻宝的故事其实是主人公寻找自我价值,寻找心灵救赎,并论证生死命题的过程。文中的专有名词如"摸金校尉""粽子""黑驴蹄子"等,都营造出了一种身临其境的感觉,更具真实性。作者聪明地把握了读者的阅读心理,将读者对于未知的好奇心充分调动起来,保证了作品本身的话题性和新鲜感,使其成为一个炙手可热的"超级IP"。

2. 纸质媒介:成功策划的推手

从 2005 年美国丹·布朗的小说《达·芬奇密码》进入中国开始,一股强烈的"恐怖元素热"也随之席卷中国图书市场,读者们产生了对这种恐怖元素小说的阅读需求。国内的许多图书出版商迅速嗅到了恐怖题材带来的商机,大量的引入国外的优秀恐怖元素题材的作品,丹·布朗和史蒂芬·金一时间成为年轻人心目中的大师,热衷于追捧他们的作品,由此改编的电影也连连叫座,恐怖元素题材着实吸引了大批的年轻粉丝,国内悬疑市场被外国作品充斥着。而一些国内的悬疑作家才刚刚起步,面对着外国同类作品的冲击,本土作家显然有些招架不住。因此,本土恐怖相关的题材小说市场上急需有一批有水平的、足够将人们的阅读趣味倾向到本土的优秀作家,需要打造的是中国的本土市场,创作一系列本土畅销的图书。恐怖元素的成熟运用帮助一系列新型小说发展起来,例如恐怖小说、悬疑小说、科幻小说等。其受欢迎度在一定程度上受社会经济发展水平制约,在经济发达、现代化程度高的社会中这类书会更受欢迎。

衡量一个产业发展是否健康繁荣的标志是考察其是否足够多元化,中国电影已经进入了产业化发展的繁荣阶段,根据热门小说进行多元化创作能够使电影市场更加繁荣。新类型的电影会产生新的观众群体,周边产业的多元发展也让观众有了更多的选择,随着多种产业的集体发力和融合,人们对这一现象的关注会增多,走入电影院的次数也就可能会更多,观众的年龄层次和身份层次就会越来越丰富。产业的"新陈代谢"不仅维护了电影创作的生态平衡,也反映出了新形势下观众多元化的市场需求,作品的好坏产生的结果就是优胜劣汰,竞争使得市场更加活跃,也让市场这块蛋糕不断变大,今后的创作就会蕴含无限的可能性。

第二节　思想渊源

当今的科技虽然发达,但世界上仍有许多科学无法解释的怪诞现象,或者称之为"灵异现象",正是这些科学无法触碰到的东西,为事件蒙上了一层面纱，增加了许多的神秘感。含有恐怖元素的作品之所以在当今能够拥有阅读群体，占有一定的市场地位，主要还是因为作品中体现的神秘莫测的悬而未解的故事情节恰好符合了中国几千年来的文化心理积淀，中国的汉字文化博大精深，成语和俗语更是不计其数，而在这些文化遗产中，有关鬼神的就有许多，"鬼使神差""鬼迷心窍""鬼斧神工""神不知鬼不觉""生平不做亏心事，半夜不怕鬼敲门"等等，数不胜数，从这一点来看，鬼神在古代人们的心中确实占据着很重要的地位。虽然有些恐怖元素中融合了中西方的各种神与魔的传说，但这与中国古代遗留下来的鬼神文化心理是相通的，并且有异曲同工之妙。常常就利用了人们对于鬼神之说的那种好奇的心理，或崇拜，或敬畏，或恐惧，这也是令人对其如此着迷的原因，鬼神的威严和震慑力往往会对人的心理产生巨大的影响。

一、《诗学》：恐怖元素创作的理论渊源之一

小说中的恐怖、惊险、痛苦和罪恶，不仅能引起读者的恐惧之情，而且引起读者的怜悯之情。亚里士多德就特别强调恐惧与怜悯之情。从西方文艺理论和美学史上看，亚里士多德是大力倡导文学作品表现恐怖、罪恶、凶杀、惊奇与苦难的，并对其描写价值与功用作理论探讨的理论先驱。在《诗学》中，他所以重视对这类内容的描写，就在于它们能最大限度地引起人们的恐惧与怜悯之情：悲剧所模仿的行动，不但要完整，而且要能引起恐惧与怜悯之情。如果一桩桩事件是意外的发生而彼此间又有因果关系，那就最能（更能）产生这样的效果。

如何才能实现恐惧与怜悯之情呢？在他看来，"恐惧与怜悯之情可借'形象'来引起，也可借情节的安排来引起"，不过"以后一办法为佳"真正的悲剧应该给我们"一种它特别能给的快感"，就是从痛苦之中，从恐惧之中激起我们的恐惧与怜悯之情，使之"惊心动魄"。因为"怜悯乃是一种痛苦"。为此，他特别强调悲剧中的"苦难"并把"苦难"视为悲剧情节的三大重要成分之一（另外两个是"突转"与"发现"）。所谓"苦难"，就是"毁灭或痛苦的行动，例如死亡、剧烈的痛苦、伤害和这类的事件"。为了表现这种"苦难"并使观众或读者感到痛苦，研究哪些情节即哪些行动是可怕的或可怜的，就成为作家的当务之急。亚里士多德对此有清楚地说明。他认为，如果必须谋杀发生在仇敌之间，则不能引起我们的怜悯之情，只是被杀者的痛苦有些使人难受罢了；如果仇杀的双方是非亲属非仇敌的人，也不行，因为这样的行动只是意外

发生且无因果关系。因此，他明确主张：只有当亲属之间发生苦难事件时才行，例如弟兄对弟兄、儿子对父亲、母亲对儿子或儿子对母亲施行杀害或企图杀害，或作这类的事——这些事件才是诗人所应追求的。

由此可见，亚里士多德格外强调对足以引起恐惧与怜悯之情的苦难事件的模仿，特别推重表现"惊奇"而又似乎不合情理的亲人之间的血腥残杀，就在于它"更能产生悲剧的效果"，更能"使人惊心动魄"，更能给人带来悲剧的审美快感，让人自我反省，取得教训，从而使人从中得到情感宣泄、思想陶冶和道德净化，并最终使人得到"善"或"美德"。显然，亚里士多德绝不是主张为凶杀而凶杀，为邪恶而邪恶，他要揭示和提升的恰恰是"黑色"背后所蕴涵亚里士多德的功能和意义。他清醒地意识到，"衡量诗与衡量政治与否，标准不一样""如果诗人写的是不可能发生的事，他固然犯了错误"。但是，如果他这样写，达到了艺术的目的，能使这一部分或另一部分诗更为惊人，那么这个错误是有理由可辩护的。因此，文学的目的在于激起人们的情感，并使种种恐惧、痛苦、怜悯之情得到宣泄、发散，人们不仅从仇杀、乱伦、罪恶的艺术模仿中获得了审美的快感，而且也得到了一种"净化"。

应该说，亚里士多德的探讨不仅具有巨大的理论价值，而且具有了不起的叛逆意识与开创性。指出这一点很重要。因为，众所周知，亚里士多德的老师、西方文艺理论史上第一个文学批评家柏拉图主张"以美为美"，坚决反对诗人描写邪恶、放荡、卑鄙和性欲等。因为描写这些内容，就是有伤风化，就是"培养发育人性中低劣的部分，摧残理性的部分"。本来，这些内容"都理应枯萎"，而诗人"却灌溉它们，滋养它们"，"逢迎人心的无理性的部分"，柏拉图据此作为诗人的"最大的罪状"，宣布将它们赶出他的理想国。所以，柏拉图认为，如果让读者接触罪恶的形象，就有如牛羊吃毒草咀嚼反刍，近墨者黑，不知不觉间读者的心灵便会受到伤害。他甚至建议从《荷马史诗》乃至词汇中剔除可怕的"阴暗""凄惨""游魂幻影""阴间""地狱""死人""尸首"等词，因为"它们使人听了毛骨悚然"，更重要的是"我们担心这种恐惧会使我们的护卫者软弱消沉，不像我们所需要的那样坚强勇敢"。故而，他倡导人们远离描写罪恶和性欲等作品，经常耳濡目染于优美的作品，"使他们如坐春风如沾化雨，潜移默化，不知不觉之间受到熏陶"。

而亚里士多德则从净化效果的独特角度，从其师拒斥和否定的内容中看出了价值和意义，并给了精彩的理论阐释。曹顺庆曾指出："净化恐惧与怜悯之情，并非仅仅是悲剧效果之专利，而是文学艺术的普遍规律之一，是艺术的最佳效果。这是我们在论述亚里士多德效果论之时必须首先明确的。"他认为,亚里士多德的效果论可分为两个层面,其一是对柏拉图"以美为美"的观点的继承和光大,即将现实中的美模拟、概括和集中起来,获得艺术的真实美、典型美,从而使读者获得审美的愉悦。"其二是'以丑为美',即将现实中的丑转化为艺术中的美,令观众(读者)从'丑''痛苦''恐惧'之中得到情感上的陶冶、宣泄或净化,获得艺术的快感。"这正是亚里士多德对柏拉图的超越与新创之处。显然,只注意到他的第一个层面是不够的,还应高度重视后一个层面的内容。

亚里士多德曾明确而深刻地提出过化丑为美的艺术观点:

经验证明了这样一点:事物本身看上去尽管引起痛感,但惟妙惟肖的图像看上去却能引起我们的快感,例如尸首或最可鄙的动物形象。其原因也是由于求知不仅对哲学家是最快乐的事,对一般人亦然……我们看见那些图像所以感到快乐,就因为我们一面在看,一面在求知。

引起"痛感"的东西,甚至是"最可鄙"的形象,何以能转化为审美的快感呢?亚里士多德曾在《尼各马科伦理学》中解释说,"思维的快感"远比一切更为纯洁,"只要是一方面有被思想的东西、被感觉的东西,另一方面有判别力和思辨力,那么在活动中将有快感(快乐)存在"。这里再清楚不过地表达了,所谓化丑为美的"审美的快感",其实就是一种"思维的快感",或者称之为"思想的快感"。以丑为美并非把丑本身视为美,而是当人们能从丑恶中看到最本质的东西,即思想到"被思想的东西",感觉到"被感觉的东西",同时又具备"判别力和思辨力"的时候,"丑"才能化为"美",才能产生"快感"。这一"快感"是要达到一种合乎理性的和有价值的精神状态。柏拉图未能看到文学艺术中的"丑"所具有的这种特殊的审美转化功能,更未认识到其中那合乎理性的和有价值的精神内核与实质。因此,亚里士多德这一理论创见,不仅总结了古希腊文学艺术的实践,而且开启了西方文学艺术化丑为美的理论先河,其深刻的美学内涵,对西方后世产生了尤为深远持久的影响。19世纪后期象征主义先驱波德莱尔之论:"丑恶经过艺术的表现化而为美,带有韵律和节奏的痛苦使精神充满了一种平静的快乐,这是艺术的奇妙的特权之一",正是亚里士多德思想的直接继承。

二、崇高理论:恐怖元素创作的理论渊源之二

同样,西方的崇高理论也是恐怖元素小说创作的理论渊源之一。古罗马文

论家朗吉弩斯是西方最早从审美的范畴提出崇高概念的批评家。他的《论崇高》对后来一系列崇高理论的发展产生了深远影响。这与英国哥特小说的兴起有密切联系。朗吉弩斯的《论崇高》虽然是从文学风格的角度谈起的，但它不限于只谈文学风格，更重要的是它涉及了崇高这一美学范畴的特征和本质问题。在朗吉弩斯看来，崇高就是那些巨大的、恢宏的、不同寻常的事物，以及人的心灵对这些不同寻常的事物的热烈追求和永恒惊叹！这一观点标志着西方文学理论发展中一个新的转折点，突出体现在他对文学的功能提出了迥异于前人的观点。他既不像柏拉图那样强调文学为政治服务，也不像贺拉斯那样偏重文学的"寓教"功能，而是进一步推进了亚里士多德所提出的文学的独特的审美功能："不平凡的文章，对听众所产生的效果不是说服而是狂喜，奇特的文章永远比只有说服力或是只能供娱乐的东西具有更大的感动力。"这种对文学强烈效果的要求，像一根红线贯串全书。不过，这一崇高理论在此后相当长的时期里未引起重视。17世纪的布瓦洛虽将《论崇高》译为法语，并撰写《朗吉弩斯〈论崇高〉读后感》，开始把奇特、奇迹、惊人的东西与"崇高"联系起来，但因其思想倾向和当时盛行的古典主义美学要求相抵触，所以，崇高这一美学范畴还是未受到青睐。直至18世纪启蒙主义时代，新兴资产阶级在政治上反对封建专制制度，在艺术上反对新古典主义的虚伪纤巧，崇高的美学风格才如一股清新的风，四处飞扬。朗吉弩斯的《崇高论》也从此开始大受推崇，并产生深刻影响。

在18世纪启蒙主义时代的英国，艾迪生（1672-1719）和伯克（1729-1797）这两个经验主义美学家不仅深受朗吉弩斯崇高论美学思想的影响，而且又影响了德国康德的崇高理论，同时更与英国哥特小说的产生直接相关。爱迪生在《想象的快感》中，把"伟大""新奇"与"美"并列为三种引起快感的对象。他发现世间有些东西是如此骇人或不快，它引起的恐怖或厌恶可能压倒它产生的快感，但在它给予我们的厌恶中却又混杂着一点愉快。他已感觉到，神秘、恐怖与"可喜""快感"之间存在着一种内在的审美联系。

在朗吉弩斯和爱迪生的基础上，伯克进一步对崇高作了深入系统、别开生面的探讨和研究。他的《关于崇高与美的观念的根源的哲学探讨》（1757）被公认为是康德之前西方论崇高与美这两种审美范畴的最重要的美学理论著作，为康德崇高理论思想的建立奠定了坚实的基础。伯克从人的生理、心理机制人手，把人类的基本情欲分为"自体保存"和"社会交往"两类。崇高感就与这种要求维持个体生命本能的"自体保存"相联系，它是产生崇高感的生理、心理基础。因为"自体保存"的情欲一般只在生命受到威胁时才被激发起来，激起它们的一定是某种痛苦和危险，它们在情绪上一般都表现为恐怖和惊惧，而这种恐怖和惊惧正是崇高感的主要心理内容。因此，伯克认为："凡是能以某种方式引起苦痛或危险观念的事物，即凡是能以某种方式令人恐怖的，涉及可恐怖的对象的，或是类似恐怖那样发挥作用的事物，就是崇高的一个来源。"

不过，并非任何痛苦和危险都产生崇高感。这就是说，实际的痛苦和危险只能令人恐怖，产生痛感，而崇高感却是一种夹杂着痛感的快感，它来自痛苦与恐怖的消除，是由痛感转化而来的审美快感。在论及欣赏能引发崇高感的痛苦和危险时，伯克十分注重"同情"这一因素在欣赏过程中的审美作用。由于同情，我们才关怀旁人所关怀的事物，才被感动旁人的东西所感动和同情应该看作一种代替，这就是设身处在旁人的地位，在许多事情上旁人怎样感受，我们也就怎样感受。因此，这种情欲可能还带有自身保存的性质。主要地就是根据这种同情的原则，诗歌、绘画以及其他感人的艺术才能把情感由一个人心里移注到另一个人心里，而且往往能在烦恼、灾难乃至死亡的基础上接上欢乐的枝苗。大家都看到，有一些在现实生活中令人震惊的事物。放在悲剧和其他类似的艺术表现"烦恼""灾难"和"死亡"之所以能产生快感，除与之保持有一定距离外，主要是"同情"在发挥作用。由于这种同情，我们根本不可能对他人的痛苦和灾难视而不见，无动于衷，而是设身处地与他人一起感受。在感受中，还有"自身保存的性质"在里面，这使我们在看到他人遭受痛苦和厄运时能有所思，从而获得某种快感与启迪。

由此，伯克在他的美学中正式引入了"审美快感"这个概念，认为"任何堪称引起恐怖的事物都能作为崇高的基础""我也注意到任何产生快感——确定的和本原快感的事物都可以同美联系在一起"。这实质上也是一种净化说。因为伯克认为恐怖和痛苦"清除了感官中危险的讨厌的障碍物，所以能引起愉快"此说与后人对亚里士多德的"净化说"的阐释颇为一致，而且也为相类似的阐释开辟了道路。

恐怖是崇高的最高度效果。崇高的对象之所以成为崇高，关键就表现在它能在人的心理上直接造成或引起压倒一切的恐怖感。这种恐怖感具有压倒一切的力量，它是非理性的、直觉的，不仅不能"由推理产生，而且还使人来不及推理"，因为当这种恐怖感独占心灵时，"心的一切活动都由某种程度的恐怖而停顿"。从而完全丧失了任何进行推理等运用理性思维的能力。而这种恐怖感所以能使人丧失推理能力，乃在于它强烈害怕痛苦和死亡。因此，恐怖在一切情况下总是或隐或现地成为引发"崇高"的主导因素。接着，他对引起恐怖感的"崇高"在自然界和人类社会生活中所体现出来的种种具体的感性性质，作了独到而细腻的精彩分析。第一，体积无限巨大，例如无边无际的沙漠、一望无垠的天空、浩瀚深邃的大海等。第二，声响和寂静，例如滂沱的大雨、狂怒的风暴、雷电或炮击的轰鸣声，都足以引起恐怖感。"单靠声音的力量使想象力变得惊恐与混乱，精神处于犹豫与慌乱中，连最有修养的人也难免失去自我克制，那种具有强大力度的声音突然开始或突然停止，也足以令人毛骨悚然，危险感骤起。"还有一种在必要的位置上间歇出现的捉摸不定的声音，比完全寂静无声更令人恐惧。第三，朦胧、晦暗、模糊不清的形象较之明朗清晰的形象更容易激发"崇高感"，因为它们具有更大的力量来唤起人的想象。所以，"黑暗比光亮更能产生崇高的观念""黑夜比白天更显得崇高、庄严"与此相关，就颜色而言，崇高的对象不宜采用柔和、明亮的色彩，而必须偏重于黯淡的或深色的，如黑色、褐色、深紫色等。这也是"崇高"的根源之一。

综上所述，从理论这一层面说，亚里士多德的《诗学》和崇高理论不仅是恐怖元素运用的理论基础与思想渊源，而且是帮助我们阅读、理解、鉴赏此类小说的重要指南和向导，为我们真正走进小说的世界，提供了绝好的理论依据和鉴赏的心理学的美学的基础。它启示我们，文学中表现恐怖、惊险、黑暗、邪恶等内容并非就是庸俗低级，并非就是仅仅在追求感官刺激，恰恰相反，因恐怖、惊险、黑暗等引起的痛感可以转化为审美快感。更为重要的是，它能在主体心中培植起一种自由的、积极向上的人格力量，是构成审美教育的一个不可分割的组成部分。

第四章 小说中恐怖元素的意象及意蕴

第一节 超自然意象及意蕴

各种小说类型中都有着具有代表性的典型形象,比如武侠小说中的侠客形象,侦探小说中的侦探形象,知青小说中的知青形象等等。而在含有恐怖元素的小说中,有代表性的典型形象要数各种超自然的形象。比如早期西方的恐怖元素中常见的"僵尸"和"吸血鬼"等。作家们为了营造气氛、推进情节,经常会反复地使用这些超自然形象。当它们出现在小说中,读者首先会获得感官上的刺激,同时不自觉地联想到它们背后潜藏的宗教以及对幽冥世界的象征和暗示,这就形成了小说中恐怖元素最有代表性的意象——超自然意象。而后随着时代的发展,吸收了自然科学领域研究成果的小说逐渐摆脱了通篇"群魔乱舞"的俗套,逐渐生成了新的意象。作家们在某些隐喻着民俗禁忌的日常事务上灌注恐怖感,并开始挖掘人类内心深处的隐秘世界,这就形成了现代恐怖元素中的动物意象。在恐怖小说中,这些意象交互出现、有机结合,构成了人物所面临的种种超自然、异常态的威胁,从而共同承载起了小说所营造的恐怖氛围。在时间和环境充满恐怖感的前提下,还应考虑它的恐怖形式。超自然意象是作者经常使用的方法。例如《瓶中手稿》中的幽灵船和鬼怪,《丽姬娅》中的借尸还魂和死尸复活,《凹凸山的传说》中的灵魂出壳和时空错位,还有《红死魔的面具》中的红死魔都属于超自然的意象。弗洛伊德曾经说过:"每一件让我们感到神秘、恐怖的东西都是因为它触动了我们内部残留的泛灵的思想活动的痕迹,从而使这些痕迹又明白地显现出来了。"所谓"泛灵思想"是指很多人认为宇宙间充满了人类的灵魂,并承认巫术和魔力等超自然现象。即使是受过教育不相信有鬼的人对于死去家人的感情也是很含糊的,很多人认为死后的家人可以托梦,或应该定期对他们进行祭拜。因此,超自然的恐怖根植于人类迷信的内心深处,是一种令人毛骨悚然的诡异的恐怖。

当然,只具有超自然现象并不一定能完全造成恐怖效果。以死尸复活为例,童话中的白雪公主睁开眼睛时只能产生优美,而当《鄂榭府崩溃记》中的玛德琳小姐身披血衣破门而入时则造成了强烈的恐怖美。白雪公主和玛德琳的区别在于人物和情节的设定，一个致力于浪漫，一个致力于恐怖。因此，超自然现象造成的恐怖美一定取决于人物的刻画和情节气氛的安排。

由于文体特征和写作目的独特性，我们经常会看到其他小说中少见的特殊意象。比如"幽灵"或"僵尸"等超自然的意象。无论是西方恐怖元素，还是中国传统的恐怖元素，"古堡里的幽灵"或是"山野里的他尸"都是这些作品中的常客，比如爱伦·坡的《厄舍府的倒塌》《丽姬娅》中的幽灵，袁枚《南昌士人》中的僵尸等。而无论是虚无缥缈的"幽灵"，还是有形有质的"偶尸"，这些超然意象都是根源于原始先民"灵魂不火"的观念。原始先民由于这种灵魂观念，产生了对"鬼魂"的崇拜，而这种崇拜源于人们对死亡的一种恐惧感。这种恐惧感，首先就表现在对死人的恐惧。换言之，鬼魂观念是来自于"人对自身生理现象以及周围世界的一种误识和原始思维经验"。它可以说是人类对自己周围的自然现象或异象无法做出正确解释时的"未知"的产物。也正是由于无法正确理解某些现象的"未知"，才产生了人们面对这些超自然意象时与生俱来的不安和恐惧。所以，尽管各个民族的宗教信仰、民俗禁忌、丧葬仪式等各不相同，但这种根源于"未知"的恐怖是相通的。这也是各国的恐怖志怪类小说中常出现超自然意象的原因——它们都寄寓着人们对于"未知世界"的恐惧吸引读者眼球。因此，恐怖元素就成为很多小说作家一件顺手的道具。

总而言之，超自然意象在直接引起读者感官冲击的同时，也和人们与生俱来的"对未知的恐惧"相联系。将它引入到小说中，能令读者产生生理和心理上的双重恐怖。所以，鬼元素作为超自然意象，成为古今中西的恐怖元素中最有代表性，不可或缺的构成要素。

一、鬼鬼关情

有一些小说完全或者大部分以鬼魂形象为主要角色，主要在地狱里展开情节，演绎鬼魂之间的故事。无论是中国小说还是西方小说，这类作品的数量都是凤毛麟角。这类鬼魂角色之间的冲突纠葛，既是安排在地狱这一特定环境展开的，又象征性的折射出人类社会某一方面的特点，或人们在社会斗争中积累的某种经验教训或理性思考。通过鬼魂形象，剧作家鲜明有力地表达出启迪世人的某种训诫，把一个有重大意义的核心，包藏在一个虚构的往往不太可能的戏剧情节里。戏剧中的鬼魂形象呈现出复杂的状态，既是鬼魂，又不是鬼魂；既不是人，又是人，其实是人与鬼魂的统一，是现实与幻想的统一。作品里的地狱是对人类社会生活的折射，寄寓着丰富而深刻的社会人生哲理。

西方的这类小说多为后现代派别作家所创作，大多为后现代派别作家的哲学思考而作，没有具体的讽喻标的。典型的如萨特的《隔离审讯》，在这部独幕剧里因叛逃而被枪毙的加尔桑、同性恋者伊奈司和溺死私生子的埃司泰乐，三个人的鬼魂处在地狱中某个封闭的房间里。加尔桑喜欢伊奈司，伊奈司却要与埃司泰乐搞同性恋，但埃司泰乐喜欢加尔桑。他们相互窥伺、相互猜疑，每个人都能置对方于痛苦的境地，谁也不能如愿。而且由于他们已经是鬼魂，还无法自杀，只能永远痛苦地捆绑在一起。在萨特看来，人的绝对自由是人存在的宿命，是人的主体性存在的确证，人的存在和"他是自由的"两者间没有区别。萨特把文学与哲学相融合，借助戏剧做媒体传播他深奥艰涩的哲学思考。通过《隔离审讯》中人物的关系，萨特揭示出剧本的主题："他人就是地狱"。作者指出自我与他人的三种禁锢即来自他人对我也是我对他人的禁锢，来自我对他人异化的认同，我对自我的禁锢。

《加算机》是美国埃尔默·赖斯的一部著名的表现主义剧作，剧本主人公零先生是一个二十五年来天天坐在椅上加数，从来没有缺过一次勤的小会计师。然而老板买了一台加算机后不需要他，就把他解雇了。早先满怀升职希望的零先生一怒之下当场杀死了老板。在法庭上零先生百般声辩无济于事，最后被认定犯有杀人罪被判处死刑。当零先生死后来到地狱，可悲的是一台巨大的加算机等待着他去操作，他必须像希腊神话中的西西弗斯一样永无止境地从事这一单调的苦役。和《隔离审讯》一样，《加算机》中的人物是抽象的、带着符号性质的人。不管是零先生还是老板，他们都不过是个符号，是单调的、千篇一律的生活的产物。零先生被称为零则更有象征含义，意味着普通人在世界上完全丧失了存在的价值。而中国有关"鬼鬼关情"的小说，典型的如徐渭的《狂鼓史》，祢衡在阴间劫数已满，将奉诏上天。阎罗殿判官想起当年祢衡击鼓骂曹操一事，便叫二人把当日情景再演一遍，以补未睹之憾。剧终作者借判官与祢衡共唱"提醒人多指驴说马，方信道曼倩诙谐不是耍"。点明剧中对曹操的痛骂意在提醒当世之人，斥责当世之事。中国古代的这类小说，主要目的是借古讽今，一般有具体的讽喻标的，多用暗喻、明喻的表现手法，以倾吐知识分子对黑暗社会现实的强烈不满和对当权者的满腔愤懑不平。

二、人鬼情未了

"人鬼情未了"是以人与鬼魂的纠葛构成主要情节的类型,这是中国小说与西方戏剧中鬼魂形象演绎的主要形式。这类戏剧中,作家打破生与死的界限,通过生者与死者的交往来构筑自己的艺术世界。具体的类型有鬼魂报仇,鬼魂追求爱情、寻找亲情友情等等多种。在人鬼纠葛的情节中,矛盾产生自人世间,依靠人鬼合力得到解决,最终得以返回人间作为归宿。在中国小说中,鬼魂形象大多数在人鬼纠葛中扮演着正面的角色;而在西方戏剧中,鬼魂形象扮演正面反面的比例不相上下,没有明显的褒贬之分。但中西剧中曲折离奇的情节和喜怒哀乐之情都来自世俗人间,并借助鬼魂形象的介入而更加显得跌宕起伏;通过人鬼殊同、阴阳相隔的强烈反差使得剧情分外感人。

1. 人鬼(魂)相恋

人鬼相恋的故事,在中国历史悠久,发端于魏晋志怪小说,在唐传奇中呈现出繁荣状态,而于宋元时期开始进入小说创作领域。如元朝无名氏杂剧《萨真人夜断碧桃花》,郑光祖的《倩女离魂》,明朝汤显祖的传奇《牡丹亭》,明末吴炳的《西园记》《画中人》,沈璟的《坠钗记》等,都是描写人鬼(魂)之恋的小说作品。《碧桃花》叙述的是宵年官吏潮阳知县张道南与未婚妻徐碧桃的鬼魂相恋,而最终张道南与复活了的徐碧桃成婚的故事。周朝俊的《红梅记》描写南宋末年的权奸贾似道与众姬游西湖,偶遇裴舜卿。贾似道的侍妾李慧娘称赞了裴舜卿少年英俊一句,竟被贾似道割下头颅,传示众姬,以儆效尤。李慧娘虽然身死,爱意不泯。在裴生被贾似道软禁时,她的游魂终于与裴生结合。当贾似道怀疑家姬中有人放走裴生,拷打众姬时,她魂现灯下,挺身而出,光明磊落地承认是她放走了裴生。《坠钗记》描述崔生与兴娘自幼订婚,但待他来与兴娘完婚时,兴娘因思念而染疾身亡了。死后她的鬼魂持崔家定亲之物金凤钗为凭据,和崔生同居,做了一年鬼夫妻。最后兴娘让妹妹庆娘与崔生结合。《倩女离魂》里倩女与王文举互相爱慕,然而倩女母亲却要王中举后再来迎娶倩女,倩女在情思与忧虑的煎熬下,一病不起。倩女渴望得到幸福生活的欲望是如此强烈,于是灵魂便离开躯体,不顾一切去追求心爱的人,构筑自由而理想的未来世界。《西园记》中,赵玉英为了摆脱不如意的婚姻做了出生入死的斗争,这不仅是出于对真挚爱情的执着追求,更重要的是不堪忍受豪门恶少的横蛮凌辱。她在人间不慕太尉家的威势,到地府也不做太尉家的鬼魂,生生死死为自由幸福而坚持斗争。在她身上,真情成为她同邪恶斗争的武器,充分显示出了真情终能战胜邪恶势力的力量。《画中人》里书生庚启凭着想象画出了刺史之女郑琼枝的肖像，经华阳真人授法，对画连呼十四天，终于以一片真情感动了琼枝，使她毅然抛下父母家庭，离魂与他结合。后来庚父要毁掉画像，琼枝的灵魂被迫去追寻父母，才发现自己真身已死，灵柩暂寄在再生寺。而庚启痴情不改，上京赶考途中一直不停呼唤琼枝。他在华阳真人的帮助下，冒着违反法律的危险，打开棺木使琼枝复活。《牡丹亭》讲述了杜丽娘与柳梦梅生死离别的爱情故事，太守之女杜丽娘先是因情成梦，梦中与柳梦梅情合，后又因梦而死，死后鬼魂托梦于柳梦梅，并以鬼魂身份继续出演这一情爱故事。最后在柳梦梅的帮助下复活，结为夫妻。《牡丹亭》浓缩和升华了各类人鬼恋的主题：死而复生，再续前缘，又叠印着张倩娘等少女的倩影。生人、梦魂、鬼魂三位一体，以历时性的爱情体验精妙地传达出生死维系于情的即时性题旨。也许，这是古代最美丽最曲折的鬼魂执着追求爱情的故事了。

　　从上可见，中国小说爱情剧中人鬼相恋的题材非常多，鬼魂形象大多为无法在现实中实现爱情理想的青年女性，如碧桃、倩女、丽娘……这是由于封建礼教对青年女性的迫害，剥夺了她们自由追求爱情幸福的权利。当她们的爱情婚姻在现实中无法实现，成为封建礼教的牺牲品、屈死鬼后，作者借用"离魂""还魂""复活"等情节，表现出主人公对爱情的执着追求，赋予"生者可以死，死可以生"的巨大能量，让魂灵可以冲破时空、生死之界限，实现人物的美好愿望。在中国漫长的封建社会中，文学创作中类似的鬼魂形象层出不穷，反映了一代又一代的青年女性冲破封建礼教桎梏、追求自由爱情幸福的希望与要求。

　　从总体上看，西方小说中人鬼（魂）之恋题材甚少，与之相对应的，是西方戏剧中罕见有痴情女鬼的形象，仅有个别的例子如何·索利亚的诗剧《唐·胡安·特诺利奥》中唐·胡安的鬼魂在唐娜·伊内斯鬼魂的爱情感召下，改恶从善；《加算机》里的德沃尔喜欢零先生，在他被判死刑后也开煤气自杀，追寻他到地狱，但却在见面缠绵悱恻之后失去了对他的一片激情："现在，一切都无所谓了。没有他，也能照样活得很好。"完全不同于中国小说作品那些女鬼的痴情与执着。西方小说或其他文学作品中的人鬼（魂）之恋题材，大多演化成被欺骗的女鬼（或女神）复仇的结局，这是中西小说中人鬼相恋题材的最显著不同。

　　2. 冤鬼复仇

　　小说、戏剧舞台上人鬼关系的另一个极端，是冤鬼复仇的类型。中国小说作品中这类形象屡见不鲜。著名的如《窦娥冤》，窦娥受冤屈而死，她的鬼魂一直飘飘荡荡不肯屈服，先是让那楚州大旱三年，将冤屈昭示于楚州百姓，后又借父亲巡察楚州之际，显魂诉冤，恳求复审。审案出现麻烦，不能顺利进行时，鬼魂便直奔公堂，与陷害她的仇人当面对质。等到真相昭揭，正义伸张，鬼魂才悄然退去。《盆儿鬼》中的杨国用为避血光之灾躲到千里之外的异乡，即使最终被害、尸体被烧毁捏作盆子，仍然阴魂不散，一再显灵，陈述冤情。《生金阁》中的郭成被恶霸庞衙内夺宝夺妻，死于非命，但人死心未死，在上元节灯市上变为无头鬼，冲打庞衙内，闹得满市骇然；在大路上兴风马前，阻拦包公；在法庭上大胆申诉，发泄生前之恨。《东窗事犯》中，岳飞负屈而死，但阴魂不散，托梦高宗，抒发自己的满腔怨愤，希望高宗"用刀将秦桧市曹中诛，唤俺这屈死冤魂奠酒"。在《西蜀梦》中，关羽、张飞阴魂不散，来到宫廷向刘备诉说惨遭杀害的经过，临行再三叮咛为他们报仇雪恨，表达了不杀仇敌死不瞑目的心愿，表现了强烈的复仇精神。王玉峰的《焚香记》中，敫桂英与落第举子王魁结成夫妻后赠送旅费，鼓励他去赶考。同时两个人到海神庙里去焚香立誓，表示生死相共，决不负心。当王魁得中状元以后，坚决拒绝韩丞相的招婚，并写信接桂英一同赴任。有莱阳富豪金垒，久想谋占桂英为妾，改写了封休书，假托王的言语把敫桂英遗弃了。桂英得到这样一个沉重的打击，悲痛万分，于是到海神庙诉冤。结果海神不管活人事，于是她怨恨交织，自缢身死。死后魂灵再向海神控诉，结果海神派阴兵把王魁的魂灵拘来对质，得知真相，遂令桂英再生，和王魁重为夫妻。取材于流传很广的王魁与敫桂英的民间传说故事，作者着力塑造了一个勇于反抗，成鬼也要索取王魁性命达到复仇愿望，向往幸福的下层妇女形象。

　　西方小说中的冤鬼复仇的题材比人鬼相恋的题材要多，例如《哈姆莱特》中，老哈姆莱特死后冤魂不散，为了复仇从坟墓中走出，六次向哈姆莱特招手，详告了自己被害经过。他对儿子说："你必须替父报那逆伦杀身的仇恨，不要默默而息，不要让丹麦的御寝变成藏奸养逆的卧榻。"老哈姆莱特的鬼魂向儿子揭露了克劳狄斯的罪恶，并且向他提出了复仇的要求。最终哈姆莱特王子明白了真相，报了杀父之仇。西方小说鲜少存在女鬼复仇索命的故事，即使浪漫派小说家如霍夫曼、爱伦·坡、梅里美的短篇小说中有类似情节，但是梅里美的《伊勒的女神》里复仇者是爱神维纳斯的铜像，她在新郎与别人的新婚之夜活动起来，把新郎吻死了，因为这个新郎把结婚戒指套在她铜制的手指上，又与另一个女子结婚。这仅有的女性复仇者还是出现在小说不是小说里（梅里美的《伊勒的女神》是有寓言性的，主体近于小说，但一般归为小说），而且这些形象大多是复仇女神而不是女鬼。古希腊悲剧诗人欧里庇得斯作品里的类狄亚也是著名的复仇者,但她有巫婆的法力与勇气,被男主人公伊阿宋抛弃后无须变成鬼再复仇。她活着的时候就手刃两个亲生儿子,让伊阿宋断子绝孙,以此报复他的见异思迁。

3. 人鬼的亲情眷恋

不少的小说作品在叙述冤鬼复仇的同时,也演绎了人鬼之间的亲情眷恋,展示了鬼魂形象人性化的一面,丰富了鬼魂形象的性格特征。如中国小说《昊天塔孟良盗骨》,在描写冤鬼性格的另一方面,生动地描写了幽明两隔的父子、兄弟之情。杨令公和七郎战死后,尸体被焚烧后,骨殖被吊在昊天塔塔尖,每天被辽兵射击。杨令公和七郎的冤魂把解除痛苦、骨殖回归宋朝的希望托梦给亲人。作为父亲,杨令公非常关怀自己的儿子,知道七郎与自己身为鬼魂,特地提醒性格外露的七郎鬼魂别惊扰了六郎:"俺上的这三关来,孩儿休大惊小怪。"七郎没有莽撞行事,而是"作弄灯科"即采用烛光晃动的方式来向六郎暗示他们的到来。六郎认出父亲、弟弟后,马上请他们靠近说话,杨令公道:"孩儿也,你靠后些,你是生魂,我是死魂,你听我说与你咱。"父子、兄弟之间的深厚感情便在这短短的话语中得到体现,杨令公的鬼魂形象也被赋予了更加典型的人格特征。再如《范张鸡黍》的友情眷恋也很感人。范式与张劭结为生死之交,有鸡黍会之约,死后托梦给范式,范式赶去为他安葬。其中有一细节感人至深,范式见到张劭甚为高兴,就问他:"兄食鸡黍后进酒,若何?"范蹙其眉,而似交张退后之意。张曰:"鸡黍不足以奉长者之沧,乃邰当日之约,幸勿嫌责!"范曰:"弟当退后,吾尽悄诉之。吾非阳世之人也,乃阴鬼也。"

生人与鬼魂不宜接近,所以张劭鬼魂不敢靠近他,就嘱咐他退后。鬼魂通过梦幻给挚友报信与实际的死状相应成梦,这不但增添了鬼魂与人类交流的真实性,也渲染了气氛的惨淡,表达了挚友间生离死别的衷情。隐藏在这些剧作之后的是我们国人的生命意识和死亡观念——生命是永恒的,人死去的只是肉体,灵魂不会死亡,只是到另一世界去继续生活。

西方小说中也有描写人鬼亲情的细节。比利时小说家梅特林克的六幕梦幻剧《青鸟》讲述伐木工人的孩子,蒂蒂尔、米蒂尔兄妹俩,为了帮邻居有病的女孩,去寻找能够带来幸福的青鸟的经历。蒂蒂尔和米蒂尔兄妹在仙女的指点下踏上思念之土,重新见到故去的爷爷奶奶。蒂蒂尔问仙女:"他们不是死了吗,我们怎么还能见到他们呢?"仙女回答说:"他们不是活在你们的记忆里吗,怎么能说死了呢?世人不知道这个秘密,因为他们懂得太少了。……你不一样,幸亏有了钻石,你将会发现,人们惦念的死者,生活得就像活在世上一样地幸福"。爷爷奶奶的魂灵见到他们又是拥抱又是亲吻,欢喜异常,人与鬼在这里和睦相处,亲亲热热,欢乐代替了恐惧。最后他们依依不舍地含泪告别,蒂蒂尔还安慰亲人:"不要哭,奶奶,我们以后经常来……"蒂尔奶奶:"每天都来吧!"蒂蒂尔:"好,好,我们尽量常来……"蒂尔奶奶:"我们只剩下这一种乐趣了。你们想我们的时候,我们就像过节一样!"蒂尔爷爷:"这是我们唯一的消遣"。两位老人说,只要亲人深情地怀念起他们,他们就会醒来,他们就会看得见自己的心爱的孙子,四周的风就不会无休止地哭诉着孤独和寂寞、阴森和幽暗。

《哈姆莱特》提到老国王鬼魂虽然埋怨王后对恶人降心相从,背叛了他的爱情,但还是告诫哈姆莱特:"可是无论你怎样进行复仇,不要胡乱猜疑,更不可对你的母亲有什么不利的图谋。"后来鬼魂重新出现,督促哈姆莱特复仇时,还要他去安慰母亲。人虽死,但夫妻之情并没有淡漠。《辛白林》一剧中,波塞摩斯之父母与兄长的鬼魂知道波塞摩斯身处牢狱时,出现在他睡梦中,因为他的遭际大胆怨愤天庭"朱庇特,你终身之王,为何久抑贤豪,不给他赢得的褒赏",关心他们在人世间唯一的亲人,希望天庭伸出援手,赐他幸福安康。《埋葬死者》是30年代美国欧文·肖的一部反战剧本。剧中六名死于战场的士兵,不愿安安稳稳地躺在坟墓里,鬼魂们从坟墓里起来是为了阻止战争,呼吁人们拒绝参加人类自相残杀的不义战争。他们只有等到发生战争的因素再也不存在了,才肯安心躺下。将军们和亲人们纷纷劝阻,甚至为他们举行宗教仪式,想让他们的灵魂得到安息。但是鬼魂们不愿听从他们的劝阻,走出坟墓,在一批活着的士兵们的追随下,到处去传播和平的福音。剧本中有很多动人的画面,像死者和亲人的对话就写得非常温馨动人,字里行间流露出死难士兵对人世的眷恋,对平凡生活的向往。例如鬼魂二谢林,和他妻子贝丝·谢林的谈话就体现他对土地、孩子、妻子的深切关心与眷恋:

孩子怎么样了,贝丝?天地怎么样?庄稼长得好吗,贝丝?谁帮你收割呢,贝丝?告诉我,咱们的孩子头发是什么颜色?我想见一见孩子还有咱们那块田,还有很多……当我,当我,以前,也许是现在,贝丝,有那么几件东西,我还没有享受够,是些很简单的东西,一些你晚上吃过晚饭或者在早晨醒来后向窗外望去就可以看到的东西,看到一个黄头发的小孩,正在背光的一面逗着一条狗,他的神情是那么一本正经,好像在忙着什么正经事。在这儿坟墓里却再也见不到这类事情,贝丝……

这些细节虽然着墨不多，但却对完善鬼魂形象的性格特征起了画龙点睛的作用。

4. 人鬼间的君臣关系

除亲情之外，人鬼之间的君臣关系也是中西文学创作的一个重要方面。受儒家传统的礼、仁思想影响。中国小说中的人鬼君臣关系大多是宣扬友爱、忠义等的正面内容，几乎就是封建社会的人世间君臣关系的翻版。《西蜀梦》中，君主刘备对关羽、张飞朝思暮想，连梦里都惦记着他们的情形，关张对刘备的厚谊也由张飞的唱词中表现出来；张飞鬼魂出场时仍想着兄弟结义、一起创业时的景况。关羽、张飞死于非命，他们的魂魄的痛苦自然无法排泄。他们除了感到幽冥相隔的苦楚外，造成张飞内心不平静的最大缘由，还是由于他们未能辅佐刘备完成统一大业，"结义兄长存终始，俺服侍君王不到头，心绪悠悠"。把他们君臣兄弟友情表现得淋漓尽致。

《霍光鬼谏》里霍光生前对王室一片忠心，不但不徇私情，反而力阻宣帝加封二子、册立女儿。皇帝不从，他气恼成病，命归冥途。可是还念念不忘为皇室尽忠，下面这段唱词便可体现他的铮铮忠心：

【双调】【新水令】冷飕飕风摆动引魂幡，也是我为国家呵一灵儿不散。高挑起纱照道，轻摆着马湔锚环。我待学垒卵攀栏，将我那有仁德帝王谏。

【驻马听】夜静更阑，蓦岭登山寻故关；云收雾散，披星戴月入长安。生前出力保江山，命终尽节扶炎汉。你看我这一番，擎王保驾无辞惮。（做入宫科）（做灯后立住，等驾打掺科）（云了）（云）惊唬了我主，微臣不是邪祟。（等驾云了）……

【雁儿落】微臣共朝臣难摆班，魂魄随风散，边关事明日提，早朝把君王谏·想赶在儿子谋反之前向皇帝托梦告密，一片忠心仍为汉室帝业。

和中国小说相异，西方小说中的人鬼君臣关系却大多交杂着背叛、纠缠与复仇等的变异内容。如《麦克白》中，麦克白是一位英勇善战，为国家平息叛乱，击败入侵敌人的大英雄。在大获全胜返朝途中，面对三位女巫祝福他日后成为国王的预言，麦克白心动了，在被激起的强烈野心的鼓动下，他杀死了国王邓肯，登上王位。为了使他的王位牢固，又阴谋杀害了与他同征战立下战功的班戈将军。但从此麦克白的心再也难以平静，被杀害的国王邓肯和班戈将军的鬼魂纠缠着他，使得他痛苦不堪，最后被部下杀死。和处处体现"忠""义"的中国小说人鬼君臣挚友关系相异，西方小说的人鬼君臣关系，鲜明地刻画出了在政治利益冲突中凸显的复杂丑恶人性，具有更加广泛的社会现实意义。

5. "地狱"（冥判）

我国古有鬼魂归地府、泰山府君治鬼的民间信仰。人们把人间称作"阳间"，把人死后鬼魂居处称作"阴间""阴曹""地府"或"冥府"。并把阴间想象成为与人世间相似的一整套统治机构和生活秩序。宋玉《楚辞·招魂》云："魂兮归来，君无下此幽都些。"王逸注："幽都，地下后土所治也。"鬼魂归于地下幽都可能是由土葬的直觉联想而来。地狱原是那洛迦的意译，在佛教经典中，也常被译作"不乐""可厌""苦具""苦器"等，因其狱在地下，所以被称为"地狱"。佛教的八热、八寒以及"十八地狱"说，经过中国人的想象与糅合，加上人们所听说和遭受过的惩罚，变成了"十八层地狱"说。"阴阳一理古今传，阳有刑曹阴亦然。"罪人死后入地狱要受苦受罚。中国人还认为，人世间犯了什么罪孽的人，死后便会堕入那一层地狱中去，除非有人在阳间为之"超度"，否则永远不能翻身。基督教教义也有"地狱"一语，原意为"阴间"。指死者灵魂的安息之所，不含赏罚的意思。在我国，从佛教传入之后，中国人把冥府与印度的地狱结合起来，又加入儒家与道教的共同建构，这正如钱钟书说："二氏（佛、道——引者注）于搜神志怪，有无互通，不须相消。"

中国古代文学中，演示着众多的生魂入冥，梦游酆都，阳想阴报，出阴入阳，阴阳大战，人鬼之恋，人鬼交谊……的故事，就说明了作家对阴曹地府的注目与兴趣。他们写地狱，一般是以"入冥复出"者述说在冥间的活动来展开。基本上不出"死亡（或疾、或梦）——复苏——言入冥——观地狱——放还"这样入冥情节模式。相当数量的作品，在描写到阴曹地府方面，几乎一无遗漏地重现了佛家构建的样貌，准确地体现了佛家设置的末日审判所的特色，传声筒式地转播了佛家因果轮回的声音。南朝志怪书开始有入冥证因果之说，唯判案者皆冥吏。唐人乃出生人应召入冥判鬼之想，遂使幽明沟通又增一途，归指亦为明报应也。

科学地看，地狱是不存在的，民间信其有，就像列宁论述现代宗教产生的根源是对"资本盲目势力的恐惧"创造了神，对封建社会的"恐惧"创造了地狱。尽管人们都在向往天堂，但在人们内心深处，都更为看重地狱。阎王殿是一座公平的审判台，无论何等人物，在世时如何叱咤风云，建下天大的功业，在阎王面前也要受到严正的裁决。人们固然害怕地狱，另一方面却又把它设想成为一个公正的法庭，相信阎王判官有着无私的铁面，刚正的心肠，不像人间的官吏们虚伪、贪婪、徇私枉法。地狱之说在冥冥之中给人一种恶者得到惩罚，善者出口恶气的心灵慰藉。更重要的是，它能自动地发挥某种道德的功能。上到君王百官，下至普通百姓，在做某件事时，总不能不考虑后果。如果行善事，那就是功德，就会为日后进入天堂增加一份可能性；如果是作恶，死后下地狱就会受无尽苦楚，冥冥之中自有神灵在。地狱赏罚鬼魂，乃根据其在阳世所为的善恶；地狱让鬼魂托生，同时决定了他们下一生的秉性和命运。将阳间世界的种种丑恶不法之事，搬到地狱这一特殊的场景中来描写，名为写地狱中事，实则笔笔写现实中习见者，此之为"影射"。清末女奴《地下旅行》就是运用此法的典型作品。作者愤世嫉俗之情，充溢于字里行间。

今日科技高度发达的国家和地区，其文学艺术中为何仍多有什么吸血鬼、僵尸还魂、阴阳转世（如李碧华《胭脂扣》，美国电影《人鬼情未了》），这恐怕不是用简单的迷信二字解释得了的。但到了现代，绝大多数的中国作家不同于古代文人，他们不认为有一个阴间与阳世并存，也不信奉生死轮回之说。但正如莱辛所指出的那样："但这不相信鬼魂，一点都不能够也不可以妨碍作家来利用鬼魂。相信鬼魂这种种子存在于我们大家的心中，作家主要是为他们进行创作的那些人的心中更是普遍存在。问题只在于它的艺术能否使这颗种子发芽生长，只在于能否有一定的技巧使相信鬼魂的真实性的理由迅速地发生作用。假如他掌握了这样的技巧，那么，我们在日常生活中尽管愿意相信什么就相信什么，而在小说里必然是作家愿意叫我们相信什么就得相信什么。"莱辛对鬼魂的态度，可以说是进步人士普遍持有的态度。即使我们不相信鬼魂也不妨碍作家创作和观众欣赏。鬼魂形象是人类形象思维和宗教观念共同作用的产物，是人们不同的思想意识、生活追求的幻想化、艺术化的表现，这是一个可以让丰富神奇、瑰丽迷人的想象力尽情自由驰骋的领域。鬼魂想象除了为文学创作中的人物活动营造怪异的环境、神秘的气氛、恐怖的感觉外，还通过幻想让人物使用魔术与恶魔、幽灵发生关系。鬼魂变幻莫测，不受人世间一切现实能力的局限，具有超越时空束缚的本领。小说中的鬼魂形象具有唤醒世人的认识价值与审美价值，它以夸张、变形、放大的形式，暴露了各种丑恶，并彰显了惩恶扬善的思想精神。鬼魂以及地狱观念给读者留下了许多艺术想象与思考的空间，也激励和满足了人们的好奇本能，也为以后电影、戏剧鬼魂创作的世俗化与科幻化提供更多的借鉴。

第二节　动物意象及意蕴

随着恐怖元素类型自身的演变，小说的逼真性越来越受到作家们重视。超自然意象虽能带来最直接的恐怖感和刺激性，但若是通篇群魔鬼怪，小说的真实感也就荡然无存了，甚至还会使人觉得荒唐可笑。所以，在带有某种民间隐喻的平常事物上灌注恐怖感，形成新的意象，成为许多现代恐怖作家的选择，而这也为恐怖小说的创作提供了更为开阔的书写空间。在日常生活中，形形色色的动物是无疑是人们身边最活跃的因素。动物的存在既可能给人们带来益处，也可能带来威胁。所以，在世界各民族文化中，动物和许多崇拜，禁忌等都有千丝万缕的联系。在动物看似平常的表象下，经常会潜藏着足以引起恐惧的隐意。如此一来，就能令读者感受到隐藏在日常生活中的某种未知威胁所带来的恐惧。

史蒂芬·金在他的恐怖小说《黑暗的另一半》中，将日常生活中司空见惯的麻雀作为带给人们恐惧的意象。在小说中，受脑瘤折磨的主人公泰德在头痛时总是听到一千只小鸟在叽叽喳喳叫，他几乎能看见那些鸟，并且断定它们是麻雀。随着这些亦幻亦真的麻雀的频频出现，危险也离泰德越来越近。从一开始单纯的幻听，到神秘的预兆，随着结局的逼近，麻雀意象逐渐从自然向超自然游移。而作者也随之揭示了西方麻雀的特定的文化意义：麻雀，潜鸟，尤其是夜里出没的怪鸟，是灵魂的摆渡者。而在爱伦·坡的《黑猫》中，受到主人虐待的黑猫似乎是下了诅咒般，使得主人变得越来越残暴和疯狂，直至最后犯下杀妻之罪。而作者在文中亦说明了黑猫在西方是某种邪恶的象征，都是女巫的化身。

在中国，各种动物背后隐藏的民间禁忌也甚为丰富。比如，在中国传统民俗中往往将猫、乌鸦、蛇等与不吉利的事物相联系。而在这其中，由于猫的一些特别的生理特征：瞳孔可以放大和缩小，在黑夜中亦可视物，爪子可以伸缩自如，夜晚的诡异叫声等等，都使得它更经常与灾异、死亡等暗示着不祥的信息相关联。这从"狗来富家，猫来孝家（指有丧事）"等歌谣或死猫吊树头等民间习俗中也可以看出。因而，各种动物意象，尤其是猫意象，逐渐成为中国小说家笔下恐怖气氛的载体。比如，在蔡骏笔下，那只反复出现在说里的白猫，则具有了柔美和阴郁的双重特性。在猫眼中，主人公描述白猫的脸就像从某幅古代画卷中美女的脸浓缩变形而来的，为猫染上一层唯美的女性色彩。但同时，在中国文化中，白色又是不吉的暗示，象征着死亡（比如，做丧事时常用到白色）。在这里，白猫除了是厄运即将到来的暗示外，还具有了一种中国传统的蛇蝎美女的意味。而在周德东的恐怖小说中，动物意象背后暗藏的恐惧，则多是在人性恶的催化下产生的。在其代表作《九命猫》中，他除了强调猫的一些不同寻常的特性——有九条命、叫声像逼真的小孩的哭声之外，更多的是用这只黑色的苦猫来引出令人毛骨悚然的煮猫陋习。什么是煮猫？按作者的话说，就是把活猫扔进沸腾的锅里煮了。通过这种异常并残忍的方法，使得偷了东西的人就会像那只猫一样难受。最后，只好把偷来的东西物归原主。苦猫原本老实顺从，并没有什么灵异之举，但却被它的主人当作向邻居们示威的牺牲品。贪婪、残忍以及人与人之间的猜忌把它变成了一只秃毛瞎眼的怪物。异化后的苦猫成为人性恶的凝结和物化，而苦猫的主人也像爱伦·坡黑猫中的主人公一样，恐惧着这只神出鬼没的猫，恐惧迫使她无法抑制地再次对猫施暴，而这种行为又令她的恐惧愈加升级。它使得主人公被包裹在自己的罪恶和即将遭受的报应所引起的恐惧中，直至最后的崩溃。主人公用自己的恶，将弱者变成了催命的魔鬼。

一、人的动物化

人的动物化，是文学中的一种表现技巧和写作手法，即作品中出现的艺术形象本身是人，但是作者在描写过程中，却把他们做了动物化的加工处理，从而使之在形态、心理状态或性情上呈现出了动物的某些特征。人的动物化被很多作家所用，但用的方式和程度各不相同，如卡夫卡的《变形记》，作者笔下的主人公就变成了一只大甲虫。爱伦·坡他笔下的人都是保持人形的人，但是生理健全的现代人，在心理状态和生存状态上，却没有发展完善，而是呈现出畸形的状态。

1. 喧嚣人群中的被异化者

马克思认为，异化现象随着资产阶级一起出现，在异化活动中，人丧失了能动性，遭到异己力量的压抑与奴役，在异化的环境中，人性只能畸形发展，而在资本主义社会里，异化达到最严重的程度。

在资本主义社会，人被理性桎梏，被社会秩序与法制约束，人得不到全面发展，处处被约束，最终被异化为畸形的人。爱伦·坡的小说《焦油博士与羽毛教授的疗法》就是一篇反映人被环境异化的小说，它讲述了一个精神病院的院长变成了疯子，领导患者叛乱的故事，这位院长与精神病患者将医生护士捆绑，并在他们身上涂满焦油，插上羽毛，囚禁在密室中。面对来访者，患者争先恐后讲述精神病院"疯子们"的荒唐趣事，实际上，他们嘲笑的正是自己。故事可笑而滑稽。在《焦油博士与羽毛教授的疗法》中，精神病院就隐喻了作者所在的资本主义社会，精神病院的人就是现代资本主义社会中的个体，他们被约束，被理性囚禁，蔑视传统观念，他们向往自由的生活和个性的发展。在幻想中有些人向往着变成某种动物，如乐呵呵女士幻想自己是一只公鸡，"她扑沓扑沓地扇动翅膀，那景象真是壮观""而她打鸣的声音，实在是美妙动听"。一个纤瘦的小男人以为自己是一只青蛙，他最喜欢的就是发出呱呱声，"仿佛他的灵魂是否得救，就取决于他发出的每个音符"。一位高个子男人，希望自己是一头驴子，一天到晚尥蹶子，其他的精神病人也都幻想自己变成了某种物体，不管试图变成什么，他们都逃避自己是一个人，试图逃避加在身上的约束和桎梏，他们作为人这种高级动物而日益被约束，幻想变成别的动物或物体而逃避这种被异化的生活。作品中的人群也试图重获自由，在精神病院院长的帮助下，他们把管理者关了起来，并把他们涂上焦油和羽毛，美其名曰"焦油博士与羽毛教授的疗法"。后来，这些管理者冲出地牢，像一群"非洲的大猩猩，或是好旺角的大黑狒狒"。重新夺得管理权，疯人院的管理重新进入了严肃、刻板的理性状态。这些都隐喻着在现实社会中，人的生存状态的异化是社会发展必然的趋势，想逃避抑或反抗，都难以逃脱厄运。

在当代资本主义社会，异化如同一张巨网笼罩着社会，没有人能逃避精神和心灵的折磨。所以，顺应异化，适应不合理的社会管理和桎梏人性的生存环境是现代人无法摆脱的命运。在这不公平的社会里，少数人的富裕以多数人的贫穷为基础，而伪善的面具和善于蒙骗的伎俩是统治者和管理者的必胜法宝，在虚假的承诺和逃避自我孤立的情形下，人彻底丧失了自我，丧失了自己的个性，成了一具具只有躯壳，没有灵魂的行尸走肉，任人摆布。在爱伦·坡的小说《四不像》中，现代社会化身为他笔下的公元前四世纪的安条克古城，城里有多得惊人的雄伟的殿宇，数不清的华丽而庄严的神庙，而在城的外围，却是比比皆是的泥棚屋和令人生厌的小茅舍，文章中描述了一个人群迎接安条克国王胜利归来的喧闹而混乱的场面。

"他用一只胳臂就杀死了一千名被铁链捆着的以色列俘虏。"

人们崇拜得都呆了，都敬畏地抬眼望着天上。

只看见一大群熙嚷嚷乱哄哄的白痴和疯子，他们正手忙脚乱地拜倒在一头巨大的长颈鹿跟前，都拼命要去吻一吻那家伙的蹄子，瞧！那动物正不偏不倚地挨个儿踢那些贱民——又一个——再一个。

文中的这头长颈鹿正是塞琉西王国的国王，安条克·厄庇菲涅斯，他是一个暴君，邪恶、残酷，然而，他眼下正藏在一张兽皮里，尽力扮演一头长颈鹿的角色，以便更好地维持他作为国王的尊严，他藏身于一张伪善的兽皮里，一本正经，威风八面，而城中的人们无不对他顶礼膜拜，化身为一群"四足爱国者"，城里到处是野兽。

如果你不怕麻烦仔细瞧瞧，你就会发现每一头野兽都一声不吭地跟在它的主人后面，虽然少数脖子上系着绳子由主人牵着，不过它们基本上都是那些个头和胆子都较小的种类，狮子、老虎和豹子都全然是无拘无束的。这些野兽轻而易举就被驯化来从事它们现在的职业，充当它们尊敬的主人的贴身仆从。不错，也有大自然维护它被侵犯的主权的时候，但在厄庇达佛涅城，吞噬一名士兵或撕碎一头祭神的牛几乎是区区小事，不足挂齿。当然，统治者为了巩固人们对他的敬畏和拥护，免不了要借助神明的庇护，文中的这位"长颈鹿"国王也不例外，神庙是除了王宫以外最华丽雄伟的建筑，鳞次栉比，多得数不清，而庙中神像被人们奉若神明，文中的阿什玛神庙中安放阿什玛神像，仔细看这尊神像，既不是羔羊也不是山羊，既不是半人半羊神萨迪尔也不像阿尔卡地亚的潘神，而是一只猿，"一只狒狒"。小说读来让人觉得滑稽不堪，充满嘲讽意味，而文中涉及的大量的动物形象无不具有强烈的预设性和象征性，我们不难把文中的场景与现实的资本主义社会中人被异化的场景联系起来，长颈鹿正是现实中伪善狡猾的资本主义剥削者，而文中的那些凶狠的猛兽正是资本主义统治者的帮凶和爪牙，那些逆来顺受，胆小可怜的小动物不正是麻木的被剥削压迫的广大民众吗？当然，那些狒狒神像就是用来麻痹人们的有效工具，让人在忍受现实苦难的同时，寄希望于缥缈虚幻的来生。人人被异化，被压迫的人沦为资本主义社会的囚犯，麻木适应，成为一群"非人的人"。

2. 荒诞的文学艺术家群像

既然在现实世界里人的生活处处被异化被桎梏，那么，被奉为精神食粮的艺术追求是不是现代社会领域里最后一块净土呢？爱伦·坡在《辛格姆·鲍勃先生的文学生涯》中，作者给出了答案。

在《辛格姆·鲍勃先生的文学生涯》中，辛格姆叙述了他自己如何从一名资质平平的青年摇身一变成为有名的文学大师，在文中，得意扬扬地向人讲述他之所以能成为"大师"，靠的是拼凑他人文章和诋毁打击竞争对手。他既没有超于常人的文学天赋，也从未付出过艰辛的努力，不学无术、一心争名逐利的他靠投机取巧迅速发家。文中辛格姆的父亲是也一个利欲熏心的人，他之所以赞同儿子成为一名文学家是因为这样可以名利双收。在小说中对他的描写不多，但是一个唯利是图的商人形象已经跃然于人前。在文中，还有一个重要人物，那就是螃蟹先生，正因为他，才促成辛格姆成名。然而他并不是想提携新人，也没有遵守他所说的"历来坚持来稿一经发表即从优付酬"。

我一提到"报酬"两个字，螃蟹先生先是眼睛瞪得滴溜滚圆，然后嘴巴张得老大老大，这使他的相貌活像一只激动不已、嘎嘎乱叫的老鸭子；他保持着这副模样（并不断用双手紧紧按住前额，仿佛处于极度窘迫的境地，直到我把要说的话差不多说完）。

他其实是想借辛格姆作品来以打击诋毁自己的竞争对手。整个出版界都充斥着这种不良风气。在版面上对对手冷嘲热讽是他们的主业，更加让人觉得具有讽刺意味是，他们不仅会相互攻击，还会为了名利而互相吹捧，在《棒糖》刊登辛格姆的诗作之后，其他杂志社马上也发表了充满赞美的评论。在小说中，辛格姆和他的父亲以及编辑们构成了一幅丑陋市井图。作者描写的报刊行业，正是被资本主义社会日益污染的人的精神世界。这个世界，已经堕落为一个追名逐利与充满谎言的世界，文中人物滑稽可笑、追名逐利。在这个虚妄的世界里，无数的辛格姆迅速成名。

在这篇荒诞不经而又寓意深刻的小说中，作者篇中命名意味深长，除了给文中出现的每种报刊起了一个个动物化十足的名字外，还无不讽刺地为文中出现的人物冠上动物的头衔，让人觉得好像来到了一个动物世界，抑或参加一群丑陋不堪的动物聚会。如那些认不出但丁、荷马等人的著作，还讥笑其"胡言乱语""枯燥乏味"的编辑就被称呼为螃蟹先生、苍蝇先生、嘎嘎乱叫的老鸭子、呆头鹅、睿智的猫头鹰、癞蛤蟆编辑、鼹鼠编辑和长腿蜘蛛等等；而为各报刊投稿的知名作家有奸驴先生、肥鸭先生等等，而"我"的父亲，被螃蟹先生称为"讨厌的老畜生""一头猪"。这些自觉体面而高明的编辑以及作家活在自己夸张的虚妄的世界里，上演了一幕幕让人哭笑不得的滑稽戏。

无独有偶，在另一篇短篇小说《用 X 代替 O 的时候》中，爱伦·坡同样用充满讽喻的笔调，在文中塑造了一位出版业行业的精英，一个愚蠢自私却又极其自以为是的编辑——东拉西扯·笨伯先生，而这篇小说的立意与《辛格姆·鲍勃先生的文学生涯》也大有异曲同工之妙，文中这位"贤明"的主人公为了打倒行业上的竞争对手，尔虞我诈，相互攻击，笨伯先生为了诋毁对手，直接在抨击对方的"妙文"中大骂对方是"老猫头鹰""笨鹅""母牛""猪猡""蛤蟆"

等等,恰恰与《辛格姆·鲍勃先生的文学生涯》中的螃蟹先生、苍蝇先生、嘎嘎乱叫的老鸭子、呆头鹅、睿智的猫头鹰、癞蛤蟆编辑、鼹鼠编辑和长腿蜘蛛等等遥相呼应,在爱伦坡的作品里,这些动物形象宛如已经成了那些编辑和文艺大家的代名词。

这些动物形象在人们的脑海里早已形成固定的观念,外形丑陋不堪,性情阴郁冷漠,他们令人生厌,是假丑恶的代名词,作者以这些动物形象命名篇中的人物,用意不言自明,说明在人的精神世界里,让人陶冶性情,洗涤心智的艺术追求,已经彻底被丑陋的"人形动物"污染,人类的精神世界将一片荒芜。

然而,爱伦·坡要讽喻的不仅仅是他小说中出现的那些丑陋人物,而是以出版业为缩影,向人们揭示那个充满恶丑的社会。爱伦·坡通过文中所塑造的一个个丑陋的"动物"形象,谴责了资本主义社会不仅使人在物质方面异化,人的精神世界也被污染,被名利束缚。爱伦·坡用他苦涩的笑声,为世人敲醒警钟。

3. 苍白的反抗者

很多作者笔下的世界是一个充满压抑和不公正的世界,压迫者有的为了发泄心中的恶念,为作恶而作恶;有的为了权势、名利而竞相角逐,不惜把弱小者踩在脚下,逼入绝境。文中的弱小者不是满怀着对命运的未知和迷茫,就是无端地被丑恶力量压迫和排斥,一不小心,就将品尝痛苦,抑或承受付出生命的代价,面对命运的捉弄和打击,有人逆来顺受,终究郁郁而终,而有人绝地反击,终究获取一线生机,虽然,在混乱不堪的世界里,略显苍白。

《跳蛙》讲述的就是一个弱小者面对压迫而不得不反抗的故事,跳蛙是本故事的主人公,取名跳蛙,是因为他又矮又是个瘸子,"走起路来只会像画花,一半像跳,一半像扭",所以被他的嘲笑者和捉弄者赐名跳蛙,造物主为了弥补他的缺陷,赐给他双臂无穷膂力,所以"无论树木绳索一类可以攀爬的东西,他都能在上面表演不少身手矫健的绝技。干着这套玩意儿,当然跟松鼠猴崽不相上下,哪里还像青蛙"。他虽然不是一只真正的跳蛙,然而,他的命运就如一只弱小可欺的动物一样,受尽人的凌辱和蹂躏,他是皇帝取笑的玩具,消遣的小丑,为了生活,"他们身穿花色衣服,头戴系铃帽子,每逢御桌上赐下残羹冷饭,总得立刻插科打诨,答谢圣恩",他的伙伴一个身材矮小的姑娘,也遭受着同样的命运,虽然"举止端庄,姿色出众,人人为她倾倒"也不得不靠着动物般的表演而生存。可是,残忍的压迫者步步紧逼,迫使跳蛙发出反抗的呼喊,他放手一搏,巧用智慧,终于得以使自己报仇雪恨,脱离绝境。在故事中,又一次出现了大猩猩这个动物形象,为了取乐,皇帝吩咐跳蛙筹备假面晚会,跳蛙让皇帝和七个大臣扮成大猩猩,玩一种叫"八个带铁链的狸狸"的游戏,利用铁链把他们锁上,在宴会上,当皇帝和大臣扮演的栩栩如生的大猩猩出现时,人们惊慌失措,跳蛙急中生智,以看清楚大猩猩的真面目为由,用火把靠近挤作一团的统治者,从而点燃了他们身上层层涂抹的麻和油把他们活活烧死。

文中的跳蛙虽然羸弱可欺,却不乏智慧,心思巧妙,也不缺少反抗精神,在清醒的情况下,他极力克制自己的反抗之心,然而,理智表面下的抗争意识暗流涌动,跳蛙这个以动物寓意的人物形象代表了生活中的弱小者和被压迫者,也可以代表现实生活中人被压抑的生活状态,而皇帝与大臣扮演的大猩猩这个动物形象,在这里扮演了压迫者和破坏者的形象,或者可以说是生活中的一切异己力量,这些压迫者心地邪恶,文中的皇帝好听笑话,以取笑别人为乐,跳蛙是个矮子,又是个瘸子,在皇帝眼里,身价就此高了三倍,而那七位御前大臣,个个都是说笑专家,身材魁梧,满脑肥肠,以阿谀奉承之功而得宠,他们表面冠冕堂皇,内心无聊空虚,一心以欺压弱小者为乐。

爱伦·坡在小说中写道:"在这段故事的年月里,文明世界中难得看到猩猩,矮子装扮出来的假猩猩简直可以乱真,把人吓死,管保当作真猩猩。"这些人形猩猩狼狈为奸,肆意玩弄弱小者,从中汲取乐趣。在《莫格尔街凶杀案》《焦油博士与羽毛教授的疗法》中都塑造了大猩猩这个动物形象,所以,在作者笔下,大猩猩野蛮、残酷、力大无比,是邪恶力量的化身,用它来隐喻残暴的压迫者或生活中的破坏力量再合适不过。

《一个星期里有三个星期天》也是一个靠智慧而赢取自己幸福的故事,故事中的"我"父母双亡,孤苦伶仃而被大伯收养,然而,在成长过程中,我备受折磨。"从我一岁到五岁,他很有规律地定期赏我一顿鞭子。从五岁到十五岁,他每天都扬言要取消我的继承权。我是一条忧郁的狗,这没错——但这是我天性的一部分——是我的一种信仰。"

这说明主人公为了生存,不得不委曲求全,低声下气,像弱小动物一样生活。为了得到本来属于他的遗产,以及为了迎娶爱人——大伯的女儿,在大伯眼里像"可怜的小老鼠"一样的未婚妻,"我"不得不答应大伯的荒唐要求——有三个星期天的时候迎娶未婚妻,得到遗产。主人公给这位狡猾而又残忍的大伯冠名"恬不知耻的老豺狼""悠闲的老海豚"。他善于玩弄弱者,就像猫玩弄老鼠一样,等它厌倦了就会一口把它的猎物吞掉,"如果约伯本人看到他像一条捕鼠老手一样折磨我们这两只可怜的小老鼠,也会感到义愤填膺的"。这些描述充分刻画了大伯的丑陋形象以及对他的怨恨。最后，在朋友帮助下，巧用地球自转造成时差的地理知识，给出了答案，终于得偿心愿。

虽然这两个故事以少有的圆满结尾，但细细咀嚼，这两个反抗者形象未免显得苍白，在现实生活中，像"大猩猩"，凶狠"豺狼"这样的压迫者、破坏者层出不穷，而且更加狡猾凶残，美好的愿望和冲出樊笼的希望微乎其微。

从以上几部作品的分析可以看出，在资本主义盛行之初，它狰狞的面貌已初现端倪，人们虽然在物质生活方面可能得到改善，然而，在精神和内心上，却付出了沉重代价，人们被异化为资本主义社会的工具，任剥削者摆布，建立在私有制基础上的资本主义社会，让人学会了自私和尔虞我诈，有的弱小者麻木不仁，苟且偷生，有的奋力反抗，却也无力回天，除此之外，还有一类人，如《金甲虫》《阿·戈·皮姆的故事》中的主人公，他们为了生存，勇于逃离现有生活，甘于去冒险，企图在更广阔的时空中去寻找一片新世界。

二、动物意象及意蕴

1. 象征人类内心情感的动物意象

这就涉及动物的"拟人化"。在有关动物意象的创作所采用的"拟人化"手法中，比较常见的是单纯的修辞手法，它是作者根据人们生活中约定俗成的社会伦理观念，将动物进行人格化的描写，从而达到道德教诲的目的，道德观念和伦理观念是其动物意象所喻指的，它与本体之间有表面形象的相似性。很多作者笔下的动物形象并不是作为一个喻体出现的，而是作为一个处在人与动物之间的个体存在着，这样的存在能够表现出人类不同类型的情感。

小说《金甲虫》中的威廉·勒格朗从家道富裕沦落到一贫如洗的境地，直到他有一天捉到了一只金甲虫，又拾到了画有宝藏图的羊皮纸，经过自己的推理以及对有关海盗船长在岛上埋有宝藏的传说的分析，最终破译了宝藏图中的密码，找到了宝藏并发了财。金甲虫象征着威廉金色的梦，但梦的实现不是一蹴而就的，而是基于对密码学和语言学的精通，再加上联想、推理和解密等一系列的努力才能够实现。而金甲虫不仅仅象征着威廉个人的发财梦，也象征着人类对理想的追求。结合美国当时的时代背景，小说中的寻宝过程体现了社会上盛行的"淘金热"这一现象，《金甲虫》可以看作是时代的产物。同时，该篇的创作与坡的个人境遇也密切相关，在现实生活中，他创办杂志的理想失败了，所以把实现"金色梦"的希望寄托在自己的创作中。

《乌鸦》这首诗塑造了一只乌鸦和一位无法停止对爱人思念的年轻男子形

象。整首诗的基调是忧郁、孤独和绝望的，乌鸦午夜栖息在年轻男子房门上方的帕拉斯半身雕像上，看似带来了希望，实则在无边的黑夜里，只能给予年轻男子"永不复焉"的回答，使他陷入永恒悲痛的深渊里去。爱人的离去对于思念她的生者来说是个沉重的打击，"永不复焉"的回答让人心情阴郁，使读者的绝望之感油然而生。乌鸦象征着死亡与不祥，透出绵绵无绝期的伤逝，同时，在这苦闷忧郁的情境中，乌鸦更象征着男子自身境遇的孤独与无可奈何。

2. 人的动物化

这类作品中的形象主体是人，但经过"动物化"的加工，人便具有了某些动物的特征，如：小说《塔尔博士和费瑟尔教授的疗法》《森格姆·鲍勃先生的文学生涯》和《四不像——长颈鹿人》等。

小说《塔尔博士和费瑟尔教授的疗法》讲述了精神病患者篡夺了管理人员的位置，用"塔尔博士"和"费瑟尔教授"的"疗法"将管理人员关押进秘密病房，最终管理人员逃出病房，医院才恢复了最初的"安抚疗法"的故事。在小说中，有的精神病患者认定自己是一头驴，只吃蓟草；有的以为自己是公鸡，发出"喔喔喔"的啼鸣声；还有的把自己当作一只青蛙……一开始读者会以为马亚尔院长是个正常人，直到最后才恍然发现他竟然是一名精神病患者，而精神病患者发明出的"疗法"似乎比正常人所使用的管理方法更为易行有效，这使我们不得不深入思考正常人和疯子之间界限划定的问题。在爱伦·坡笔下，"出于善意和人道主义的那些管理者们，最后却反过来使自己陷入了困境"，多少也是爱伦·坡"对于理性化的秩序和法则的揶揄和嘲讽"。人类的精神生活受到了极大冲击，人们的心灵饱受折磨，人类生存状态的异化并非偶然，而是一种无法摆脱的命运。

小说《森格姆·鲍勃先生的文学生涯》中的报社编辑和文人的名字分别叫作螃蟹先生、苍蝇先生以及蠢驴等，而刊物的名称叫《大笨鹅》《癞蛤蟆》以及《长脚蚊》等，这些名字都是毫无美感的动物名称，读者初读可能会觉得荒诞不经，离奇可笑，但仔细琢磨一下，就能体悟到这些"动物"全是坡对现实生活的影射。森格姆·鲍勃先生之所以能够成为"文学大师"，靠的不是文学天赋和后天的努力，而是靠投机取巧和攻击诋毁竞争对手的伎俩，所谓知名编辑，不过是像螃蟹那样横行霸道的小人物罢了。通过夸张的描写，小说中的人物完全变成了丑陋不堪的动物的样子，这是坡对生活中的假丑恶现象所做的有力批判。

小说中的动物形象层出不穷，类别多样，以此隐喻和象征他作品中形形色色人物的各种生存状态和心理感受。这些动物形象或许会让人恐怖不已，它们把人性中最丑陋、阴暗、残忍和隐蔽的一面赤裸裸地展现在读者面前，激起读者灵魂上的战栗；或让人觉得荒诞不经，却被作者描述得一本正经，暴露出人性中的贪婪、自私和怪癖，使读者在掩嘴发笑的同时又不得不让人沉思；有的动物形象在生活中闻所未闻，却在作者的作品中被刻画得惟妙惟肖，令人神往，使他所创造的文学世界呈现出梦幻般的色彩。有些作者之所以会让动物形象在他的作品中拥有一席之地，是为了更形象地表现出他关于人存在于世界中的独特感受，体现出他对人的心灵和精神状态的终极关怀以及对人的生存状态未来发展趋势的深切关注。

第五章 中西小说中恐怖元素呈现分析

　　文学是集社会背景、创作主题和表现主体等要素于一身的表现人精神空间的复杂性艺术。一部文学作品，不是一件简单的东西，而是交织着多层意义和关系的一个极其复杂的组合体。它与科学、宗教、文化、政治、经济之间都存在着不可分割的联系。作为一种文学潮流，恐怖元素在新时期的文学创作中反复出现，构成小说文学中的要素之一也逐渐呈现出泛化的态势。随着文学的发展和演变，恐怖元素的内涵不断丰富完善，它既包括人类理性思维之上的超自然现象，也涵盖一些神仙鬼怪的传说，民间的神秘文化及其衍生出的一系列民间行为。恐怖元素的作品潮流虽然影响深远，但是在中西特定的政治环境以及不同的社会阶段中总是呈现出"时隐时现"的状态。它时而作为文学的重要母题备受推崇，时而又被排斥在"朝堂"之外，受到不同程度的排斥和驱逐。纵使如此，恐怖元素包含的文化内涵却始终在延续，它借助民间的文化信仰展现出来，既是群众的精神寄托，也彰显着民族的传统文化心理。

第一节 西方小说中恐怖元素呈现

一、西方小说恐怖元素起源

1. 社会基础

　　历经激烈动荡的17世纪，英国进入相对稳定的18世纪。由于资产阶级革命的胜利，英国政府对内大力发展工商业，至18世纪中期开始工业革命；对外则进行大规模殖民扩张，并发展成为近代最大的殖民国家。资本主义制度的稳步发展，使得文学艺术领域也力倡新古典主义和理性精神。所以，这个时期的资产阶级作家"更为明确地反对既往以传奇为主体的叙事文学，以普通个人的日常生活与情感为关注的中心，表现出写实主义与理性主义的特色"。产生这一现象的根本原因，正在于18世纪"资本主义经济的空前发展和中产阶级的崛起、以及随启蒙运动而进行的资产阶级文化的总体建设"。对此,埃得加在《小说的艺术》中有更为详细的论述:"异想天开的传奇故事曾经是通例,而今却成了特例,因为小说现在的目的是要强化现实而不是逃避现实。如果说我们偶尔也得有自己的奇闻逸事,那么我们坚持要把它们认作奇闻逸事。小说的一般进程是从不可能的进到或然的再进到可能的,我们希望我们的小说家们现在尽力地撒谎,但谎要撒得像是真情实事。反传奇的、理性化的18世纪精神使得这种转变成了可能。因此,我们最好是在这个富于创生性的世纪去寻找现代小说的胚芽。"于是我们看到,像笛福、菲尔丁、理查逊等这些著名英国小说家,都常常是用"历史(history)""生平(life)""日记(journal)""回忆录(memoir)"之类的词来冠以自己的作品,以区别于具有传奇色彩的小说。因而,用可信的文笔描写世态人情,构成了18世纪前半期英国小说的基本特征。不过,这种以逼真再现为特征的现实主义小说虽无可非议,但却往往不能完全满足读者多样化口味的需要。读者除了希望现实能在故事中得到反映之外,同样也渴求从超现实的故事中获得愉悦调节,恐怖元素小说的兴起恰好弥补了现实主义小说在这方面的不足。至18世纪后半期,工业革命的迅速发展,不仅导致工业资产阶级与工业无产阶级的对立和斗争,而且带来了城市与农村富贫的巨大悬殊,原本圈地运动造成的衰败荒芜的农村景象,更成为工业化罪恶的铁证。国内各种矛盾愈来愈尖锐,人民的反抗斗争此起彼伏。同时,随着资本主义的发展,广大中小资产阶级也深感自己的生活和社会地位岌岌可危,不满现状,满怀忧惧,但又无可奈何,因此只能自怨自艾,沉溺于个人的痛苦和悲哀之中。这样,启蒙思想家按照理性原则提出的自由、平等、博爱的社会理想首先在英国陷入困境,他们所推崇的人类理性的力量也因此遭到怀疑。恐怖元素小说与感伤主义小说、"墓园诗歌"的出现,从根本上说,都是这种精神状态的曲折反映。

2. 思想文化基础

(1)哲学思想的影响

英国恐怖元素小说的产生也有其哲学思想作基础。17、18世纪,正当欧洲大陆盛行理性主义,视理性为评判一切的标准之时,英国却出现了与之相对的经验主义哲学思想。这种经验主义哲学思想由培根(1561-1626)奠基,至17、18世纪达到高峰。在培根那里,感官的知觉被视为认识的开始阶段。他认为一切知识来源于对外部世界的感觉经验:"事理究竟能否知道这个问题,不是以争辩所可解决的,只有诉之于经验才能有望。"正如马克思所说:"按照他的学说,感觉是完全可靠的,是一切知识的源泉。"不过,培根在强调感性经验于认识中的作用时，并未把人的认识局限在感性经验上，他还指出了理性认识的必要性，并说："我以为我已经在经验能力与理性能力之间永远建立了一个真正合法的婚姻，二者的不和睦与不幸离异，曾经使人类家庭的一切事务陷于混乱。"可见，他"主张把这二者紧密地结合起来""将这二者的结合看作是他所提出的一条重要的原则"。到了洛克（1632-174），他把经验分为外部经验和内部经验两种，认为外部经验来自人的感觉，而内部经验则主要是心灵反省其自身内部的结果。他特别强调人的感官作用，认为颜色、声音、滋味等不是物体所固有的，而是依存于人的感官。这就否定了颜色、声音、滋味等性质本身的客观性。他在谈到火的光和热的性质时也说："我们如果没有适当的器官，来接受火在视觉和触觉上所引起的印象，而且如果我们没有一个心同那些器官相连，接受光和热的观念，则世界上便不会有光和热"。无疑，洛克的经验主义哲学思想中存在着唯物主义和唯心主义的矛盾。而他的后继者贝克莱（1684-1754）则把经验主义完全推向了唯心主义。在贝克莱看来，一切知识都是由观念和感觉构成的，而观念和感觉本身就是认识的对象，所以他提出物是感觉的组合，"它们的存在就是被感知，它们不可能在心灵或感知它们的能思维的东西以外有任何存在"。贝克莱的哲学思想具有浓厚的唯我论色彩。

继贝克莱之后，休谟（1711-1776）又"提出了近代资产阶级的第一个不可知论的哲学学说"。他的哲学是以培根、霍布斯，特别是以洛克和贝克莱为代表的经验主义哲学思想的集大成者和"逻辑终局"。休谟把感觉、情感、情绪、思维都归类为知觉，认为人的认识的唯一对象是感性知觉，"至于由感官所发生的那些印象，据我看来，它们的最终原因是人类理性所完全不能解释的"。到休谟这里，英国的经验主义已将理性彻底否定掉了。列宁曾一针见血地指出："休谟所谓的怀疑论，是指不用物、精神等等的作用来说明感觉即一方面不用外部世界的作用来说明知觉，另一方面不用神或未知的精神的作用来说明知觉。"他还进一步指出，休谟的这种怀疑论就是不可知论，其本质在于"他不超出感觉，他停留在现象的此岸，不承认在感觉的界限之外有任何'确实可靠的'东西"。因此，"休谟的哲学对也好、错也好，代表着18世纪重理性精神的破产""在这样的自我否定理性精神的后面跟随着非理性信念大爆发"。而注重表现情感、想象、直觉以及人物身上其他种种非理性因素的恐怖元素小说，能够首先出现在英国，绝非偶然，从哲学思想层面上说，实是这种"重理性精神的破产""非理性信念大爆发"的产物，它融合、渗透着经验主义哲学的思想与观点。

另外，谈到经验主义哲学思想，还不能不提到一个人物，他就是伯克。伯克是英国政治家、政论家和美学家，就美学思想而言，他也是一位同新古典主义理论与审美鉴赏断绝关系的经验主义者。他的《关于崇高与美的观念的根源的哲学探讨》(1757)被看作是一部关于恐怖元素作品的理论专著，因为在这部专著里，他首次试图在崇高与恐怖之间确立一个系统性的有机联系。"其书中的许多论析，特别是对构成崇高因素的朦胧模糊、苍茫无垠、不同寻常等的强调，对恐怖元素作家有着实际的重要价值，但他最重要的贡献在于，赋予了恐怖一个较为重要的、有价值的文学地位。"

（2）基督教《圣经》的影响

众所周知，西方文学的历史源出于两个主要的思想文化传统，即古希腊罗马文化传统和基督教文化传统。韦勒克和沃伦在《文学理论》中说："西方文学是一个统一的整体。我们不可能怀疑古希腊文学与罗马文学之间的连续性，西方中世纪文学与主要的现代文学之间的连续性，而且，在不低估东方影响的重要性、特别是圣经的影响的情况下，我们必须承认一个包括整个欧洲、俄国、美国以及拉丁美洲文学在内的紧密的整体。"作为一个统一体的西方文学，"它继承了古典文化与中世纪基督教义丰富的遗产。"恐怖元素作为西方文学重要一部分的英国文学，自然也不例外。

基督教于公元6世纪传入英国，此后它便不断地渗透到英国社会文化生活的各个方面。作为传播基督教重要组成部分的《圣经》英译，高潮发生在16世纪。仅在这个世纪的几十年内就有8种《圣经》英译本问世，所谓英译钦定本《圣经》，也是在17世纪初年完全的，"它对以后三百年英国社会生活确实起了无从估计的影响"，它已经被视为"是十七世纪英国文学的一个组成部分"。英国著名生物学家赫胥黎也曾说："三百年来，英国历史里最好的、最高贵的一切，其生命都和此书交织在一起，这是个伟大的历史事实。"

在作为英国文学重要组成部分的恐怖元素小说中，我们不仅可以找到古希腊罗马文化的渊源，而且同样可以找到基督教《圣经》文化的渊源。

基督教《圣经》对恐怖元素小说的影响，主要体现在思想主题、人物类型塑造和风格特征三大方面。

首先，思想主题方面看，基督教关于诱惑与苦难考验的观念在恐怖元素小说创作中得到了具体的反映。这一思想的积极作用，在外表上表现为把紧张多样的惊险性，同深刻的问题性、复杂的心理有机地融为一体。从基督教的观点看，这种诱惑与苦难考验背后所包含的冲突，归根结底是上帝与魔鬼之间永恒的冲突。而这种以上帝代表的光明、善与以魔鬼代表的黑暗、恶之间的冲突，正是恐怖元素小说最突出、最普遍、最持久的主题，它贯穿了恐怖元素小说发展的整个历史。

其次，恐怖元素小说中的许多典型人物类型，比如魔鬼、恶棍英雄、流浪的犹太人等，都能在《圣经》中找到他们的原型（撒旦、该隐等）。

再次，就题材和风格特征而言，恐怖元素小说以城堡或修道院为背景，多描写在《圣经》中普遍存在的谋反篡位、亲人相残、乱伦凶杀、苦难恐怖等故事，又多涉及上帝、修道士、幽灵、天堂、地狱等宗教内容，因而深深地烙上了恐怖、苦难、神秘、怪诞的基督教文学的审美特征。《圣经》中描写的最为惨痛的死亡是耶稣之死。他被诬陷、辱骂、殴打、戏弄、吐唾沫，最后钉上十字架，在极度痛苦中缓慢地死去。他的死给人留下了极为痛苦和恐怖的记忆。尤其是地狱观念所产生的恐怖，对恐怖元素小说的影响极为明显。其中，《圣经·启示录》就是一部充满宗教恐怖和神秘主义的经卷，它以奇特的想象反复渲染了末日审判与地狱的极端恐怖性。例如，有罪的人注定要在"火与硫黄之中受痛苦。他受痛苦的烟往上冒，直到永永远远""死亡和阴间也被扔在火湖里，这火湖就是第二次的死。若有人名字没记在生命册上，他就被扔在火湖里""被扔在烧着硫黄的火湖里"。西方心理学家和教士普费斯特在论述基督教和恐惧的关系时说："对于天主教来说，除了恐惧就再没有其他的问题了""天主教是在恐惧的基础上，特别是在对罪孽的恐惧的基础上建立起来的，至于是用什么材料或者有什么计划，则没什么可说的。通过对魔鬼，它的帮凶，以及恶的精灵的表述可以很容易地了解对恐惧的想象。"也难怪有学者指出："在所有的重要教派中，基督教是焦虑最多，最强调死亡的恐怖的教派。"宗教改革时期的神学进一步加强了这方面的强调。

二、恐怖元素作品分析

1. 克拉克·艾什顿·史密斯《来自墓穴里的种子》

关于"恐怖元素"的议论，也许已提供了一个进入小说《来自墓穴里的种子》的基础。这篇作品的作者是美国小说家克拉克·艾什顿·史密斯（1893-1961），他以撰写科幻小说和恐怖小说闻名于世（他同时也是一位诗人与散文家）。

他的这篇小说写的是一个"寻宝历险"的故事：两个以寻找宝贵兰花为业的人詹姆·法尔莫和罗德里克·索恩听到了一个印第安人的一个传说：在一条

叫作奥里诺科河的支流的某个地方，有一座早已毁弃的城市。在这座城里，有一个殡葬坑，坑里有大量的金银珠宝。于是，受到诱惑的他们冒险前往。结果，索恩因发烧耽搁，法尔莫一人找到了废墟并进入了殡葬坑，但他不仅一无所获，还染上了一种可怕的病：先是头部剧烈地疼痛，神志恍惚，动作僵滞，后来竟从头顶长出了像植物一样的胞芽，而且这胞芽竟迅速不停地长高，再后来又开始像鹿角一样分叉，最后这种胞芽竟然也从法尔莫的眼睛中、嘴巴里长了出来，而且，它迅速长出的茎须不断攀缘而上，有若生命一般有节奏地翩翩招摇。索恩面对这恐怖的景象，忍不住向正在死去的法尔莫连开六枪。法尔莫死了，他的血、肉、脏腑已被这凶恶的植物吸干，只留下了一副人皮面罩。可从法尔莫身上长出的植物却生机勃勃，而且开出了一朵圆盘状的花儿。索恩在极度恐惧中感觉到那花儿像法尔莫的脸，它似乎在向他示意，"好像是正在施展诱人魔法的一个个妖娆迷人的娇娃，又像是散发出致人死命的柔情的一条条扭动着舞蹈的眼镜蛇"。而那植物的根须仍在法尔莫的身体内生长、不断向外延伸。索恩在恐惧的慌乱中，撞上了法尔莫双手上长出的根须—这些根须"像一个个抠挖的手指穿过了他的头发，越过了他的脸和脖颈，用它那尖尖的末梢开始扎入他的体内慢慢运动起来"索恩被这不断生长的致命的罗网紧紧缠绕，最终死去，"只见又一朵花儿正在绽开"。

这篇小说的"恐怖"可说是"极度"。其效果自然也极为强烈，这篇小说值得我们欣赏、玩味的，首先是它的非凡想象。

大凡恐怖元素的运用，必有些怪异、惨烈、神秘的事物，如鬼、怪、死亡、玄妙难测的机关等等。但史密斯的这篇小说却把"恐怖"的根生发于一种匪夷所思的"病"：它在古老的印第安人坟墓中，在人的头盖骨中蛰伏，历千年不死，而一旦接触人体，即有神秘的"种子"播种于人的头脑，很快便生根发芽一般从头顶、眼睛、嘴巴里长出胞芽、茎须，且无穷尽地延伸，直到它的猎获物（人）血竭肉尽，变成一株开花的植物。而它的茎须仍四方招摇，随时等待着新的猎物……你说，能想象出这样"食人膏血的植物"的大脑，岂不是非凡的？

有了这一想象，自然还是不够的。作为一篇完整的作品，它还必须铺陈相应的"情节"，创造相应的"细节"，设置相应的环境。它的"情节"，上文已有介绍，我想，其奇异怪诞与恐怖，一读便可真切感知。从细节看，则更可见出作者之非凡想象力。有写作经验者知道，构思一个成功的故事，不难。但要通过细节把这个故事讲得不仅动人，可信是非常难。细节可以借助生活中的

"观察",而非现实性的故事,比如这篇恐怖小说,它的细节只有通过大脑中的想象。非现实性故事中的细节是对创造想象力的一种考验,也是其想象力的一种尺度。我们完全可以说史密斯超群的想象力仅从细节也得到了充分的证明:你只要仔细玩味一下小说中法尔莫头顶一个肿块开始隆起的细节、他在殡葬坑里的细节、由人体完整的骨骼组成的尸骨网络的细节、法尔莫头顶长出植物"芽体"的细节、索恩用折刀切割"芽体"的细节、"芽体"从眼睛中长出的细节、茎须在法尔莫脸上不断攀援的细节、法尔莫在痉挛中死去的细节以及索恩也染上"怪病"终于死去的细节等等。这些细节都可以说是骇人、怪异,又奇怪地"可信"。另外,从"环境"设置上,也同样能感受作者与作品的想象力:委内瑞拉的热带雨林、魔幻色彩的古城废墟、栖栖白骨的印第安人坟墓、神秘的漫漫河流、奇谲花草的河中小岛。无疑,这些全凭想象力虚构出的环境为同样凭借想象力织缀出的情节与细节提供了最为得体的舞台空间,也为"恐怖小说"的"恐怖"提供了最大的可能性。

有了凭借想象力创造出的情节、细节、环境也还只是"想"到。要"作"到,则还要求创造者的艺术表现力。怎样把这个故事讲得更迷人更恐怖?它有待于"叙述"。在某种意义上说,"讲"故事比"想"故事更加重要,因为前者要仰赖后者才能最终实现。我们且看作者怎样叙述他的故事。

首先,他用"倒叙"的方法开始:"'不错,我找到了那个地方。'法尔莫说,'它可是个古怪的地方,就像传说里描写的那样'。"此时法尔莫已从古墓归来,已开始出现病状,但作为读者的我们并不明白就里。这里以倒叙的方法产生的艺术效果是设置了悬念:"那里是什么地方?他为什么去那个地方?法尔莫是谁?"利用悬念是小说家的一大看家本领。史密斯设置悬念之后便在三条线上交叉叙述:①由法尔莫讲述过去发生的故事;②由索恩来观察、叙述法尔莫正在发生的故事;③由"叙述人"(讲故事的人或作者自己)叙述关于法尔莫、索恩的故事以及相关的背景与环境。可以看到,这种三线交叉式的叙述使叙述的密度增大,悬念感增强,视角丰富,"故事"因三个叙述人的"叙述"而成为"立体"的,变得圆润丰腴。

其次,作者在叙述中竭力渲染惊惧恐怖的气氛。为此一效果,他在描述上文提及的环境(丛林、古城、坟墓、河流、小岛等)时不厌其详,处心积虑地要制造出一个亦真亦幻的恐怖世界。这一点,我想每一阅读者大概都可感受到。在细节描写上,作者更是不吝笔墨,几乎是用工笔纤毫毕现、巨细无遗地在描写一幅又一幅恐怖的"图画",这是小说在叙述中最为突出的特征,以使恐怖的气氛更加浓郁。我们甚至可以说这是一部以恐怖的细节堆砌而成的恐怖小说。这里不妨试引二例：

  同样的东西也从眼睛里长了出来。它们的茎须已经完全取代了眼球，直直地向上攀缘，先是横过了前额，接着也在头顶上像鹿角一样地分叉。这些鹿角状东西的顶部全是淡红色。它们在温暖无风的空气中颇有节奏地频频颔首，微微抖动，望去似乎有着一种令人心怵的活泼劲儿。……另一枝茎须也从嘴里伸了出来，像一条白色的长舌般向上卷曲。它还没有开始分叉。

  ……索恩的眼睛盯住了法尔莫皱缩的双手，他仍然用一双抽搐的手紧紧地抓着向上折起来的膝盖。极为细小的白色的根须从手指尖上折断了，正在空中慢慢地扭动，好像在寻找新的食物的来源。然后，从脖颈和下巴颏上，别的一些根须正在断裂，蒙在法尔莫身上的衣服在怪诞地蠕动起伏，好像有着一些隐藏在里面的蜥蜴正在爬行。

  从上面引出的两处细节描述，读者诸君不难体会其恐怖气氛与恐怖程度。读者也许会问：这个恐怖小说难道一点"意义"也没有吗？从阐释的角度自然也可以整理出一些意思来。比如，人的贪欲可能导致的可怕灾难；又比如，这可怕的"植物"可视为一种象征：贪欲有如毒根，其一旦在人心中生起，必然勃然发育，在人身与人群中蔓延扩张，最终将是人之灾难、人类之毁灭。

2. 爱伦·坡的非正常死亡恐怖元素

  他的小说中死亡类型总结起来大概是如下两种类型：心理变态、虐待致死。代表作是《黑猫》和《泄密的心》，二者描述的是两个精神变态的人，残酷的杀害"猫"和"老头"的故事。虽然最后目的达到了，人却陷入下一轮的焦虑和怀疑之中，毁灭了自己。事实上爱伦·坡在文中没有用"虐待"这个字眼。他笔下的主人公似乎都能为自己开脱，为自己的变态行为找到借口。如《黑猫》中主人公把自己的暴行说成是自己"天良未泯"，而且是一种"邪念"。"这种邪念是人心本能的一种冲动，是一种微乎其微的原始功能，或者说是情绪，人类性格就是由他来决定的。"爱伦·坡在这里提到了人类的本能的问题，在弗洛伊德的精神分析理论盛行之前，就能如此清晰的提出人的原始本能的冲动这一概念，爱伦·坡可以说是精神分析的理论之路的先驱。这进一步印证了爱伦·坡的文艺观，他认为文章的功能不是道德教诲，而是娱乐。而他认为的娱乐又不是常人眼中的那种乐。他站在常态的反面，欣赏死亡的美。

  《黑猫》中的"我"原本脾气性格还好，后来因为迷上了酒精，性情就大变了，喜怒无常。酒醉之后失去理智就会对一些事物失去耐心。尤其是"我"

的那只名叫"普路托"的黑色的猫。后来在一次偶然的争斗中,"我"一时冲动竟然把它的一只眼睛剜掉了。酒醒之后又后悔莫及,埋藏心中的作恶的冲动一旦被放泄出来就不可阻挡,"我"后来索性把它杀死了。它死后"我"又后悔,陷入反反复复的后悔、冲动的思想煎熬之中。虽然,"我"因为赎罪的心态又领养了一只和从前的那只一模一样的黑猫,不久"我"却又对他嫌恶起来。心中仅存的一点善念都没有了。"我"完全痛恨起这只胸前有着一片白色模糊绞刑台形状的黑猫来。后来因为它"我"误杀了妻子。"暴露了日常生活中所隐藏的种种恐怖因素,失落的痛苦,死亡之谜,事件发生的不可预知性以及意向的不充分性。"在日常生活中,死亡恐怖,变态,作恶的冲动,犯罪心态等都被生活在理性道德社会的人们压抑在内心的深处,慢慢变成一种潜意识隐藏在人们的内心深处。爱伦·坡却勇敢地面对它,为我们营造了一个噩梦般的世界。

在《陷坑与钟摆》中,主人公被关在在阴暗潮湿恐惧的地窖中,时时刻刻都能受到死亡的威胁。爱伦·坡细致地描写了主人公面临死亡时被无限放大的狐疑,猜测,无助,孤独,种种情绪漫无边际的弥散在头脑中。主人公在地窖中经受种种煎熬,在坠入陷阱或者被锋利的刀状的钟摆慢慢地逼近那欲死不能的痛苦等待中,听觉和视觉变得异常敏锐,地窖中一丝一毫哪怕是微弱的动,都能让我心悸,浮想联翩。此时触觉和直觉也变得异常的活跃,声色都会让我联想到一幕幕生动,悲惨的场景,甚至身上的一根微不足道的纤维都会因为种种刺激而震颤起来。使用大量辞藻,对环境进行了细腻、深入的描写,凸现了故事阴沉晦暗的色调,就像舞台打上了一层灰黑色的光,把读者也带到了阴森恐怖的环境中。这阴冷的色调、诡异的造型、哥特式场景,投射在人心理上的便是无尽的恐惧,令人神经为之紧绷,压抑得喘不过气来。爱伦·坡有意将故事场景设定在人们并不熟悉的环境中,从而使读者产生陌生感和神秘感。而正是这种陌生感在读者的心里造成恐惧与不安,为后续故事的发生做好了铺垫;而神秘感又促使读者产生好奇心,读者在这种心理的驱动下,更容易被猝不及防地带入即将发生的恐怖情境当中,从而更深切感受到作者预设的恐怖效果,为展现黑色死亡主题埋下伏笔。

在《厄舍府的崩塌》中,并没有直接说明是哥哥活埋了妹妹。作者最先对环境做一番描述,巨宅是这样的:墙垣是灰暗的,形状是坍塌的;树木的形状是枯萎死亡的;窗户是又直又尖的,如空洞眼眸似的窗户;空中布满的是灰色的云,橡木地板是黑黝黝的;房间里透过的光是微微血色似的红。爱伦·坡善于运用让人压抑的色彩:黑色是死神的颜色,灰色是病态的,红色又和鲜血联系在一起，归根结底还是和死神联系在一起的。一切都笼罩在阴郁的氛围中，一场让人心悸的场面即将发生。妹妹在病症的折磨下一点点的香消玉殒。厄舍告诉"我"妹妹已经死去，并被他装入棺材。应厄舍之邀，"我"帮他把妹妹殓葬，并抬入阴森封闭的地窖中去。作者在其中暗中埋下铺垫，妹妹的死时"我"并不在身边，这只是厄舍告诉"我"的。而且帮她殓葬时，她是已经装入棺材的，"我"也无法亲眼看到她的模样。而且其中还有几句话是厄舍解释为什么要把妹妹的棺材放在地窖中，而不是郊外的墓地中。这些都是暗示的线索。直到最后妹妹破棺而出的时候，读者和"我"才明白，原来是哥哥在妹妹未死之前活埋了她。境由心生。环境的怪异本身确实是存在的，但是在怪异的人眼里，怪异的环境更添神秘不解，内化到心灵也更添愁绪，纷乱和迷茫。二者互为影响。从而烘托出更加恐怖神秘的效果。爱伦·坡用这些虚构的情节来表达个人生命的极度痛苦。这和他的个人生活息息相关。孤儿出身的他，成年后又面临着妻子也是表妹的弗吉尼亚的生病和死亡的苦楚，这些我们都能在他的作品中找到痕迹。

《莱吉亚》写的是美女之死，"我"眼中貌美如花，气质高雅的妻子因病离开人世，从此"我"就陷入了无边的痛苦怀念之中。后来为了逃避痛苦，"我"远离家乡来到异乡，买下了郊外的一处荒凉的寺院，装修之后，又娶了下一任老婆，房间的装修充满宗教意味，到处是怪诞的装饰，装饰上面是恐怖的宗教故事人物或者事物。"我"和第二个老婆就生活在这样的环境中。他对主人在婚后新房内部的描写是这样的：进入房间，墙上的帷帐是苍白色的，而且它会被人看作"那房间最奇妙的装饰"。因为这些帷帐上的"簇绒上以不规则的间距点缀着一团团直径约为一米的怪异的图案，在帷帐上形成各种黑乎乎的花样。但只有从一个角度望去，那些图案才会产生真正的怪异效果。"房子里的每个拐角处都放着一只巨大的黑色的大理石石棺。"对一个刚进门的人来说，他在挂毯上看到的是一只虚构的怪物，但是再往前走，那些奇形怪状便慢慢消失。而到来的人一步步走进房间时就会发现他被无数只可怕的形状所包围。"视觉的怪诞引起思维的迷幻。那些奇形怪状的事物和虚幻的形象或者出自遥远的中世纪，或者出自修道士故事，都不属于人们现有的日常生活。视觉形象加上思维想象构成了爱伦·坡对故事发生的环境氛围的描写。"我"还是无法忘记前妻，陷入了鸦片烟瘾之中。在鸦片和环境的刺激之下，"我"的性情怪异无常，产生种种幻觉。在第二任老婆死亡前后，"我"好几次看到、听到前妻的复活的迹象。最后尸体站起来，掀开裹尸布时露出的脸庞竟然是前妻的。故事到此戛然而止。

据说这部短篇小说是爱伦·坡最为满意的作品之一。有人说是他把自己的悲惨人生融入故事中,才使整个故事看似荒唐,其实读完让人深深同情感叹。

在古希腊神话中,一切在冥冥之中似乎早有注定。西西弗斯推着巨石,艰难爬上陡坡,但巨石不断滚落。于是周而复始,还是那样。在《梅岑格施泰因》这部作品中,一切都是循着宿命的轨迹运行的。文章一开始就说"还是那古老的预言:一个高贵的姓氏将象骑手跌落马背一样可怕的跌落。"。两家仇恨的缘起就是那个古老的预言,宿命的色彩浓厚。《红死魔的面具》中,那些为了逃避红死病的魔掌躲入另一个自以为安全的城堡中的人们,却在狂欢中又一次陷入了死神为他们挖掘的深渊。死亡不可避免,无法逃过。这部小说富于哲理意味。生命的无常,终究逃脱不了死神的控制。虽然人们有歌舞相伴,有美酒美食相伴,各种缤纷的色彩代表奢华的生活,沉浸其中,可是人们心中还是充满恐惧,歌舞美酒只能暂时麻醉人们脆弱的恐惧的神经,死神还是悄悄降临,在一声声摄人心魄的钟声中,在血色的让人狰狞的光线中,穿着裹尸布的死神来了。死亡不可避免,命运无法改变。在对死亡主题的描述上,爱伦·坡很注意对细节的刻画。在《红死魔的面具》中主要就是对环境的细节描写上。环境的描述大体可以从颜色,形状,光线,声音这几个方面来划分,借此营造渲染恐怖气氛的。那个人们自以为安乐的城堡外面却是瘟疫横行,死亡累累的世界。内部环境中则运用色,光,声来进行细致的刻画渲染。房间里面都没有灯光,只有红红的火盆,透过各种颜色的玻璃折射到房间里各种奇妙的光线,奇异诡谲,特别是那个布满黑色丝绒的房间里面,装的是红色的玻璃,火盆的光透过玻璃在黑色的房间里折射出摧残人心的血色之光,阴森可怕,使每一个到这个房间的人都显得面目狰狞。而房间里摆放的乌木挂钟,每隔一个小时就会当当地敲响,震人心魄,犹如死亡的丧钟,钟声响起的时候没有人敢发出一丁点的声响。视觉,听觉二者共同出击,震撼人心。最后一个神秘的陌生人的闯入,血迹斑斑的裹尸布,僵尸般的面具。死亡不可避免,逃脱不了。

写死亡,这在传统的恐怖元素小说中是常见的。但是把死亡写到骨子里,写到人的心坎里去,引起人们深深的思索和共鸣,这是爱伦·坡的与众不同之处。以往的恐怖元素小说家更多的是从宗教题材中汲取灵感,在他们笔下,大多是稀奇古怪,神怪精灵之类的恐惧,远离人们的现实生活。除了带给人们一时的感官的刺激外,对我们心灵的启迪也许丝毫不起作用。但是爱伦·坡笔下的那些奇奇怪怪的人们,他们的思想生活就活生生的在身边,也许他就是你身边的某一个人,也许他的那些想法你都有,或许你理智巧妙的掩藏并控制了内心的蠢蠢的冲动，而他们则不能控制扭曲的灵魂，从而陷入孤独恐慌之中。爱伦·坡帮我们打开心窗，让我们认清了自己的内心世界。比起传统的恐怖元素小说，爱伦·坡的小说离生活更近，更接近普通人的感受。所以这是他的伟大之处。爱伦·坡的恐怖小说"暴露了日常生活中所隐藏的种种恐怖因素，失落的痛苦，死亡之迷，事件发生的不可预知性以及意向的不充分性。"在日常生活中，死亡恐怖、变态、作恶的冲动、犯罪心态等都被生活在理性道德社会的人们压抑在内心的深处，慢慢变成一种潜意识隐藏在人们的内心深处。爱伦·坡却勇敢的面对它，为我们营造了一个噩梦般的世界。这和他的理论追求也是一致的。他认为"一切艺术的目的是娱乐，不是真理"。文学也一样，它不是说教，也不必承载道德及其他文化含量，文学只是娱乐。爱伦·坡要求自己的每一篇小说或诗歌都要达到一个预想的效果，即最能打动读者心弦的效果。人类最基本的情感莫若喜悦、憎恨、恐惧、绝望等，如果能够引起读者的这些情感反应，那么作家也就达到写作的目的了。而他认为最能引起人们这些情感的就是死亡和恐怖了。这种欣赏丑恶的"美"的心理，在文学理论中应该叫作"审丑"心理。通过审丑一方面能达到恐怖的预期效果，另一方面也是作者和读者在品味丑恶的同时内心消极情感的宣泄。让我们打开封闭已久的天窗，将这些被压抑的痛苦揭示出来。阅读的过程也是一次心理释放的过程。内心挤压已久的欲望被释放，心理就变得轻松，就有了更大的空间容纳更多的积极的事物。爱伦·坡的恐怖小说初步体现了现代派的审美趣味

3.洛夫克拉夫特恐怖元素的艺术风格

洛夫克拉夫特对恐怖小说的探索与恐怖元素小说的发展和爱伦·坡的创作可谓一脉相承。自霍勒斯·沃波尔创作《奥特朗托堡：一个恐怖元素故事》以来，恐怖元素小说一度盛行于19世纪初期，洛夫克拉夫特在其祖父营建的图书馆中就阅读了大量的恐怖元素小说，对于鬼怪、幽闭环境、神秘、暴力、死亡、变态心理和其他恐怖离奇的情节都十分熟悉。恐怖元素小说本身就旨在通过描写种种神秘和恐怖的现象来渲染一种恐怖阴森的气氛，希望打碎人们文明和理性的表层，刺痛人们的非理性，挖掘出人们心灵中那个充满反常意识冲动和梦魇般恐惧的内心世界，这一想法无疑与洛夫克拉夫特不谋而合。对于洛夫克拉夫特，恐怖元素小说不仅为他找到了一种解释世界的方式，也为他提供了某种风格和素材。

安·拉德克利夫的恐怖元素小说《奥多芙的神秘》开启了专注于解决问题或解释一系列不详事件的缘由的小说范式，而另一部由威廉·戈德温所写的小

说《凯莱布·威廉斯》则开创了描绘主角间不容发地逃离无情的敌人险恶而可怕追杀的范式，可以说，洛夫克拉夫特的小说正是这两种范式的混合衍生品，从故事模式上完全继承了恐怖元素小说中神秘小说和惊悚小说的遗产。

在洛夫克拉夫特的小说《墙中鼠》里，德拉普尔家族的一位绅士回到了他在英格兰的祖宅，由于被墙后低微却清晰的老鼠疾跑声所困扰而做了噩梦："梦里，我似乎站在一个非常高的地方，俯瞰着一个亮着微光的巨大洞穴，那里面装着及膝深的污秽之物，一个花白胡子、犹如恶魔一般的放牧人正用棍子驱赶着一群覆满真菌、软弱无力的畜生，而它们的模样则让我感到一股难以言述的厌恶。然后，当那个放牧人停下来打起瞌睡的时候，一大群老鼠像雨滴般纷纷落下，掉入那个散发着恶臭的深渊，开始贪婪地啃噬起那群畜生和那个人来。"醒来后他为了探究事情的真相，穿过地下室发现了位于房子下方的巨大的地下洞穴，通过这次对城堡深处的探索发现了古老的历史和这历史中浮现的各种各样的恐怖事件。在这一故事中，洛夫克拉夫特使用了非常经典的恐怖元素式恐怖比喻，以一个有秘密的家族为故事核心，几乎包含了18世纪早期恐怖元素故事的一切元素。所有这些发掘其祖宅"伊克汉姆修道院"的情节，以及散发着恶臭的深渊和覆满真菌、软弱无力的畜生，都带有极强的恐怖元素色彩，"伊克汉姆修道院"也可以说是典型的恐怖元素场景（布满地牢暗道和滑板机关的幽暗城堡）的一种延伸。

在洛夫克拉夫特的《查尔斯·德克斯特·沃德》这篇小说里，沃德不断地在那些1771年的坟墓中寻找其名叫约瑟夫·科尔文的祖先的墓穴，而约瑟夫·科尔文在普罗维登斯的五十年时间里似乎只老了五岁，炼金术和黑魔法正是科尔文的秘密。洛夫克拉夫特在这篇小说里用一种特殊的"精盐"来解释里面发生的神秘恐怖的事件，说炼金术士可通过精盐使祖先显形，当沃德得知自己是科尔文的后裔之后，就继续科尔文的试验，希望把"不可名状之物"召唤到现实中来。就这篇小说而言，除了"不可名状之物"显然为洛夫克拉夫特所有以外，"精盐"、黑魔法和炼金术明显是恐怖元素小说的产物，《查尔斯·德克斯特·沃德》完全可以视作洛夫克拉夫特从其散碎的科学幻想中抽身出来，复归恐怖元素传统素材与意象的自我怡情之作。

洛夫克拉夫特从自己的内心世界出发，较少地发展了恐怖元素小说中暴力和变态的元素，较多地发展了恐怖元素小说的离奇与恐怖，因此也将自己的艺术重心转移到如何更好地营造这种恐怖氛围中来。今天看，洛夫克拉夫特的小说之所以优秀，正是因为其借助恰当的形式所产生的效果，这种效果不但足以阐明洛夫克拉夫特的恐怖观，更是使其作品产生了一种近乎强制性的说服力，因此营造出了极其恐怖的气氛，使作品能够自给自足，得以从真正的现实中解脱出来，恐怖幻想由此成为一种坚实可靠的"实在"之物。

洛夫克拉夫特的此种创作方法，是他自觉地从爱伦·坡那里继承而来的，爱伦·坡在他的《创造哲学》中这样写道："我喜欢从考虑效果入手"，接下来他这样说："一开始，我就自问：'在众多的能感化心、智，或是（更广泛些）灵魂的效果或印象中，我目前这篇将选用哪一种？'在选定了一个首先要新颖，然后要生动的效果后，我就要考虑是用事件还是用情调来达到它——是写些普通的事件，但是具有不寻常的情调好呢，还是反之，还是事件与情调都奇特——然后我在身边（其实是在内心中）搜寻最能帮我制造出这种效果的事件或情调的组合。"

洛夫克拉夫特发表的第一篇小说《克苏鲁神话》讲了这样一个故事：一个被德国海军俘虏的邮船水手逃到了一片因为海底火山运动而浮出水面的广阔陆地的泥沼里，"这里弥漫着腐烂的恶臭，无边无际的烂泥里露出鱼类和某些难以描述的动物尸体……听觉捕捉不到任何东西，眼睛只能看见浩瀚无边的黑色污泥，声音的寂静和景象的单调都是那么彻底，我害怕的几乎想吐"。接下来，他在搜索山丘时发现了一块独石碑，上面的浮雕描绘了某种类人种族，"除了手脚长蹼、嘴唇宽厚松弛得可怕、眼珠突出、眼神呆滞和其他一些我想起来就不舒服的特征外，最该诅咒的是他们大致上还拥有人类的轮廓"。紧接着他就看到这个怪物悄然滑出水面扑向了那块独石碑。到此，故事戛然而止，他在惊吓和晦暗中醒来时已在旧金山的医院里，但他的恐惧一直没有消散，"我听见门上传来响动，某个滑溜溜的庞大躯体沉重地撞着门。不，我不会被它找到。天啊，那只手！窗户！窗户！"小说至此结束。可以说，在洛夫克拉夫特创作道路伊始，他就十分注重恐怖效果的表达，并且找到了制造他所需要的恐怖效果的事件和情调的组合，即采用一个离奇而结构较为简单的故事，着力完善故事的恐怖细节，对恐怖形象和恐怖心理都做十分细腻的描写。他写在沼泽里的感受，不仅写景象，也写匮乏的听觉和单一的视觉对"我"心理的摧毁，写到怪物的轮廓，不仅仅是单纯的描绘，还要写更可怕的是他们与人类相似。洛夫克拉夫特用十分现代的叙事方法，将各种感官和对心灵的刺激统一起来，力求超越单纯的描绘和叙述，而是刺入到人们的第一感觉和感受之中，首先达到使人惊怖的效果，这正是爱伦·坡的观念和方法。小说的结尾更是使这一效果得以绵延下去，我们不知道这位水手究竟是疯掉了还是那个怪兽真的跟踪了他，正是这种模糊感和不确定性继续了我们的恐怖。

从这种模糊感出发，洛夫克拉夫特发展了自己的风格，利用人类对未知的恐惧以及对恐惧的难以把握，他反过来采用类似的方式来把握恐惧。他在《文学中的超自然恐怖》一书中这样说："应观察它在文中—特别是在最不起眼的部分——对气氛感情的营造；如果某一部分的气氛恰如好处，无论之后描述的剧情怎样平淡无奇，这一部分都应被当作优秀的怪奇故事来对待。于是，关于一篇文章是否是真正意义上的怪奇故事，所需的判定只有一个——它能否在涉及无法推测的空间与力量的同时，使读者感受源于未知的强烈恐惧：若要将这气氛形容为一种具象之物，它们则类同微妙的恐怖之声——源于黑色蝙蝠翼的拍打，或自外而来之物在已知宇宙最边缘的抓挠。如果一个故事越能完整统一地传达这种气氛，这篇故事便越是一篇上乘的怪奇佳作。"他从爱伦·坡效果为先的理论里发展出自己的特点，无论是"黑色蝙蝠翼的拍打"还是"在已知宇宙最边缘的抓挠"都展现出他以微妙的方式传达人类经验之外的恐怖的强大决心。

在洛夫克拉夫特一生的作品中，他 157 次使用 Nameless（无名的），128 次使用次使用 Hideous（丑恶的），189 次使用 Faint（不省人事），115 次使用 Singular（奇怪的），同样 115 次使用 Madness（疯狂的）。无论是无名还是古老，洛夫克拉夫特都旨在使他笔下的恐怖生物（场景）显得难以形容，而丑恶、疯狂和奇怪也都不指涉任何具体的形象，昏厥只是惊吓的反应而非惊讶的原因，无论怎么看，洛夫克拉夫特都在有意地制造神秘。虽然洛夫克拉夫特有时力求避免对恐怖进行正面描写，但不应因此认为他缺乏描写的才能。在《墙中鼠》里，他和他的老黑猫尼格尔曼一直被墙后低微却清晰的老鼠疾跑声所困扰，这正是洛夫克拉夫特所擅长的方式，通过声响或闪过的影子就足以使人身临其境，一听见这种墙壁刮擦之类的声音，就打开了不确定性的大门，使读者产生移情效应，好像恐怖的事情就要紧接着发生。正如荣格所说的那样，在意识的王国里我们是自己的主人，但一旦跨过阴影的门槛，我们会深感恐惧地发现……我们自己的无能为力。而洛夫克拉夫特正是希望通过非正面的描写，像恐怖元素小说那样，剥开意识的表层，无限地深入到无意识的世界中去，打开恐怖的大门以达成其愿望。只不过，传统的恐怖元素小说更多的是在内容上去除文明和理性，而洛夫克拉夫特，继承了爱伦·坡，从效果上也做出了尝试。

洛夫克拉夫特对恐怖氛围的营造同样建立在他对超越经验的恐怖生物的描写之上。"我"继承了叔祖父安吉尔的遗产得到了一块陶土浅浮雕，洛夫克拉夫特这样表述浮雕上的绘像："假如我说我那或许过度活跃的想象力同时看见了章鱼、恶龙和扭曲的人类,应该也没有偏离这幅画像的精神。头颅质地柔软、遍覆触须,底下的躯体奇形怪状,覆盖着鳞片,长有发育不全的翅膀。最让人感到惊愕和恐怖的是它的整体轮廓。"这是一段典型的极具表现力的洛夫克拉夫特式的描写,他笔下的所有生物都极具特色,他勾勒怪物的形象,并不是完全逐一细节的描述,而是既有诸如"看见了章鱼、恶龙和扭曲的人类"这种模糊的印象,又有"头颅质地柔软、覆盖着触须"这样带有画面感的镜头,最后又复归于"最让人感到惊愕和恐怖的是它的整体轮廓"这样完全非描画性的语句。当人们按照洛夫克拉夫特描绘的种种海洋生物去模糊的勾勒出它们恶心的相貌的时候,清晰和模糊的界限总是相互交替,以使人们的想象力能够自由的运作起来,洛夫克拉夫特正是希望塑造一个充满变化的恐怖形象,使读者自己填充,完全将这个形象运作到不同读者的并不相同的内心深处的恐怖中去。

洛夫克拉夫特深知,想要达成恐怖的效果,就必须接近真实,而想要建立一种超乎人类经验的恐怖的真实,就必须为想象力寻找到一种可靠而同样超乎经验的虚构。在1922年到1924年的三年时间里,洛夫克拉夫特创造出了在他一生小说创作中反复出现的三个重要元素:米斯卡托尼克大学、暗黑之镇阿卡姆以及文学史上最可怕的魔法书《死灵之书》。如果说米斯卡托尼克大学和暗黑之镇阿卡姆只是洛夫克拉夫特饱含象征的放逐之地的话,那么《死灵之书》的意义显然更加非凡,这本由阿拉伯人阿卜杜尔哈扎德(洛夫克拉夫特杜撰出来的人物)所写的奇幻之书收录了各种各样的能把未知世界和其他次元的古老生物召唤至地球的咒语,洛夫克拉夫特在他一生的小说创作中49次提到《死灵之书》,他暗示在他虚构的一系列文献之后存在着这部更大部头的充满可怖秘密的古籍,甚至当洛夫克拉夫特提及此书时都饱含着恐惧之心。在《敦威治恐怖事件》里,洛夫克拉夫特让米斯卡托尼克大学的图书管理员阿米塔奇在脑海中翻译《死灵之书》,这是一段带有很强的古代宗教典籍的启示色彩的文字,而且之中包含了差不多是咒语的元素:"人类是地球最古老和最终的主宰,也不能认为寻常的生命和物质会独行于世。旧日支配着过去在,旧日支配着此时在,旧日支配着未来亦在。旧日支配着不在我们知晓的空间内,而在空间之间。旧日支配着无声无息地行走在时间之初,不受维度束缚,不为我们所见。犹格-索托斯知晓大门。犹格-索托斯即是大门。犹格-索托斯是大门的钥匙和护卫。过去、此时、未来,犹格-索托斯均为一体……洛夫克拉夫特用充满启示风格的文字暗示《死灵之书》是一部"正典",这种启示风格连同"犹格-索托斯知晓大门,犹格-索托斯即是大门……"之类的咒语风格的尝试共同建立了《死灵之书》的权威性和真实感，加上像"空间之间"这种洛夫克拉夫特经常使用的超越人们经验的概念，《死灵之书》得以从一个虚构的概念脱离，看起来就像是小说之外的真实著作，《死灵之书》之中包含的恐怖元素也就脱离了虚构的概念，造成了近乎真实的恐怖效果。

对于不可知之物，如同"空间之间"的概念一样，洛夫克拉夫特始终站在经验之外的地方，既然洛夫克拉夫特的恐惧来源于未知，那么他也从不用人类已知范畴中的既定的概念来表达造成恐惧的事物。在他的小说《来自群星的色彩》中，他讲述了一颗1882年的流星从天空坠下的故事，他形容流星的颜色，概括为流星奇怪的光谱加上色彩的集合，并说只是因其与颜色有相似之处才称之颜色。这正是洛夫克拉夫特的不同之处，他使用经验范畴外的概念为那些不曾进入人类经验范畴之物建起了一条通往真实效果的道路。

洛夫克拉夫特正是凭借这些他不断探索而来的技巧，努力抹去小说和现实之间的距离，使他所创造出的恐怖仿佛永恒的真理，他使用这些技巧使小说充满了关于恐怖幻想的独立自主的品格，从而传达出一种恒新的恐怖之情——对未知的恐怖之情，使小说具有了鲜活的氛围和生命。

第二节　中国小说中恐怖元素呈现

一、中国恐怖元素的文化起源

1. 鬼文化带来的恐怖元素

文学起源于神话，鲁迅先生说："昔者初民，见天地万物，变异不常，其诸现象，又处于人力所能以上，则自造众说以解释之：凡所解释，今谓之神话。"根据鲁迅先生对神话的解释我们大致可以得出如下观点：文学的出现建立在先民对自然现象感到惊奇和崇拜的基础上，因此文学中的鬼神是人们对未知世界感到好奇又恐惧之后所产生的文学形象。鲁迅先生在分析中国神话零星分布的原因时也指出了儒家崇尚实用主义"不欲言鬼神"的客观现象，虽然儒家的正统地位无法撼动，但是鬼神之说依然载着文学之舟悄然行进。

鬼神文化和巫术文化中带有神秘特征的内容始终是中国文学的书写对象。儒家素有"子不语怪力乱神"的思想观念，孔子始终标举"敬鬼神而远之"的口号，但是古典文学中依然遍布着神仙鬼怪形象、奇异怪诞的传说和种类繁多的鬼怪故事。明朝的胡应麟将"志怪"和"传奇"作为两种重要的小说类别单独列出并且加以说明。清朝乾隆年间，《四库全书总目提要》将小说概括为记录异闻、叙述杂事和缀缉琐语三个类别。以上两种划分都把志怪和记录异闻的作品作为小说的类别加以指称，足以见得这类小说在当时的社会地位。

中国自古便有崇信巫鬼的风尚，秦汉以后巫鬼信仰更加普遍。巫师作为沟通人与神的媒介，承担着为百姓禳灾治病、占卜预测的职责，在民众生活中发挥着重要作用，然而文学领域对鬼神的大篇幅记录要数六朝时期的志怪小说。自魏晋至隋代，叙说神祇灵异之人和神仙鬼怪故事的书籍也呈递增之势：干宝的《搜神记》，荀氏的《灵鬼志》，祖台之的《志怪》，王浮的《神异记》等一批志怪小说红极一时。唐人小说的文辞虽然婉转华艳，但是有一部分文学依然致力于"搜奇记逸""宋代虽云崇儒，并容释道，而信仰本根，夙在巫鬼，故徐铉吴淑而后，仍多变怪讖应之谈……"。清朝，蒲松龄复拟志怪小说作《聊斋志异》一书，更是将鬼神故事赋予了社会意义。此外，袁枚的《子不语》和纪昀的《阅微草堂笔记》等颇具代表性的著作也通篇谈论神仙狐鬼的轶事，在延续魏晋志怪小说传统的同时又增添了新的时代内容。

早在商代甲骨文中就已经有了"鬼"字，其字形就像一个头比身体大的人形在跪下的样子。鬼的外在特征：一是大头，二是难看。王充云："人死精神升天，骸骨归土，故谓之鬼。鬼者归也。"根据英国人类学家雷蒙德·弗思的观点，可以对魂、灵、鬼三个容易混淆的概念进行区分：魂，非物质的存在，代表人类生命在身体死亡之前或之后的续存的人格；灵，非物质的存在，它可以包含魂的范畴，也包含其他强调与人类联系最少的、不精确的范畴；鬼，人类生命在死后的续存的人格，以幽灵的或显灵的形式出现。现在民间对鬼的行状的想象渐趋于一致，一般认为鬼的模样是青面赤发，巨齿獠牙的。现代学者沈兼士于 1936 年的打鬼节之际写出一篇《鬼字原始意义之试探》的大论文，把鬼的原型为类人动物的观点做了系统论证。最后得出四点结论：①鬼与禺同是类人动物的名称。②由类人动物引申为异族人种之名称。③由具体的鬼引申为抽象的畏，及其他表示奇怪的形容词。④由实物的名称借来形容人死后所想象的灵魂。

在中国人的传统观念中，鬼与神常常是不分的，"鬼神"常连称为一个词。先民对鬼的看法与后世很不相同，他们相信自己部落的人死后变鬼，仍然保护着自己的部落，鬼的性质在根本上与神是一样。"从骷髅头的崇拜到鬼魅观念的发生，再到神观念的发生，是我们有效地追踪信仰变迁的一条重要线索。"但是，中国的鬼神系统是非常复杂的，大抵分有所谓天神、地祇、人鬼，这也只能大致说来，比如还有佛、仙、妖、怪等等，佛是从佛教来的；仙通常与道教有关；各种事物都能化身为带灵性的东西，就是所谓妖怪。中国人习惯把它们一锅煮了，相互混淆。鲁迅在《中国小说史略》第二篇《神话与传说》中说到过这种神鬼不分的情况。他在分析中国神话仅有零星遗存的原因时说，"其故殆尤在神鬼之不别"，又云："天神地祇人鬼，古者虽若有辨，而人鬼亦得为神祇。"在《中国小说的历史的变迁·从神话到神仙传》也指出："中国古时天神，地祇，人，鬼，往往混杂。"这种情况，在初民社会中较严重，在后世社会中仍然存留。在中国人的心目中，鬼，有时可以谓之"神"，神，有时也可以谓之"鬼"，鬼神杂淆，是中国传统鬼神观的一个特点。大致说来，鬼分恶鬼、善鬼，恶鬼代表丑陋、凶恶，善鬼代表美好、善良，而善鬼又常被称为"神"。

  鬼魂信仰在中国古代具有十分悠久的历史，它是人类对自然现象和生理现象无法做出正确解释的一种产物。人们认为人是由灵魂和形体组成，魂可以离开身躯自由活动，所以人能在梦中进行各种活动，魂附到躯体上，人就醒了，人死也是因为魂离开了躯体不再回来，便成了"鬼魂"。加之，"原始人对诸如死亡、疾病、晨昏、异象以及首要的是梦这类经验的反思，引导他（人类学家泰勒）得出这样的结论，即这些经验必须通过某种非物质的实体，也就是灵魂而得到解释。"这种原始的、朴素的认识，逐渐形成了传统，在传承过程中迷信化，加之被各种宗教派别所利用，就变得更加复杂，神秘莫测。

  佛教传入中国以后，中国传统的鬼魂信仰，与佛教的因果报应、轮回转生观念结合，使阴间地府之说产生了巨大的影响。儒道佛三教合流意识，反映了中国人对鬼神的态度。原始人由于灵魂观念产生了对鬼魂的崇拜，鬼就是已经死亡了的人们的灵魂。鬼的观念后来演变成神的观念。最初的神就是远古氏族部落的"大人物"死后的灵魂。在先民看来，鬼与神没有根本性质的区别。在中国传统宗教里，就有对于鬼神的信仰和祭祀，并与天地崇拜、祖先崇拜结成一体。因此，中国的鬼神谱系是复杂的，既有传统民间宗教的鬼神系列，又有道教的鬼神谱系，还有佛教的鬼神世界。而老百姓对这些不同体系的鬼神一视同仁、兼收并蓄，见庙烧香、逢神磕头。爱德华·泰勒在《原始文化》中定义："文化，或文明，就其广泛的民族学意义来说，是包括全部的知识、信仰、艺术、道德、法律、风俗以及作为社会成员的人所掌握和接受的任何其他的才能和习惯的复合体。"以上佛道教的鬼魂宣传与人们原始的鬼魂信仰糅合在一起，构成了非常丰富复杂的鬼魂世界，从而产生鬼文化，也就构成了中国古代文化具有特色的一个方面。

鬼文化是由于人的死亡、丧葬、招魂、祭祀等衍化出来的一种虚幻的文化现象。鬼魂观念来自人对自身生理现象以及周围世界的一种误识和原始思维经验。恩格斯说："在远古时代，人们还完全不知道自己身体的构造，并且受梦中景象的影响，于是就产生了一种观念：他们的思维和感觉不是他们身体的活动，而是一种独特的、寓于这个身体之中而在人死亡时就离开身体的灵魂的活动。从这个时候起，人们不得不思考这种灵魂对外部世界的关系。既然灵魂在人死时离开肉体而继续活着，那么就没有理由去设想它本身还会死亡，这样就产生了灵魂不死的观念。"直到今日，不只中国有悠久的鬼文化传统，在清明、阴历七月十五的盂兰节（佛教的鬼节）、阴历十月初一有鬼节，要给死者扫墓、送寒衣，上坟祭祀，其他一些国家也有鬼节，祭祀亡灵，如美、法等国以阳历十一月一日为鬼节，人们化装成鬼模样，戴假面具装鬼，扮演巫婆跳舞，吓人取乐。

在中国思想史上，鬼文化占有特殊的历史地位。儒家、墨家、道家、阴阳家都直接涉及鬼神思想。儒家是入世的伦理观念体系，但也继承殷周的鬼文化传统而加以改造。孔子的中庸思想及其在对待鬼神问题上的巧妙运用，奠定了以儒家文化为主体的中国文化采取非宗教的、人文的、泛神的、诗意的神秘主义形态的基础和智慧源泉。在天人合一的思想基础上，尊重祭祀天神祖灵，却"不语怪力乱神"又"敬鬼神而远之"，主张神道设教。实际上，儒家并不在乎鬼神到底存不存在，"慎终追远，民德归厚矣"，看重的是人们祭祀时的态度，认为这是道德情感的寄托。

"我们是理性的，而原始人是原逻辑的，生活在梦幻和虚假的世界之中，生活在神秘和敬畏的世界之中。"梦魇由于联系着人的潜意识，表现出荒诞不经、奇异难测的特点，它与鬼神世界有相通之处。鬼神精灵向凡尘传递信息（神谕）的一种普遍的途径是梦。通过梦，鬼神透露各种凶兆；梦也是鬼神惩罚凡人的手段。因此早在春秋战国时代就有占梦之举，亦有鬼托梦于人的记载。《搜神记》中写人鬼通过梦幻相见的故事很多。这些故事中的鬼通过梦把自己的愿望传达给阳世人，并获得了人的帮助。中国民众对待鬼神的态度主要表现为以下两种："一是以超越性的依赖为根基，提供给人们认识社会、认识自我、组织日常生活的意识形态力量；二是以自身独特的方式支撑着世俗社会的价值体系，规定着民众的道德原则并使之内在化。"这种传统的鬼神观也逐渐被介绍到文学作品中，鬼神在作家的构思下以玄妙的形式被幻化到文学作品中，有时甚至成为作家的精神依托甚至某种思想的传播载体。

灵魂观念从产生到走向成熟历经了一个漫长的过程。关于灵魂的探讨很多学者各执一词，但是毋庸置疑的是：灵魂观念是人们在探讨宗教理论的过程中逐渐产生的。德国的自然神话学派认为神是人格化的自然现象，斯宾塞和泰勒为了反驳这种观点各自提出了自己的灵魂观。斯宾塞认为祖先崇拜是每种宗教的起源，而泰勒的万物有灵论强调的却是关于灵魂的观念，他认为自然界中除了生命和人格以外还有灵魂存在，而且"原始人思维中的疾病、昏睡、异象以及梦这些经验，要通过非物质性的实体——灵魂得以解释"。后来，人们将灵魂观念转移到自然界的其他生命体或者无生命的物体上，灵魂观念也由此产生，原始信仰也认为自然界里的动物或者一些没有生命的客体也有灵魂，它是证明神灵存在的证据。

中国的万物有灵观念是受到灵魂观念的启发之后生成的。原始先民在面对宇宙洪荒倍感无力时产生了"灵魂不灭"的观念，这大概是因为灵魂常常借助梦境和祭祀等方式与已故之人及各种神灵共事，人们梦醒后便认为这些虚幻的物像是现实中存在的客体。于是，在"灵魂不灭"观念的影响下，中国语境下的万物有灵观念逐渐产生并扩大影响。我国的万物有灵观念在一些宗教信仰和少数民族的文化系统中占据着重要地位。例如，独龙族认为人有"生魂"和"亡魂"两种灵魂，彝族和哈尼族人认为人有十二灵魂；再比如赫哲族的人们虔诚地信奉萨满教，认为万物都有灵魂，因此萨满教的信徒认为一切大自然中的生灵都可以拥有灵魂。万物有灵的观念影响深远，它不但影响古代人和少数民族的思想，还延续到现代社会，甚至被很多作家引入到文学创作中。新时期以来小说中的一些有灵性的生物，会流泪的鱼，能思考的树，通灵性的驯鹿等都是万物有灵观念影响深远的有力证据。西方的万物有灵论是指个体灵魂在身体死亡后依然存在，并且认为人类生存以外的自然界万物都有灵魂。在我国，万物有灵观念是灵魂观念的产物，它依托呼吸、影子、草木等一系列客体表现出来。最关键的是在万物有灵观念的影响下，中国出现了影响人近千年的鬼神观念并形成了纷繁复杂的鬼神文化体系。

2. 鬼文化的代表作品

恐怖小说家丁天曾说过："写恐怖小说一定要写鬼。"首先被作者们采纳的便是鬼神之类各式各样的虚拟恐怖角色，这些角色沿袭了包括《山海经》在内的中国古代志怪文学的传统。从《山海经》开始，人们就充分发挥自己想象，在作品中虚拟了有别于人类和现存物种的形象。如《大荒东经》记载："有神，人面、犬耳、兽身，珥两青蛇，名曰奢比尸。"这便是综合了人类和其他物种特点的角色。类似的神话在《山海经》中还有多处。魏晋南北朝时期盛行的志怪小说，如《博物志》《搜神记》等，记录了"盘瓠""蚕马"等精灵物怪。之后的唐传奇《柳毅传》《补江总白猿传》《陆颙》《鲛奴》中也都有作为异类存在而身为人形且兼具人性与物性的物种，关于鬼怪之事的记载更是不胜枚举。这些物类的出场，使读者获得感官上的刺激，同时不自觉地体味到它们背后的恐怖意味。读者的恐怖感主要来源于人自身的恐惧心理：对于僵尸、鬼魂等的恐惧来自于人类对死亡的恐惧，并表现为对死人的恐惧；对吸血鬼、半兽人等的恐惧则多来自于对未知的生物世界的恐惧感，表现为对异类生物的恐惧。在当代玄幻小说中，也往往有许多幻想生物和奇幻种族的加入，为小说增添不少恐怖色彩。小说中的非人类精怪，有些沿袭了中国古代文献记载的类型，如《诛仙》中的第三十五章妖人吸血，吐出红红舌头，还有獠牙，沿袭了《山海经》兽类的特点。更有黄鸟、玄蛇等物，类似于古老神话中的巨型怪兽。《鬼吹灯》中的火瓢虫、红犼、蜻虫、人面蜘蛛等都借鉴了古代文学中怪物的怪和奇。

"发明神道之不诬。"与一般的统治者、读书人一样，东晋的干宝的理性觉醒是有限度的，仍然受民间鬼神信仰的制约。他在《搜神记》中所记鬼神却忠实于民俗信仰，多数的鬼是逗留人间或者寄居阴府墓穴的。不论是从创作动机看，还是从理性认识看，干宝都认为鬼神乃实有。唐前的人"阴阳殊途""幽明道隔"的观念十分盛行，神仙思想、道教思想、佛教思想以及巫鬼思想共处于当时的社会意识形态之中，人们对鬼怪世界充满了神秘感和恐惧感。由此，人与鬼怪自然走上了对立的道路。

唐代及唐前志怪中，鬼题材占着极大比重。宋代编纂的文言小说总集、古代志怪小说的集大成者《太平广记》五百卷正文中约四百卷是神仙鬼怪的天地，其中鬼卷占四十卷，在全书百余类故事中居第二（仅次于"神仙"类）。《聊斋志异》又名《鬼狐传》，全书以鬼狐为题材的作品最为显著，谈鬼者17多篇，谈狐者82篇，约占全书总篇数之半。人们对鬼魂的崇拜，是建立在迷信这些鬼的作用上，是人们将现实中无法解决的矛盾，寄托在对鬼的幻想中，企图通过这种方式来解决现世矛盾与痛苦，这之中也凝聚了人们对死亡及本身的思考。

《楚辞》中"山鬼"被刻画渲染为一个既美丽又多情的少女。从这种对鬼女的美化亦不难看出，在人鬼之间有着许许多多相沿已久的传说，加上"楚俗尚巫"者的"缘饰多端"，才被赋予了一定的美好人格色彩，又经屈原加工改写而为一个"若有人兮山之阿，被薜荔兮带女萝，既含睇兮又宜笑"的可爱迷人的纯情少女形象。但其最终却以"思君子兮徒离忧"作结,令人生发无穷之憾。

在当时的社会历史条件下,由六朝一脉而下的"冥报小说"的存在解决了人们生活和观念中的困惑。"盖当时以为幽明殊途,而人鬼乃皆实有,故其叙述逸事,与记载人间常事,自视固无诚妄之别矣。"正由于作家们遵循了依闻实录的原则,因而这一时期的志怪小说在收录了许多虚妄怪诞之事的同时,也保存了大量远古和当世民俗中的一些巫鬼现象。魏晋以来,志怪作者日益喜爱通过鬼魂来寄托自己的快乐、悲哀和忧思,表现自己的人格、理想和追求。

社会的转变,淡化了群体意识,强化了个体意识,导致对个性解放的追求和性爱的张扬。唐传奇中的霍小玉、话本中的李慧娘、元杂剧中的窦娥等,都以非常的形式证明自我的存在,表现出强烈的生存意志及自我觉醒、自我保护意识。尽管作家有对鬼神的怀疑和批判,并能说明他超越鬼神观念,恰恰相反,鬼神观念是萦绕在他们心头挥之不去的。世上许多悲剧的发生确实让他们有过怀疑,但他们还是希望鬼神来管一管世上的不平之事,于是他们让窦娥的鬼魂伸冤、桂英的鬼魂报了仇、让负义忘恩的人遭到雷击。以汤显祖的话来说,《牡丹亭》中杜丽娘和柳梦梅的冥婚与她的还魂应和了"阴阳配合的正理"。

在整体上,以前的鬼小说把鬼想象得太恐怖,直至《聊斋志异》才根本改变了这种状况,"鬼国"俨然成了作者的"理想国"。"途中寂寞姑言鬼,舟上招摇意欲仙。"蒲松龄终其一生,拼搏于科场,他的遭遇是不幸的,然而他并没有失却理想和热情,于是用笔来倾诉自己的不平,抒发自己的孤愤,也安慰自己久涸的心灵,便成了他创作的动因。"集腋为裘,妄续幽冥之录;浮白载笔,仅成孤愤之书……知我者,其在青林黑塞间乎!"他在幻想的世界中所营造的温馨的"情"的世界,那一个个美丽多情、向穷书生投怀送抱的女狐女鬼,对于常年在外,很难得到天伦之乐深感孤独寂寞的蒲松龄,不能不说是一种精神上的自我安慰,一种对自我生命价值的象征性肯定。现实给予他的是难言的苦闷和无穷的辛酸,他只有在想象的世界里寄托自己的理想和希冀,抒发自己的愤懑与不平。鬼寻求广大和谐的生命精神是中国人道德人格中最值得珍贵的理想,个体与外界的和谐是其生命价值得以实现的标志。

《阅微草堂笔记》里的谈狐说鬼、劝善惩恶之笔,冷峻忠实地反映出了明清之际黑暗腐朽的社会现实矛盾,对当时统治阶层的种种罪恶和社会生活中的丑行恶习,在客观的记叙中给予了尖锐的讽刺和揭露。鲁迅曾极为中肯地评价说:"唯纪昀本长文笔,多见秘书,又襟怀夷旷,故凡测鬼神之形状,发人间之幽微,托狐鬼以抒己见者,隽思妙语,时足解颐;间杂考辨,亦有卓见。"

《搜神记》婚恋小说中虽以神鬼妖为外衣，但绝少恋爱双方都是非人类的描写，干宝真正关心的还是人的生活、命运和人的感情世界，鬼女、妖女身上体现着作者的感受也承载了古人的美好愿望。后来礼教的压迫在相当程度上也使女子走向"贞""烈"的病态趋向，男子渴望女性体现出未经礼教摧残和扭曲的自然天性，尤其是在性和情感上的主动和奔放。

　　鬼神没有世俗中人的虚伪的面具，所作所为皆出于本心。对生长于深闺之中的封建时代的女子而言，爱情是最难得最宝贵的，对爱情的渴望与执着往往使他们不避死亡的威胁。像连城、范十一娘等人，都是为了爱情不惜死一回的女子。在明清的人鬼婚恋描写就充满个性解放的色彩。虽然有魏晋时期的人鬼恋爱故事为先导，但汤显祖的生花妙笔使人鬼婚恋故事绽放出内涵迥异的个性解放的时代异彩。在《牡丹亭》中他为我们塑造了一个充满痴情狂爱、出生入死追求爱情幸福的女鬼杜丽娘。人鬼婚恋故事中纵情冶荡女鬼成了男性性爱幻想的载体。

　　作家在作品中写进大量的鬼神，体现了作者本人对现实深重苦难的无能为力，他们"就去追寻精神上的解放来代替，就去追寻思想上的安慰，以摆脱完全的绝望的处境。"现实的不幸让作者拿起笔来，沉浸于那个远离人类喧嚣的神奇怪异的世界使他那愤愤不平的灵魂得到暂时的解脱。《何典·序》里说得非常明白："无中生有，萃来海外奇谈；忙里偷闲，架就空中楼阁。全凭插科打诨，用不着子曰《诗》云；讵能嚼字咬文，又何须之乎者也。不过逢场作戏，随口喷蛆；何妨见景生情，凭空捣鬼。""文章自古无凭据，花样重新做出来。拾得篮中就是菜，得开怀处且开怀。"

　　"鬼神之能赏贤而罚暴也"。古代人们普遍存在着"人死后要受到冥府审判，其中罪过深重的人就被定罪去受苦，只有正直的人才能到达极乐世界"的意识。儒、释、道三家的思想体系各有不同，但三家的思想内容中都有道德命定论；而道德命定论及其相关的报施多爽问题是理性化的产物。明末西周生的《醒世姻缘传》就以善恶报应、生死轮回、地狱鬼魂的思想观念，为当时的人们作道德说教宣传。

　　清代小说中作者以地狱、阎罗等表达自己的思想观点者益多、益明显。鬼怪具有了伦理道德，自然与人别无二致，正如蒲松龄《问心集序》中所说："故朱子以诚意为人鬼关……此心（指忠恕仁孝之心）一动，德则其人也，不德则其鬼也"。《聊斋》的成功所在，不在于写了鬼，而是他能通过对鬼的描写，达到劝世济世之目的。郭沫若评价他"写鬼写妖高人一等"，就是赞扬他在写鬼的过程中，赋予了它一定的社会意义。作家笔下的鬼不仅是形体的恶或丑、善与美，而是给人一种恐怖或美好的感觉，并且是解剖了它的灵魂，来展现社会中的真善美和假恶丑。他对作品的道德力量寄予信念。《聊斋志异》多理想的寄托，体现着作者一片救世的苦口婆心。

而袁枚的《子不语》和纪昀的《阅微草堂笔记》则依据佛家苦海无边，回头是岸，轮回报应，皈依我佛的思想，在相当程度上向世人展现阴曹地府，使作者的道德理想得到了宣扬。更具有深入人世、震慑人心的救世宣传效果。在"不乖风教""有益于劝惩"的写作思想指导下，纪昀借助鬼神，杂取佛儒，"以神道设教"，写了不少具有浓厚迷信色彩的因果报应的故事。《子不语》更多的是抒写现实，反映了作者对人世的冷眼观察。

"故就中国古义言，人生实非有灵魂不朽，只是其人德性之不朽。中国古人，乃指其人之德性之能妙极其功用而称之为神灵也。"认识水平的低劣和教化的服务目的促使信仰威吓成为一种规范制约力量，亦成为一种社会的根本需要。所谓："生生死死，皆命也。智之所无奈何。……天地不能犯，圣智不能干，鬼魅不能欺。"虽然其功用只在精神、心理上对人的行为进行威慑，但某种程度上对社会秩序也能起到一定的制约规范作用。

《聊斋》表面写鬼，实际写人。人间百态化而为鬼蜮百态。人间有掌管福祸的官衙，鬼蜮即有主宰凶吉的冥府。人间官吏有廉污之分，冥府的吏役即有清浊之别，冥府冥吏乃衙署官吏的影子。不同之处在于冥府吏治更多体现出作者的政治思想。《考城隍》《老龙舡户》《阎王宴》《李伯言》等篇在吏治思想上是冥府以严厉的法制推行仁政，并以因果报应的道德观念对社会黑暗势力进行无情的鞭挞，抒发了作者对现实的不满，寄寓作者的清正廉明的政治理想。"幽冥之中，相攘相轧，亦复如此。"《阅微草堂笔记》中也说鬼怪世界"城市墟落，都不异人世，往来扰扰，亦各有所营。……地狱如囚牢，非冥官不能启，非冥吏不能导……。"用神鬼的赏善惩恶来辅助政治管理之不足，王法之不及，使人们存有统治者必有报应的希望与信心。

马克思指出："宗教里的苦难既是现实的苦难的表现，又是对这种现实的苦难的抗议，宗教是被压迫生灵叹息，是无情世界的感情，正像它是没有精神的制度的精神一样。宗教是人民的鸦片。"中国古代作家对鬼怪世界的青睐，是因为人们幻想中的神鬼天地折射了他们内心许多难以明言的思想和理想。

3. 鬼文化内涵

（1）讽喻：借鬼说人

中国的传统民间信仰是圣俗一体的。"在中国民间信仰没有一个完全独立于世俗世界之外的神圣世界，圣与俗的界限极其模糊、含糊不清，甚至往往圣俗不分，融为一体。"承现实人生流脉，作家在他的作品里以鬼的形象作为人的生命的对立化文化概念揭橥出人生的种种荒诞与无奈，剖析出生命诸多层面的异化特质。作者笔下失去生存空间的人物即鬼形象，不再具有"人死为鬼""鬼者归也"的意义特质，而是被拒斥于时间意义之外的丑陋形质。

鬼小说除了直接反映现实表示报果奖惩，它还具有更自由的反讽意义，在对小说特别文网森严的中国封建时代，作者假托鬼神寓言，在非人世现实的掩护，可以淋漓尽致的表达对现实的挞伐，使会意者与不会意者均有所得。如《聊斋》《萤窗异草》《小豆棚》《耳食录》等无不极力用鬼神世界来反讽现实，在看似荒诞不经的表象之下，展现出的是生动鲜活的人间万象，是作者对生活的独特感悟、评价，以及心中的苦乐悲欢等万般滋味。这些作品都由于鬼怪意蕴，给了作者更大的表现自由，使他们的道德训谕意义更大。

以人情写鬼魅，是中国鬼怪小说向来的传统。清人冯远村评《聊斋》："试观聊斋说鬼狐，即以人事之伦次，百物之性情说之，说得极圆，不出情理之外；说来极巧，恰在人人意愿之中。"这正是人性化的注释。张南庄的《何典》以鬼人鬼事隐喻现实，"鬼语连篇"，却诞而近情，将财主求儿、酒鬼打架、猾吏贪赃、和尚偷情事项现于纸上。正如刘半农所说："无一句不是荒荒唐唐乱说鬼，却又无一句不是痛痛切切说人情世故。"

"在借鬼界以讽人世的传统基础上，用人情小说的写实手法，把鬼界当作人世描写"，以怪异的变形手法展现了社会真相。借鬼以谈论人情，凭阴曹地府来影射社会现实，把心中的不平和愤懑倾注到鬼的幽冥世界里，"多借狐鬼的话，以攻击社会。"无论是《聊斋志异》的愤激、《阅微草堂笔记》的辛辣，还是《子不语》的含蓄，它们都有一个共同的特征，那就是借神道以指斥人道，借狐鬼以针砭时俗。

近代邱炜荽《菽园赘谈》云："小说家言，必以纪实研理，足资考核为正宗。其余谈狐说鬼，言情道俗，不过备取消闲，犹贤博弈而已，固未可与纪实研理者絮长而较短也。"然而，"晚清小说理论家"（陈平原语）所推崇的以"纪实研理，足资考核"为正宗一派小说，现在少有传世，而当时仅视为聊备一格的"谈狐说鬼派"与"言情道俗派"，如《聊斋志异》和《红楼梦》，今则盛传。自然，读林纾的笔记小说，我们也会想起古代那些鬼怪故事。此外，如独存居士《上海之鬼》都是"鬼话"连篇的作品，前者是流传于上海的鬼故事，后者是各种鬼故事的集大成。这些"鬼话"不完全类同于传说、民间故事之类，它们"叙述的不是以前发生的事情,而是现在发生的,讲述人仿佛自己看见的事情,或看见鬼的人自己告诉他的",也不像民间故事那样有"固定的结构与情节"而较为自由、随意。人生百态尽可付诸幽冥怪谈、"鬼话"连篇。

(2)象征:世情如鬼

"花面逢迎,世情如鬼。"(《聊斋志异·罗刹海市》)象征是一个古老却始终充满青春活力的艺术手法。中国艺术形式有许多蕴含着特殊象征意义的领悟模式,有着领悟形而上的"道"的特殊中介——"象"。"象"的意义在于"瞬间中包藏性质",在于它作为特殊符号的功能。有学者也指出:"由于中国艺术历来具有含蓄的传统,象征和寓言在中国传统小说中另有一番镜像。儒道佛家思想的交融及玄学的渗透,使传统小说时常实中有虚,虚中有实,虚实相间,用象征和寓言的笔法表达对人生的叹喟,像《红楼梦》《镜花缘》《聊斋志异》等作品中,都描述了一些有象征和隐喻意义的场景、梦境和故事,它们往往寄寓着作者认识人生的某种抽象化的境界……"就像人鬼情缘的故事,渲染的不仅仅是艳遇秘闻,令人惋惜的是男女之间那执着的衷情、痴情。以神鬼世界构筑人间寓言的模式,象征功能指向现实、道德、伦理、社会的价值意蕴,以及追求单一对应的影射思维方式。

对于中国的鬼戏,如果我们不仅仅停留在表层上各种形式美因素所唤起的意象,意义仅仅停留在这些戏剧意象所指示的一般社会的、历史的、政治的内容,而是试着探求一下那深层结构中的哲理心理内涵时,我们可能还会在这些传世的鬼戏中发现那超越题材、超越时空,具有象征意味的深刻意蕴。《牡丹亭》"冥誓"一出里的鬼魂无疑是人物心理的具象化、凝练化,但就在这假定性手段下,我们的确感悟到了一种崇高的精神品性,一种内涵充沛的力量,一种被升华了的美的心灵象征意蕴。

明清小说全面走向成熟,文人艺术思维不断更新,小说创作中的象征形态也在不断丰富之中。从结构方式来说,既有全篇散发着象征意味的整体性象征,也有强化题旨的局部性象征。从题材角度来说,既有神界、鬼土社会的再现,也有"普遍意义"的哲理表达,更有立足于社会现实寻找"对应物象"的艺术足迹。以《聊斋志异》为代表的《斩鬼传》《何典》等小说展现的却是另一幅地下鬼土世界的画面。这些小说塑造鬼像、描写鬼事、刻画鬼境,凡事凡物都离不开一个"鬼"字。人间的烟火,在阴柩之中袅袅升起,人间的俗味在阴气之中随处可闻可见。而这一切幻想镜像却往往是对现实世界的象征暗喻。"作品虽写幽冥,显然是影射人世。"

在驱妖赶鬼的现代时期，鬼神信仰并未完全根除，无论在文明民族的先民那里，还是在至今仍具有原始性的一些民族那里，都会发现卜筮和祭祀主导、主宰着人们的观念和生活，甚至在一些文明民族的现代生活里，鬼怪想象在一些文学作品中依然存在。这些作品不能简单地一概斥之为"宣扬迷信的作品"而全然否定其价值，它们以谈鬼说怪的方式接续起了自六朝志怪和《聊斋志异》以来的文学神秘想象与叙述的传统，让人们看到某种文化传统的那种割不断的时隐时现的脉络联系。这些作品也在一定程度上借鉴和学习了西方各种神秘主义文学的表现力，以荒诞和魔幻的艺术手段反映现代人的精神与心理，于幽冥怪异之中透露出对当下时代生活的凝视和洞察。对中国现代作家笔下的"鬼"的研究表明：在鬼故事还没有讲完的时候，就属于"想象力范围之内"的文学来说，只要以想象与虚构为特征的文学继续存在，鬼文化对作家还是会具备长久的魅力和诱惑。

二、恐怖元素作品分析

1. 吴组缃《箓竹山房》

吴组缃的散文化小说是"抒情的现实化"。在《箓竹山房》中，"我"和新婚妻子阿圆在去二姑姑家的路上，小说有一大段对皖南农村风光如诗如画的铺陈描写。充满生机的大自然与阴森可怖的箓竹山房产生强烈的对比，凸现出大墙内外两个不同的世界。在"我"眼里所看到的大屋是"阴森"的，作者从色（浅浅的暗绿，淡黄色的）、声（叫得分外响）来渲染大屋寂寞凄清的氛围。大屋是二姑姑多舛命运的见证，也是畸形社会、畸形人生的象征。兰花"她陪姑姑住守这所大屋子已有很多年，跟姑姑念诗念经，和姑姑学绣蝴蝶。"时间仿佛在大屋这里停滞，人也不复拥有任何的思想与感情，仿佛只是大屋里游荡的孤独的幽灵。事实上，无论是二姑姑还是兰花，只有诞生于这样的情境，她们整日沉浸于所谓的诗书礼义、吃斋念佛的传统氛围之中，都是被囚禁于阴森森大屋里生不如死的女人。

伴随"被囚禁的女人"所度过的是晚风晚雨、絮絮叨叨的晚经，以及深夜梦里依稀可见"公子帽，宝蓝衫，常在这园里走"的死去亡灵。被囚禁的女人只能生活于对亡灵的梦幻之中，在梦幻之中转移自己的痛苦，并让受压抑的欲望得到某种程度的宣泄，这是一种可怜复又可悲的绝望的自欺。这种在漫长的岁月里以"鬼"为伴，并且把"鬼"当作自己未来生活的精神支柱，是一种真正的大悲哀——把希望寄托在虚妄之上的悲哀才是真正的绝望的悲哀。

凶宅闹鬼的故事是中国古代小说的经典模式。大屋阴森神秘、凄凉恐怖，生活于其中的主人阴郁的神情，低幽的语调，更使"偌大的屋子如一座大古墓。"那请福公公、虎公公让房的怪话以及已故的二姑爹每年都要回来的奇谈，更是令人毛骨悚然。"晚上大雨复作，一盏三支灯草的豆油檠摇晃不定，远远正屋里二姑姑和兰花低幽地念着晚经，听起来简直是'秋坟鬼唱鲍家诗'，加以外面雨声虫声风弄竹声合奏起一支凄厉的交响曲，显得这周遭的确鬼气殊多。"这对恍如《聊斋》鬼故事中的新婚夫妇无不感到"门上百叶小窗，月光斜映的鬼脸"的恐怖，小说用细致的笔触渲染强烈的凶宅闹鬼的氛围。最后人鬼戏剧性的转换，使小说精心营构的传统的凶宅闹鬼的模式被现代性的"偷窥"颠覆了，表现了"偷窥者"二姑姑与兰花在封建压迫下扭曲的变态心理。"我"与阿圆摆脱梦魇般的恐怖，轻松地笑了，紧张的气氛立即平缓下来，但同时又把二姑姑和兰花推回冷酷的现实。历史与现实、幻觉与想象、人间与阴间交织在一起，人非草木，孰能无情？这并非仅仅是心理变态，其实也是被囚禁的女人渴望正常生活诉求的一种象征。

2. 张爱玲笔下的"阴气森森"

王德威曾说"张爱玲的作品充满鬼趣""基本映照了一个阴阳不分、鬼影幢幢的境界""成为新文学中难得一见的鬼屋怪谭"。她嗜好书写鬼气森森的人物，不断提醒我们生命其实是阴阳难分、虚实莫辨。张爱玲的创作大量出现阴森的古墓、坟山，恐怖的尸身，无边的黑暗以及物化了屏风上的鸟，玻璃盒中蝴蝶标本等意象，其寓意即是死亡，这些意象使其作品充斥着一种神秘、恐怖、诡异的气氛，"人们只是感觉日常的一切都有点儿不对，不对到恐怖的程度"。在这个世界上，死者目光灼灼地从颓坏而依稀豪华的古屋里注视着苍白、优雅、幽灵一样飘荡的生者；生者也款款细语，如同担心惊扰了天空中拥挤、充满威慑力的阴魂。张爱玲通过"古墓""皇陵""大坟山""尸首""鬼魂"等一系列鬼文化意象制造出一种死亡的氛围，通过这些意象告诉读者，她所写的是一个封闭的俏死的世界，丑恶、变态、扭曲的灵魂充塞期间。

如《沉香屑·第一炉香》，在张爱玲的笔下，梁太太的家"鬼气森森"连用人陈妈的那根辫子也扎得"杀气腾腾"。小说借充满活力的女学生葛薇龙的初次造访梁太太家所感受的死亡气息："再回头看姑妈的家，依稀还见那黄地红边的窗棂，绿玻璃窗里映着海色。那巍巍的白房子，盖着绿色的玻璃瓦，很有点像古代的皇陵。"薇龙觉得自己是《聊斋志异》里的书生，上山去探亲出来之后，转眼间那贵家宅第已经化成一座大坟山；如果梁家那白房子变了坟，她也许并不惊奇。……薇龙这么想着：'至于我，我既睁着眼走进了这鬼气森森的世界，若是中了邪，我怪谁去？……'"待巫婆一般的梁太太从扇子的缝隙里看出她的价值所在时，薇龙的命运就已经被注定了。唐文标提示这个作品根本就是一篇鬼话，"说一个少女，如何走进'鬼屋'里，被吸血鬼迷上了，做了新鬼。'鬼'只和'鬼'交往，因为这世界既丰富又自足的，不能和外界正常人能通有无的。"在此"古代的皇陵"和"大坟山"是薇龙对姑妈家的一种形象联想和氛围感受，这种恐怖阴暗的联想，更是作者借小说中的人物传达自己的思想，葛薇龙即将走进的是吞噬人性的死亡古墓。而梁太太就是一个活鬼，是一个被情欲扭曲了人性的活鬼。薇龙走进这座古墓，也将被吞噬人性，变成活鬼。

"女作家可能将古屋古堡作为投射或转移对性、婚姻及死亡等欲望或恐惧的场合，它权充女性逃避外界威胁的安身之地，但也同时是其身心遭受禁锢封锁的幽闭象征。"房子作为性爱与死亡的象征之所。"一级一级上去，通入没有光的所在"的姜公馆（《金锁记》）就是"由头到尾是一幢鬼屋内的黑事"的发生地；《茉莉香片》中"传庆的家是一座大宅，本是满院子的花木。没两三年的工夫，枯的枯、死的死，砍掉的砍掉，太阳光晒着，满眼的荒凉。"连张爱玲自己家也是如此："房间里有我们家的太多的回忆，像重重叠叠复印的照片，整个的空气有点模糊，有太阳的地方使人瞌睡，阴暗的地方有古墓的清凉。"古墓意象作为一种象征，在张爱玲笔下成为破落遗老家族的内在环境的本质呈现，如白公馆（《倾城之恋》）、杨公馆（《留情》）、席公馆（《小艾》）、聂府（《茉莉香片》）、郑府（《花凋》）等，通过家庭内在环境的衰朽、丑恶与古墓死亡气息的共同结构性，显示社会与家庭的本质内涵，惨白的月光，阴气森森的殿堂……几乎在每篇小说中都能感受到那一个个对外封闭的世界，夹带着鬼气、烟枪、不会走的时钟、咿咿哑哑的胡琴全都沉了下去。"无边的荒凉，无边的恐怖"（《沉香屑·第一炉香》），没有温暖、没有光明、没有前途，整个是一片灰清土冷的死亡世界。

张爱玲笔下的人生总让人有"硕大无朋的自身和这腐烂而美丽的世界，两个尸首背对着背拴在一起，你坠着我，我坠着你，往下沉"（《花凋》）之感。她喜欢用"尸首""鬼魂"等意象来写她笔下的人物，如《花凋》里没落遗少郑先生"自民国纪元起就没长过岁数，只知道醇酒妇人和鸦片，是酒精缸里泡着的孩尸"。《金锁记》中的芝寿，"月光里，她的脚没有一点血色——青，绿，紫，冷去的尸身的颜色。她想死，她想死。她怕这月亮光，又不敢开灯"。在《金锁记》中的邮差、巡警，透过玻璃镜的幻觉，在张爱玲的笔下，"都是些鬼，多年前的鬼，多年后的没投胎的鬼"。在张爱玲笔下，不管是主要人物还是次要人物，都是死亡世界中的行尸走肉，没有或正失去灵魂，他们身上充满的只是死亡气息，人、物也充满鬼气，在《红玫瑰与白玫瑰》中，"地板正中躺着一双绣花鞋，微带八字式，一只前些，一只后些，像有一个不敢现形的鬼怯怯地向他走过来，央求着"。《倾城之恋》中，烧枯的火柴杆也"垂下灰白蜷曲的鬼影子"。

特别使人心惊的是张爱玲笔下的婚礼大多如葬礼。《鸿鸾禧》中，"半闭着眼睛的白色的新娘像复活的清晨还没醒过来的尸首，有一种收敛的光。"是银幕上最后映出的雪白耀眼的"完"字。结婚照上的新娘面目模糊，"照片上方仿佛无意中拍进去一个冤鬼的影子"，实则是将婚礼写成玉清的葬礼。《年轻的时候》沁西亚婚礼，鬼影幢幢，神父是个因贪杯而满脸红肿的酒徒，无精打采，"也留着一头乌油油的长发，人字式披在两颊上，像个鬼，不是《聊斋》上的鬼，是义冢里的、白蚂蚁钻出钻进的鬼。"

黑色是死寂的颜色，黑暗是死亡之所在，张爱玲笔下的曹七巧自感是在一级一级走进没有光的所在。《沉香屑·第二炉香》中，当罗杰安白登得知靡丽笙的丈夫被逼死时，作者通过幻觉写罗杰对死亡的恐惧：在回家的路上，"罗杰却只觉得他走到哪里，暗到哪里"。"像一个回家托梦的鬼，飘飘摇摇地走到他的住宅的门口，看看屋里漆黑的。"这是异己的外部世界对人的威胁和人对异己的外部世界的恐怖。就这样，罗杰安白登最终被宇宙，被黑暗，被外部世界吞噬了，走向死亡。白色、蓝色是忧郁的颜色，同时是寿衣上常用的颜色，隐含着杀机，象征死亡。如《封锁》中对吴翠远的描写也很有意味："她穿着一件白洋纱旗袍，滚一道窄窄的蓝边—深蓝与白，很有点讣闻的风味。"张爱玲的小说中哪怕一个小小的细节，都渗透作者的死亡意识。

饶有解读意味的是张爱玲的月亮意象，她擅于描绘阴森森、涩冷冷大圆而惨白的月亮。她笔下的月亮不仅为小说营造了氛围，而且指向作品中人物命运。人物的命运各不相同，她们对月亮的感受也千差万别，月亮也寄注了不同的意义。《沉香宵·第一炉香》中，诡异的月色，成为葛薇龙姑姑的病态的生活方式体现。葛薇龙为了继续留在香港读书，向姑姑求助，在对姑姑的病态的生活略有了解后离开，顺着山路向下走，正是日落月出的时候，月光与树影构成了一个鬼气森森的氛围，这是一段充满象征的描绘。薇龙感到自己进入了《聊斋》的世界，充满鬼气，暧昧不明。月亮由"一撇月影儿"到"越白，越晶亮"。薇龙不断地走向月亮，月亮却与她捉迷藏，她跟着月亮走，但她无法控制月亮，这也预示了她在姑姑家的地位。而她想象自己是一个书生，试图以男性的理智和理性来抵御诡异的月色，即姑姑的病态的生活方式。薇龙具有极强的自觉意识，她意识到姑姑是一个什么样的人，她也知道乔琪乔的品行，她是"睁眼走进了这鬼气森森的世界"。

《金锁记》是"隔了三十年的辛苦路往回看，再好的月色也不免带点凄凉"。但是，作家重点渲染的是寿芝眼里可怕的月亮："今天晚上的月亮比哪一天都好，高高的一轮满月，万里无云，像是漆黑的天上一个白太阳。遍地的蓝影子，帐顶上也是蓝影子，他的一双脚也在那死寂的蓝影子里。"这是白色的月光与蓝影子的奇特组合。"窗外还是那使人汗毛凛凛的反常的明月——漆黑的天上一个灼灼的小而白的太阳"。在月光照耀下，脚是"青，绿，紫，冷去的尸身的颜色"。而白太阳是一个喻体，则显示出七巧代替长白压迫寿芝，以及长白的阴性特征。小说中接连两次描写寿芝对月的感觉，表现她对世界疯狂的直观认识。这个月亮，显然不具有感情抚慰的功能，而是一个异己的令人恐怖的力量。《倾城之恋》中，白流苏偶有真情的流露，范柳原却不认真，这使白流苏异常难过："泪眼中的月亮大而模糊，银色的，有着绿的光棱。"月光又成为令人诧异的恐怖绿色。生活窘迫的虞家茵（《多少恨》）穿着旧袍子，"太阳照在上面也蓝阴阴地成了月光，仿佛'日色冷青松'"。连太阳照在穷困的她的旧袍子上，也照出了寒酸，更照出了她内心的忧伤，成了冷色的月光。张爱玲对月亮的着色是独特的，她给月亮涂抹上了一层浓厚的主观色彩，阴暗、忧愁、郁结、发狂，而这色彩给人的心理直觉却是充满着凄凉和恐怖。使人们在这种苍凉色彩参差的对照中，看到作品中人物灵魂的战栗。

"古墓的清凉""月亮的诡秘""阴阳交界的边缘"，这是死亡对早年张爱玲心理的印痕。加上后来港战时的死亡体验和对个体生命的思索，以及人生际遇的种种变化，古墓、坟山、鬼影、尸首、黑暗等这类意象缠绕着她的小说，引领着读者感受神秘而不可知的死亡进程。当战争的危机、死亡成为最现实的存在时，"在把人生的来龙去脉看得很清楚"后，张爱玲萌发了对人类的莫名失望和憎恶，对人生彻底的悲观绝望。其小说"主题永远悲观，一切对于人生的笼统观察都指向虚无"。

3. 曹禺《原野》

曹禺在《〈雷雨〉序》中说："《雷雨》是一种情感的憧憬，一种无名的恐惧的表征。这种憧憬的吸引恰如童稚时谛听脸上划着经历的皱纹的父老们，在森森的夜半，浅浅地述说坟头鬼火，野庙僵尸的故事。皮肤上起了恐惧的寒栗，墙角似乎晃着摇摇的鬼影。然而奇怪，'怕'本身就是个诱惑。"

恐怕就在这种"诱惑"之下，"鬼"之重要意象——"老屋"——也是《原野》的主要意象之一，"老屋"意象主要在《原野》的第一幕和第二幕，具有一种文化符号的隐喻象征——"老屋"式文明。正是在"老屋"式文明的重压下，人类的精神家园异化和失落了。在第一幕里，幕启后，在"惨黄"的阳光里，在"莽莽苍苍""密云低压""黑森森""灰沉沉""阳光隐匿""浓雾漫漫"的原野上，"老屋"孤立地呈现于我们面前是一间正房，左门旁立一张黑香案，上面供着狰狞可怖，三首方臂金眼的菩萨，旁边立一焦氏祖先的牌位。桌前有木鱼，有乌黑的香炉、蜡烛和红拜垫，有一座巨大的铜磬，下面垫起褪色的红棉托，……门上贴着残破的钟馗捉妖图……

尤其引人注目的是方桌上燃着一盏昏惨惨的煤油灯，黑影幢幢，庞杂地在窗棂上簇动着，在四周灰暗的墙壁上，移爬着。……桌前立一只肥大的泥缸，里边熊熊地燃起"黄钱"，那贿赂神灵，请求他除灾降福的"鬼币"。纸灰随着火星飞扬，跳跃的火焰向上翻。红光一闪一闪射在焦氏严峻的脸上，像走马灯。影子穿梭似的在焦阎王狞恶的像上浮动，一阵黑，一阵亮，时而瞥见阎王的眼眈眈地探视下面，如同一幅煞神。"老屋"是生命的坟墓，心灵的炼狱。在"老屋"里，焦大星的生命像风一样消失了，受尽煎熬的心灵随着生命的消散终于冲出"老屋"放飞于苍莽的原野之上。

仇虎、花金子和焦氏的心灵却始终困守"老屋"中，承受着心狱的折磨。仇虎在出逃途中，枪声、鼓声、红灯笼、焦氏凄厉的喊叫始终如魔影一样纠缠着他，虽然逃入林中，他"显得异常调和"，但终究不能摆脱心灵的炼狱，使他在"自己的家园里"也感到极大的恐惧，灵魂受到严厉的审判。而当他掷掉镣铐，仆地而死，心灵才从心狱中彻底解放，他也才完全回归到自己的精神家园。综合以上分析，可见，"老屋"意象是中国现代文学的一个基本意象，它以各种不同的变体出现在不同作家的创作中，增添了几分怪异、几许诡秘。

曹禺在《原野》森林意象所隐喻的丰富含义更是受到研究者的注意。森林，尤其是阴森的原始森林，那里往往是恶魔、妖怪、猛兽出没之所，在民间想象中会成为"恐怖荒凉"的意象代表。在此，"森林是邪恶的化身，是凶兆，是危险的，无法控制的。应该回避或赶快穿过森林和荒野，还要对它们表示敬畏并以听天由命的方式加以接受"。《原野》背景充满了原始野味：广袤无垠的原野上，"远远望见一所孤独的老屋，屋里点上了红红的灯火"，让人感到荒凉孤凄。老屋不远处，是一片大森林：森林黑幽幽，两丈外望见灰蒙蒙的细雾自野地升起，是一层阴暗的面纱，罩住森林里原始的残酷。森林是神秘的，中间深邃的林丛中隐匿着乌黑的池沼，阴森森在林间透出一片粼粼的水光，怪异如夜半一个惨白女人的脸。森林充蓄原始的生命……这里盘踞着生命的恐怖，原始人想象的荒唐；于是森林里到处蹲伏着恐惧，无数的矮而胖的灌树似乎在草里伺藏着，像多少无头的战鬼，风来时，滚来滚去，如一堆一堆黑团团的肉球。……举头望，不见天空，密匝匝的白杨树伸出巨大如龙鳞的树叶，风吹来时，满天响起那肃杀的"哗啦、哗啦"幽昧可怖的声音，于是树叶的隙缝间渗下来天光，闪见树干上发亮的白皮，仿佛环立着多少白衣的幽灵。

《原野》刚问世，评论界就指出《琼斯皇》对它的深刻影响：鼓声的应用、主人公都是在原始森林中奔走一夜，最终发现又回到原地。《琼斯皇》描绘了一个神秘的环境：寂静的森林，紧张的鼓声，黑色的怪影，"小而无形的恐惧从树林黑处爬出来"，闪着"发亮的小眼睛"。发出低低的笑声，把琼斯吓得大叫。剧本一幕又一幕地展现了琼斯的种种幻觉，在这种氛围中，琼斯仿佛返回到人类之初，面对原始的大自然惊奇、恐惧。《原野》描写的环境同样是阴森、诡谲、恐怖、具有神秘色彩。仇虎和花金子在黑森林中奔逃，父亲、妹妹惨死的幻象出现在仇虎眼前，他和琼斯一样朝幻象开枪。这个阎罗王、判官、牛头、马面、青面小鬼以及死者的鬼魂构成阴森恐怖的幽冥世界，通过鬼魂的出没以及他们的种种表演，对于处在沉沦之中的被恐惧和仇恨所控制的罪人有一种宗教性震慑。当剧作家曹禺处于一种"神秘""迷惘""困惑"状态中时，面对世人的堕落和沉沦，唯有通过宗教乃至冥界的超人间法则来拯救。冥冥之中，自有主宰。人世间的恩怨情仇通过命中注定的"报应"方式得以终结。

《原野》中为"原野"上的"黑林子"所象征又为焦阎王的阴魂所代表的那个神秘的世界就是如此，这也就是朱栋霖所说的与"心狱"相对而称的"地狱"的实质。具体说来，意欲循环复仇的焦母通过咒语、红灯、磬声造就了噩梦般的地狱景象和幻觉氛围，使仇虎陷入了比黑林子更黑暗、更幽闭的"心狱"。无疑，幽冥世界的设置和渲染给《原野》带来了奇幻、怪诞、虚无的"现代"美感，这在曹禺的剧作中是独树一帜的。

第三节　中国广西小说中恐怖元素呈现

居于中国南疆的广西，由于特殊的地理位置，一直被中原地区视为文化的僻野，长期边鄙化的结果就是较好的保存了巫风传统，广西人信鬼、疑鬼、敬鬼、贿鬼、禳鬼、打鬼、驱鬼、捉鬼、唱鬼，与鬼相伴为伍，鬼文化几乎渗透到广西人日常生活之中。这些习俗为广西小说提供了源源不断的创作灵感，表现在其作品上就是对"鬼气"题材的偏爱。这样一个巫风浓烈的地域中诞生了众多反映少数民族想象的民间文学，例如《伏羲再造人类》《布洛陀》《密洛陀》《布伯》《姆六甲》《盘古》《莫一大王》《岑逊王》《红铜鼓》《欢传扬》《达稳之歌》《达备之歌》……这些作品表现了广西各民族人民对生命特殊的感知和领悟，布洛陀用阳气、阴气搅拌锅的黄泥捏造人形；米洛甲用杨桃和辣椒分别使泥人变成了男人和女人；娅洛甲为救被大山压住的布洛陀导致洪水发生，重造山河；德广用"黑蛇屎来涂箭头""黑蛇鳞来挟箭尾"射下了十一个太阳，剩一个太阳造福人间……神话的奇异色彩影响着人们对世界的感知方式。

广西传统巫鬼文化燃起了那隐隐约约却从未曾熄灭过恐怖氛围的火苗，为广西作家的作品增添了一丝惑人心魄的神秘之美。时为柳州刺史的柳宗元曾作诗《柳州峒氓》描述广西人的生活状况和巫鬼文化："郡城南下接通津，异服殊音不可亲。青箬裹盐归峒客，绿荷包饭趁虚人。鹅毛御腊缝山罽，鸡骨占年拜水神。愁向公庭问重译，欲投章甫作文身"。与中原人士相比，此地"异服殊音"；不同于中原的祭祀，此地"鸡骨占年拜水神"。广西对巫鬼文化或暗或明的继承，形成了相对于中原而言的异质文化。"百越境界"作为"种族记忆"给八桂人民的审美意识打上了深深的烙印。神秘文化与这片土地具有天然的亲缘关系，生活在其中的人们更易于接受和吸收恐怖元素。当民族的文化积淀遭遇现代审美意识时，就爆发出了"染丝织锦五彩烂然"的文学景观。

一、广西小说恐怖元素起源

1. 巫术

中华文化素有"北儒南巫"的说法，"北儒"指的是以孔孟思想为代表的我国古代北方精英思想；"南巫"指的是我国南方远古的民间巫傩传统。"北儒"遗留的文化标志如：北京国子监、山东曲阜孔庙等。而"南巫"指神秘的文化遗风，主要留存于我国湖南、湖北、贵州、广西等偏远山区，很多风俗依托古城古镇古村群落而保存，如占卜、蛊术、傩剧等。东西的桂西北乡土小说也多次写巫术，巫术的描写既生动地再现了桂西北乡村生活，也增添了小说的神秘色彩，难怪有评论家说东西的小说带有南方神秘文化的"巫气"。

例如《故事的花朵与果实》中的莫太婆无所不知，无所不准，诡异神秘，有如女巫。为了控制干儿子江山，让江山服服帖帖的伺候她，为她养老送终，她警告江山，他的生辰八字捏在她手里，只要她动点手脚，江山就会遭遇不测。

因为当地迷信传说人的生辰八字被埋在门槛下，被千人踩万人踏，就不成人了，不是死就是疯。江山数次想趁莫太婆熟睡之际把那个装有自己生辰八字的布包抢过来，但都被莫太婆发觉，没能得手。莫太婆养的三条狗也神秘莫测，别人下毒药狗吃了药没有死，只有吃了莫太婆临终前下的毒药才死去，莫太婆说这三条狗是她的三任丈夫的化身。即使后来她死了，她还间接地控制着江山。莫太婆生前曾告诫江山不能娶金元，因为金元是江山死去的妈投胎转世而来。在莫太婆的阴影下，江山和金元这对有情人最终也成不了眷属。

又如《相貌》中的巫师做法，巫师为云秀占卜。"云秀看见巫师从山道上舞蹈而来。……巫师的步伐古板而规范，木制卦板挂在他的腰带上，招引着未知命运和将来的人群。巫师径直来到满库家的屋檐下，喘着粗重的气息。……巫师点着启屋的鼻子说，你克妻克子，你已经克死了妻子，将来还要克死儿子。"巫师的话有指槐骂桑的意味，因为启屋的老板满库后来的经历证实了巫师的预言。更神奇的是，巫师指着云秀说出了关于花银的身世，让原本反感他的满库忽然把他敬为上宾。

乡土小说中巫文化的描写，具有浓郁的南方偏远山区地方气息，渲染了环境气氛，增强了故事的可读性，更增添了广西小说的诡异色彩。

2. 堪舆

堪舆踏穴作为一种民俗在桂西北地区广泛流传，人们将为逝者选择风水好的坟地与为后人缔造绵延福祉联系在一起，通过选择风水好的坟地寄托生活的希望和梦想。

《保佑》以桂西北乡村农民丧葬习俗作为小说题材，以农民李遇几次给亡妻四梅选地迁坟，从而祈求四梅的保护，作为贯穿整个故事始终的线索，叙述李遇的生活经历，表现人物在丧葬习俗文化心态下的生存状态和复杂人性。作品描写了桂西北传统的丧葬堪舆的习俗：妻子四梅不幸亡故，李遇在灯盏窝找了一块地埋葬妻子，祈求亡妻保佑痴呆的儿子南瓜别再犯傻发病；南瓜睡在坟地不肯回家，李遇给妻子"送火"。李遇拍着新坟说："四梅，南瓜不见了，这是不是你作的怪？如果是你作的怪，就把南瓜快点放回来……"他还祈求亡妻保佑他能给南瓜找个后妈。"四梅，你是轻松了，可南瓜怎么办？你要是真爱我们，就让南瓜别再犯傻病，就让刘兰兰看得起我们，让她做南瓜的后妈。"南瓜发病挥刀要砍李遇时，李遇再次走向坟头双手合十祈求四梅保护："四梅，你看看你的崽都癫成什么样子了？……四梅，你可要保佑我不缺胳膊短腿呀！"南瓜有段时间不犯病，李遇很感激四梅："南瓜没犯傻病，多亏了你的保佑。"南瓜犯病要放火烧房子，李遇跌伤腰杆，他开始怀疑是亡妻的坟地地理位置不好，他说："四梅，是不是葬你的地方不好？要是你在那边睡得不舒服，那我就给你换个地方，但你得答应我不让南瓜犯病，得保佑我们平平安安。"李遇将妻子迁到好地方，又祈求妻子保佑："四梅，你有了这么好的家，该保佑南瓜不再犯病了吧。只要南瓜不犯病，我手里才攒得起钱，才给南瓜找得到后妈，才能为你再生一个健康的孩子……"南瓜死缠刘兰兰，不断破坏李遇和刘兰兰的约会，李遇怒极生恨，清明也不去给亡妻上坟。为了娶刘兰兰，李遇设计将儿子打发走，后来虽然如愿的娶妻生女，但心里一直揣惴不安。于是又把四梅迁到更好的坟地，并且跪在坟前哭诉求四梅保佑儿子南瓜早日回家。

李遇多次给亡妻改迁坟地，以求得到亡妻保佑可以看作是广西乡土小说中表现的某种与神秘意识沟通的体验，某种心灵感应与预兆，这种鬼魅之气，体现出乡土小说桂西北气息地域文化的特质。

二、乡村悲剧带来的恐怖元素

"一方水土养育一方人""十里不同俗，百里不同风"，作家的创作风格会受到所生活地域的政治、经济、文化、风俗和历史传统等影响。特定的文化风貌和社会风俗会促进形态多样的艺术风貌形成，这些艺术风貌也会通过作品表现出来。但是封闭的乡村文化最终导致了农民作为"人"的生命的退化，导致了文化的"返祖"。如同鲁迅发现"未庄文化"一样，很多乡土作家写出了"松村文化""桐村文明""陈四桥道德""林家塘规矩"……的巨大同化规范功能及其堕性机制。同时，他们对潜藏于乡村各种与"鬼"相关的封建迷信、陋习展开了深刻的祸示和猛烈的抨击。

在多数现代民俗小说中，常常以一种完整的民俗作为结构小说的框架或主线。这些民俗有婚俗中的冥婚、典妻、冲喜婚、转房婚等，有家族亲族习俗中的械斗，有信仰习俗中的祈雨、祈福、禳灾和超度，有岁时节日习俗中的上元灯会、中秋节俗和年关祭祀，有惩处违反习俗禁忌者的残酷的沉潭和水葬……"愚昧的山谷里，生活着一群幸福的人们"。落后愚昧的文化心理，总是在文化隔离的条件下形成的。几乎可以作为中国"国粹"的鬼神迷信心理在中国乡村尤为炽盛。

20世纪30年代兴起的乡土文学正是以其独特的生活气息反映了中国古老的民风、民俗所蕴含的文化意蕴。在其反映的各地农村的婚娶、丧葬、祈福、械斗、聚赌等社会风俗画中，婚娶、丧葬是两种特殊的事项，比其他事项更加深刻地体现着中华民族特有的文化心理和审美取向。在民俗中，每一种事项都有着它们自身的形态和发展规律，婚丧习俗的形态从原始社会一直到现在经历了无数的流变，人们在改变自然的同时也改变着风俗。在人们的观念中，生者要循礼重教，死者要超脱净化，这样就可以得到幸福。于是就有了畸形的婚丧形态，如典妻、冥婚等。

如茅盾所指出的："单有了特殊的风土人情的描写，只不过像一幅异域的图画，虽然引起我们的惊异，然而给我们的，只是好奇心的餍足。因此在特殊的风土人情之外，应当还有着普遍性的与我们共同的对于命运的挣扎"。在台静农创作的诸多乡土文学篇中，如《天二哥》《弃婴》《新坟》《吴老爹》《为彼祈求》《负伤者》等，无不是在展现皖西地区的地域风貌、社会风尚以及特殊的乡土人情的同时，凝聚着作家的"乡土情分"。用自己的"心血细细地写出"了"人间的辛酸和凄楚"，对劳动人民的不幸表示深切的同情，"隐现着乡愁"。直接取材于民俗的《蚯蚓们》《烛焰》《红灯》《拜堂》等小说中，作家没有停在客观记录的形态上，而是将深广的现实社会内容与风俗民情描写相融合。

从传统文化延续而来的恐惧还体现在现实的巫蛊文化中，主要通过蛊物来控制人的精神意志，在中国传统文化中也流行甚广。李西闽闽西故乡流传着神秘的巫蛊文化，这种无形的恐惧与威胁也常在其小说中有所表现。他的第一部恐怖小说《蛊之女》就是以故乡闽西流传的"蛊"为素材，把古老的消失了的"蛊"放在了当代都市中，描绘了当代都市人内心隐含的焦虑与恐惧。此外，《腥》《麻》也对"蛊"进行了描写。这些蛊术传女不传男，主要与女性的文化和家庭地位联系在一起—自古女性持家，男性在外打猎，女性用巫蛊之术控制男性，使其不能走远。

广西小说中的恐怖虽然是现代人生活中内心的焦虑和恐惧，然而与中国传统的信仰与巫蛊及鬼文化中的这种恐怖不可分离，甚至是继承与发展。可以说恐怖是无处不在的：一次车祸、一场疾病、一次冒险、一份压力，都有可能让人笼罩于恐惧或死亡的阴影。可以说，恐怖就在我们的生活当中，与我们的生存与精神状态密切相关。

三、广西籍作家笔下的恐怖元素及作品分析

1. 东西笔下的荒草和阴雨天

田代琳，笔名：东西，著名作家。他的中篇小说《没有语言的生活》获中国首届鲁迅文学奖中篇小说奖，根据该小说改编的电影《天上的恋人》获第

十五届东京国际电影节"最佳艺术贡献奖"。长篇小说《后悔录》分别获第四届华语文学传媒盛典"2005年度小说家奖"和"2005年度好书奖"。主要作品有《后悔录》《没有语言的生活》《东西作品集》(四卷)等,多部作品被改编为影视剧,现为广西民族大学作家。

  东西小说中还多次描写疯长的荒草和连绵的阴雨天,二者在作品中不再是单纯的自然景物,而是蕴含了作者的主观色彩,当它们出现时通常起到渲染故事气氛,推动小说情节的发展的作用,可以视为东西小说常见的意象。

  南方疯长的荒草是东西记忆中深刻的乡土印记之一,在他的小说里,荒草经常出现。《经过》的结尾写高山在枫村的公路坎下,找到了那辆被烧毁的邮车。"邮车的残骸旁野草正吸收春天的阳光,发疯地长高。""高山朝那堆残骸深情地看了又看,他并没有发现什么,野草正在向那里靠拢,等到夏天,青草就会淹没一切,行人再也不会看到那堆残骸。"邮车上有他的情人刘水在临死前写给高山述说全部秘密的长信,也因为邮车的烧毁,信的内容成了一个永远揭不开的谜。随着时间的流逝,很多东西也如疯长的荒草,旧草被新草覆盖、埋没。《一个不劳动的下午》生产队长陈裕德带领队员开荒,他下令放火烧荒草,自己却趁队员不注意企图强奸躲在荒草里方便的冬妹,结果他和冬妹双双葬身于熊熊的火海。小说结尾写:"第二年春天新任队长带领全体社员在冬天翻挖过的土地上播种,凡是去年大火烧过的地方现在全都芳草萋萋。看着漫山遍野的青草,社员们都说那个下午好玩。"青草意象再次出现,来年的春天依然芳草萋萋,荒草中悲剧的一幕渐渐被人淡忘。新的故事取代旧的故事又在荒草间发生、上演,日复一日,周而复始,恰如一岁一枯荣的荒草。东西说:"青草是我比较爱用的一个意象,它覆盖一切,包括死亡、爱情;它是遗忘的代名词。我们在忘记教训的同时,也忘记悲痛。"

  此外,东西的小说还注重环境气氛的渲染,如描写连绵不断的阴雨,给作品添加一种鬼魅之气,很好地推动了故事情节的发展。《故事的花朵与果实》发生在多雨的七月,雨是这篇小说独特的意象。雨势随着人物心绪的波动而变化,例如:江山非常不情愿伺候古怪的莫太婆,在莫太婆家里他觉得自己好像笼中鸟,时刻感到压抑、窒息。这时的天气描写:"雷声在头顶滚来滚去,像轻轻敲击的敲响,天空依然是灰暗的色调,雨水迟迟不见降落。"雷雨前的天气更加重了这种压抑感;当江山去找金元,遭到金元的男朋友棒子痛打的时候,"雨像人的脚步,开始由远而近渐渐地密集了,风开始微凉,屋子里霉烂的气息愈来愈重"。江山挨打不仅疼在身上,更疼在心里,雨点的密集正好反映出他心态的变化。当莫太婆说出金元是江山的妈妈投胎转世而来，江山与金元不能结婚时，窗外是一场急雨"雾气漫进屋来，瓦片上像有千万只猫在跑动。""金元拉开大门，跑进急雨中，江山说你疯了吗？回来。江山的声音被雨水冲刷得干干净净，金元猛地被雨收藏了，江山只看见一个影子在雨里跑动。"莫太婆诅咒一般的话吓坏了两个相爱的年轻人，金元接受不了这一事实而跑进急雨中；当巫婆般的莫太婆去世后，"雨声在后半夜渐渐小了，雨声慢慢地向远天退去。雨就像天空细密的手脚，在完成任务后，鸣金收兵。"莫太婆死去，漫长的雨季和故事也随着结束。但莫太婆的话使两个年轻人不敢相爱，江山不用再去伺候鬼怪的莫太婆，行动上得到了自由，精神上却陷入另一种束缚。莫太婆虽已死，却阴魂不散。

雨季意象的运用渲染了主人公的心绪，增添了小说的神秘气氛，很好地表现出桂西北地域气息和神巫文化色彩。

2. 鬼子的神鬼作品

鬼子，广西仫佬族，毕业于西北大学中心系，一级作家。自幼多灾多难，当过农民，教师，文化馆员，1989年在西安毕业于西北大学，同年曾考于该校的研究生班，后因生计艰难而弃学。1996年开始真正意义上的小说创作，中国作家协会会员。主要作品有小说"瓦城三部曲"——《瓦城上空的麦田》《上午打瞌睡的女孩》《被雨淋湿的河》，曾获1997年《小说选刊》优秀中篇小说奖、2001—2002年双年度《小说选刊》优秀中篇小说奖、1999年《人民文学》优秀中篇小说奖、1997年——2000年第二届"鲁迅文学奖"。

"一面是对于死者的爱；一面是对尸体的反感；一面是对于依然凭式在尸体的人格所有的慕恋；一面是对于物化了的臭皮囊的恐惧"。在长期的生活中，广西人形成了一套与鬼相处的法则。这些鬼神观念在鬼子的个人经历中播下了种子，并在其虚拟王国中获得了强盛的生命力。

鬼子在文本中多次提到广西人的神鬼观念，《黄昏，我撒了一泡冷尿》就是其中一篇，反映出了广西农民对鬼最质朴的想法。谷婆坚持认为自己深夜中见到了云的鬼魂，时值村里动员社员上山支持修水库，贾主任觉得谷婆在装神弄鬼、扰乱民心，拖延了工程的进度，于是在村民前面对其进行了暴风骤雨式的批斗，不想"谷婆在断绳中摔落在横梁下"。那天夜里贾主任开始觉得有一个鬼魂跟着他，"脑子里还有一种东西在裹着，缠着，响着……像是看得见，可又不见"。早已吓得魂飞魄散的贾主任不知不觉地走向了断桥，看到"疯眼癫了神的狐狸"，当场"眼睛一爆，大叫一声，坠落下去"，死在了"只有一丈来深"的桥下。小说中有几个细节值得回味：当妇女队长听到死去的云同来的消息时，并不觉得蹊跷，而是"怕被云的鬼声摄了去，怕云留下的阴气随风进肚，明天不沙了喉咙，也会凉疼了小腹"。贾主任在斥责谷婆散布谣言时，妇女队长苦口婆心地劝阻贾主任："我知道你不相信有鬼，可我们这里是真有……刚死的都回来，除了年老的死了，年轻些的都会回来"。队长则告诉贾主任，为了不让鬼缠身，可以在路面上撒撒尿。年轻人尚且如此，上年纪的人如谷婆"鬼"的观念更是根深蒂固。灵魂不灭、祖先崇拜深深影响着广西人的思维。鬼世界是人世界的投影和折射，鬼世界与人世界有着千丝万缕的关系，人是将来的鬼，鬼是死去的人。

《被雨淋湿的河》中刻画了一批鬼形象，他们是一批丑恶、变态、扭曲的灵魂——采石场的杨老板，服装生产厂的老板，教育局的局长们，煤场的老板……他们仗势欺人、谋财害命、为非作歹、无恶不作。杨老板很有钱，但对工人吝啬小气，千方百计地克扣工人的工资，可谓是吝啬鬼；服装生产厂的老板坐过牢，在日本娶妻，后携岳父的钱回来投资设厂，他信奉"奴才"文化，他是高高在上的"皇帝"，工人就是任其发落处置的奴才，可谓是空心鬼；教育局局长们将乡村教师的工资据为己有，变成了一幢幢崭新的楼房，可谓是吸血鬼；煤场老板是教育局长的远房外孙，教育局局长们与他勾结起来，一起策划了对晓雷的谋杀案，可谓一伙鬼。"死鬼虽然不存在，活鬼却确实有之呢！他们成天张牙舞爪要吃人，肯定獠牙吓唬人，鬼头鬼脑弄人，鬼心思，鬼主意，鬼行当，鬼伙伴，总之，有那么小撮活鬼在兴风作浪，造谣生事，搬弄是非，造成紧张局势，摆出鬼架子，鬼威风。你愈怕，他就愈狠，非把你吃掉不可。最可怕的鬼不是看不见的鬼魂，而是丢掉了灵魂的人，在吃人这方面，他们喜欢的程度与鬼相比过犹不及。小说中的天气也是鬼子的刻意安排，它浸透着心理和情绪的氤氲，与情节遥相呼应，配合着情节的推进。小说里很少晴天，一开篇："天是不是就要黑了，当时的时间只是接近黄昏"，预示着一场灾难即将来袭，为小说垫下了感情基调。陈村送晓雷去师范学校的那天："浑浑噩噩的毛毛细雨飘飘扬扬的漫天都是"，晓雷"转身朝着雨雾的远处独自走去"；气灾难越来越近了，风雨打在了晓雷的身上，他不顾擦拭，只身向前。晓雷死后，陈村的眼睛"被愤怒烧得血红"，这个温顺善良的乡村教师决定为儿子讨回公道，"最终在一个满天飘洒着细雨的早上迈出了家门"。就在这时，抓晓雷的警察赶到了，陈村像一根枯朽的树桩倒在了脚下的河床上，"那是一条曾经在岁月里流水汹涌的河，可是这几年，河里的水渐小渐小，最后竟没有了……河床上的卵石们，早被细碎的雨水淋得湿滋滋的。"如烟笼罩的沉闷、压抑和忧郁，通过连绵淫雨飘洒到了小说的各个角落，为小说增添了一笔浓厚的伤感和阴沉色彩，为鬼子的神秘叙事渲染了情感气氛。

"世界上有没有鬼到如今颇难断定，但有些人没有灵魂则颇可以知之，想到这里，反觉得人的面孔是有些可怕了。"中国这个古老民族向现代化社会转型中，地狱的大门再次打开，各色猛鬼、厉鬼被释放出来，为害人间。农民从农村来到城市，不熟悉城市的游戏规则，看不惯城市的价值判断，遭到了城市"群鬼"巨大的戕害，"人为鬼"才是最可怕的鬼。鬼子目光落到了底层群体的身上，他为他们写作，他希望通过这样的写作，给这些受伤的人们一些温暖，同时也唤醒其他人的良知。

鬼子小说中有不少的死亡叙事。这种死亡事件的发生往往来源于人的本能欲望，起因可能就是一件微不足道的小事情或者是一个不经意的想法，但这些不起眼的因素会如滚雪球般，渐渐吞噬了人物的生活，直到他们的生命。杀气腾腾的凶手，触目惊心的暴力行为，阴森恐怖的死亡气息。鬼子将生命的吊诡、人性的荒芜、生存的困境置于一个独特的美学原则下进行审视。《尘土飞扬》中木头杀死儿子木耳的起因只是饥饿的木耳紧跟着木头不放，像鬼一样。心魔作怪的木头"走到荒坡顶上的时候就用一块石头对着木耳的脑袋，把木耳给活活地砸死了……木耳仍躺在荒凉的茅草丛里……两只小手并没有箍在被木头砸着的头上，而是紧紧地按着他那饥饿的肚子上"，可怜的木耳死在了"人为鬼"的手下。鬼子前期小说里的死亡表现出了非理性的倾向，死亡的意义消解在血腥叙事中，死亡的原因不重要，重要的是死亡的本体。

鬼子后期的死亡叙事发生了改变，这种死亡更加的让人战栗，与之前功能化的死亡不一样，鬼子这时期的死亡呈现出了人性暗淡、价值沦落的特点，表现出了现实主义的倾向。《伤心的黑羊》有一段骇人的宰羊情节："李黑就把一张鲜活的羊皮干干净净地剥到了手上。倒挂在树上的黑羊，转眼变成了一堆鲜亮的肉……他丢下羊皮的同时，捡起了地上的那把尖刀，斩断了悬挂着黑羊的草绳……已经没有了皮毛的黑羊，宽苶地落在了地上……李黑一脚猛地踢在黑羊的屁股上，黑羊往上一蹿，竟然跳了起来，然后拼命地往前跑去……那分明是一团奔腾的鲜肉！就是那样的一只黑羊，李黑仍然不肯放过。他紧跟在后边一边喊着，一边追着，一直到黑羊最后扑地栽倒。"《伤心黑羊》有两条叙述的主线，一是获救黑羊们的命运，二是葛叶的命运，她悲惨性的命运因黑羊而起。黑羊和葛叶本是两个平行世界中的不同物种，却因为共同的命运嘲弄，而具有了相通和相似性。黑羊遭倒悬、剥皮等一系列虐待而死亡，葛叶经历了父亲被捕、失学、进城务工被轮奸。鬼子用黑羊死的过程来渲染葛叶的身心所受到的伤害——就如那被折磨致死的黑羊。作者用黑羊血淋淋地死来突出底层人物所面对的苦难。鬼子在创作自述中说了《伤心黑羊》另外一个更具震撼力的结局："被轮奸后的葛叶，后来在瓦城当起了妓女，而当她为念书的弟弟挣够了钱后，伤痕累累地回到了山里，却惊人地发现，原来被她父亲剥掉了皮的一只黑羊，仍然活在山上，此后一只被剥掉了皮的黑羊和一个身心充满创伤的女孩生活在了一起。"有时候生存下来比死亡更需要勇气。

对恐怖元素的选择不仅是他的自觉选择，还是时代的选择。在破碎、平面化、个体丧失的社会中，人们不再相信永恒和绝对，渐渐满足于对暂时性、偶然性和相对性，幽玄诡异的恐怖、神秘适应了人们对世界的这种想象。这只看不见的历史之手作用于恐怖，呈现出了历史潜文本的痕迹。无限言说恐怖元素为小说提供了广阔的想象空间，将人间的审视隐藏在当前黑暗与冷漠人性的背后，用鬼魂来写"不能写之人，不敢写之人"。增强了小说的批判力度。与此同时，不可解释的恐怖对人的心灵具有治疗的作用，因为恐怖元素投射出人性，而让人在这个社会有更多的反思。除此之外，作家用非逻辑非理性的神恐怖叙事来抵抗合法权利带来的焦虑。总之，作为同一类型的文学作品，中西方恐怖元素小说均借鬼怪来写人，鬼怪故事是人类愿望的幻想满足。借鬼怪幻想展示人在现实中难以如愿的情感和欲望，满足人类与生俱来的渴望探究未知领域的强烈好奇心需要，正是中西方恐怖元素小说创作通则，也是其作为小说艺术殊途同归的真谛。由此，它们都获得了经久不衰的艺术魅力和意味深长的审美价值。

第六章　小说中恐怖元素的审美价值

恐怖审美是一种超出普通社会与人性常态,令人惊惧和战栗的偏执美学趋向。它之所以在中国新世纪的新媒体文学中形成一股潮流,除了各类外围的社会文化原因之外,与写作者诸种圆熟高超的叙事技巧及其对读者阅读期待的有意契合分不开的。概括起来,可以从艺术的真实与虚构、感性与理性、恐怖与愉悦三个层面加以具体说明。

瑞士心理学家与美学家布洛认为"心理距离"是"审美意识"的本质特征之一。心理距离越大,小说中描写与现实生活差异就越大,反之则越小。无论是在艺术欣赏的领域,还是在艺术生产之中,最受欢迎的境界乃是把距离最大限度地缩小,而又不至于使其消失的境界。恐怖小说写作者有效践行了这一原则,他们有时会以真实姓名出现在小说中,以此缩小恐怖偏执美学与读者的"心理距离"。

第一节　关于恐怖审美的探讨

恐怖艺术创造了一批可怕的鬼怪形象,描绘了一个奇异的世界,以它特有的魅力吸引了读者,但是对于这类小说的审美价值与意义,却一直没有给予相应的重视。在古代,尽管创作这类小说的人不少,也有一些名人如王士禛、袁枚、纪晓岚等,但古人对小说的评价主要着眼于两个方面:一方面是以儒家思想为评判标准,这包括两点:一是小说的社会功利、教化作用,二是"子不语怪、力、乱、神"的思想;另一方面是从宗教的角度,因为宗教的劝惩与儒家的教化有一致之处。鉴于这两方面的原因,古人通常将其视为"广见闻,资谈助"或荒诞不经一类的作品。从清末到20世纪80年代初,整个中华民族几乎一直处于政治不稳定之中,特别是中华人民共和国成立后的一个时期内,政治风气太浓,对文学作品的评价几乎都要从阶级分析的方法入手,因此,对恐怖元素的评价也就从教化内容、荒诞迷信两方面全面否定了。可以看出,对这类小说的评价,现代人还不如古人对它的评价高,起码古人还认为它有娱乐的价值。

尽管理论上对这类小说的评价不高，但文人又技痒难耐，再加上文人好奇，这些造成恐怖元素既不受压抑，又有一定的发展空间。因此，从唐前至清代，恐怖小说的创作一直没有停止。此后一个时期内，由于历史原因，恐怖文学的创作很少。但自20世纪80年代后期，随着人们物质生活水平的提高，对精神生活的需求也有了很大的改变，再加上西方恐怖艺术创作热的影响，中国也开始出现恐怖文学的创作，并且数量呈上升趋势，许多人借助于互联网这一高速传递信息的高科技手段，跃跃欲试，加入到这一创作大军当中。1982年，曾经有一篇《奕国恐怖小说简述》的文章，认为恐怖小说"是在现实存在的种种危险基础上：宇宙的和人间的，天上的和地下的；社会的和自然界的：政治的和经济的，外界的和人身的等等，同由此而引起的人们精神上的恐惧结合起来；把种种不安的恐惧所引起的臆断和幻想同科学道理结合起来，融为一体写作而成。"又说："美国人喜欢阅读畅销恐怖小说，并不像读惊险小说那样，只为寻求刺激、聊以消遣，而是为了探索问题、学得知识、寻求答案。"文章并且指出，现代恐怖元素涉及战争、自然灾害、经济危机、生物基因、电脑高科技等，提示人们，科学的发展，一方面给人类带来了进步的一面，另一方而，也给人类带来了惶恐。因此对于恐怖小说的审美价值与意义，有必要进行认真的研究。

一、审美价值——娱乐性

美国心理学家哈里·伯杰指出：人有两种原始需要，一种是生活安宁，有秩序，不恐怖，不混乱，有一个预期的熟悉的环境，生活一如既往地幸福；而另一种恰好相反，人类确实需要焦虑、不安，需要混乱、危险，需要麻烦、紧张、危难、新奇、神秘，没有敌人反倒迷茫，有时最痛苦反倒最幸福。而恐怖小说正好满足了人的这种需求，它通过虚拟一个恐怖的"非常世界"，给人的感官以强烈的刺激，另一方面，这种刺激又是由虚拟世界的紧张带来的，不会有实际危害，让人感到现实世界的可靠。读者也正是通过在阅读过程中产生的这种若即若离的感觉，享受到了一种特殊快感。

生活是丰富多彩的，人们对精神生活的需求也是多种多样的。我们知道，人类具有四种基本的情绪：快乐、愤怒、恐惧和悲哀，而恐怖作品恰好满足了人类对恐惧的基本需求。恐惧是个体面临外部的某种紧迫而危险的情境时，努力试图摆脱、回避却又无能为力的一种情绪体验。心理学家认为，人的恐惧分为两种：一种称原始恐惧，它是人类在长期的历史发展过程中形成的，存在于人的潜意识中，可以说是一种本能式的原始的恐惧，例如对黑夜、闪电的恐惧，对鬼怪可怕形象的恐惧，对陌生环境的恐惧等；另一种恐惧则是后天形成的，是一种反射式的恐惧，这是一个人在人生过程中通过经验积累或受到刺激所形成的一种条件反射，它形成之后，一旦收到信号，就会做出反应，形成恐惧。明清文言恐怖小说通过鬼怪之形、之状，展示了一个个阴森、恐怖的画面，紧紧地抓住了读者的恐惧心理。小说中的故事都是发生在夜晚，或者还是在风雨交加的环境之中，在阅读小说的过程中，读者可能会遇到自己曾经经历过的某个情节，然后经过联想将故事中恐怖的事情加到自己的身上，这样就会越想越恐怖。可以看出，恐怖在人心理上源于自我暗示和联想，每个人的感觉都是从自身的经历而来的。

但是恐惧的心理其实又是很微妙的，人们看恐怖作品，在紧张之后，会有一种放松的感觉。因为小说毕竟不是现实生活，小说中人物所面临的恐怖也不会降临到自己的头上。尽管古人相信鬼怪，相信地狱的存在，但它们毕竟只存在于人们的想象当中，现实生活是安全的、有序的，并不会有那么多恐怖的存在。恐怖小说是生活的调味品，是对平淡、枯燥生活的一个刺激，是对厌倦正常生活的人们的一个惊醒。清代文学家袁枚在《子不语·序》说："文史外无以自娱，乃广采游心骇耳之事，妄言妄听，记而存之。非有所惑者，譬如嗜味者餍八珍矣，而不广尝夫秪醢葵菹，则脾困；嗜音者备咸韶矣，而不旁及侏漓侏㒧，则耳狭。以妄驱庸，以骇起惰，不有博弈者乎？为之犹贤，是亦裨谌适野之一乐。""以妄驱庸，以骇起惰"正是对志怪小说当然包括明清文言恐怖小说娱乐价值的肯定。

现代生活中的人们由于工作、生活的原因，承受着来自社会、学校、家庭等各个方面的压力。为了缓解这种压力，人们尽可能地去寻找让自己放松的途径，而阅读恐怖小说恰恰可以对人们紧绷着的神经起一个调节的作用，这也是为什么越来越多的人喜欢阅读恐怖小说的原因。读者在阅读恐怖小说时，脱开自己身心所系的环境，体验小说中人物的恐惧，而读完一部恐怖小说，读者会感受到恐惧之后所带来的心灵的净化、欲望的消除这种特殊的快感。

二、恐怖元素的审美意义

在对恐怖元素审美价值肯定的同时，我们应该看到，其中一部分作品也具有一定的社会意义，比如宗教征兆劝惩、战争类的恐怖小说。在当今社会，宗教思想对人们的行为有着一定的约束、警戒作用，而这类恐怖元素更加深了人们对果报思想的认可："一旦恐惧产生，就会笼罩整个心理；恢复到先前的状态，就像从梦中醒来重新进入清醒的生活，带着可怕印象的鲜明回忆。因此恐惧是行为强有力的抑制物，在原始社会里则是社会规则的强大力量，它引导人们养成控制利己冲动的习惯"。而战争、社会类的恐怖小说，也会引起统治者对战争的思考。其实这类小说即使在现在也还有一定的意义，尽管对善、恶的具体内容的理解，现代已经有了与古代很大的不同（也有相当的相同），但人们对善、恶本身的态度，古今应该是一致的，故对古代有社会意义的作品，对今天也未必完全没有社会意义。

今天看待这类恐怖美学元素，否认它的社会价值，主要有两个原因制约着：一是评价这类小说的立足点有偏颇。判定这类小说是宣传迷信思想，是从科学的角度出发的，但古人对自然界的认知水平毕竟与今天科学认知水平有差别，而且我们必须承认，古人是相信鬼神的存在的，也就是说这类小说产生的背景不是现代的科学的土壤，它有它自己的文化思想背景，因此，我们不能用现代科学的观点去解释古人的思想。再者科学并不能作为评价文学、文化的根本标准，科学可以推动人类社会的进步，但不能解决善、美问题，不能解决社会伦理和生存价值问题，而宗教的本质是伦理问题。况且，我们必须承认，即使是现在，也有一些神秘现象无法用科学知识来解释。比如现在的科幻小说往往与高科技技术结合起来，有些小说看起来是恐怖的，但随着科学技术的发展，也许有一天会成为现实。

另一个是只看形式不看内容。小说是文学作品，文学作品与现实毕竟存在着差别。古代的恐怖小说只是采用了一种另类的表现手法，我们不应该紧盯着它的表现形式，而忽视它的合理内核，即用恐怖手法表现当时的社会问题。因此我们今天应该给这类小说一个公允的评价，确认它的社会意义。

当然，我们不能否认恐怖作品也给社会带来了一些负面影响。比如有些作品过分地渲染暴力，往往给一些分辨力差的青少年起了坏的引导作用，以至他们去犯罪，引发了一些社会问题。再者，恐怖作品所带来的恐惧不是每个人都能承受得了的，我们应该加以分辨，选择适合自己的作品。

恐怖元素采用了一种虚幻的表现形式，描绘了一个光怪陆离的神秘、恐怖世界。很多小说以鬼怪为主要表现意象，通过描写鬼怪之形状、行为，使向读者获得一种恐怖的刺激。但鬼怪横行的世界毕竟是人类虚幻的产物，因此，我们应该有理性地看待这类小说。让我以荣格的一段话来结束本文："从表面上看，幻觉经验的确显得与人的普通命运相去甚远，我们因此很难相信它是真实的。它令人遗憾地带有几分晦涩的玄学色彩和神秘主义色彩，因此我们就感到有责任以一种考虑周到的理性态度，出面加以干涉。我们得出的结论是：看待这一类事情，最好不要过分认真，否则世界又会重新倒退到蒙昧迷信中去。当然，我们可以对神秘的东西有所偏爱，但是我们通常是把幻觉经验视为幻想或诗情的产物，即作为一种心理角度理解的诗情宣泄而随意打发。"

第二节　审美在小说恐怖元素中的体现

一、恐怖元素的审美

1. 小说中恐怖元素的情感愉悦

情感愉悦是恐怖小说审美的第一个价值体现。从世俗的价值观来说，恐怖元素的直观审美并不符合人们的期待视野，恐怖元素能让人感官刺激，这种刺激能带来愉悦感。这就涉及美感经验，通常人们所指的美感经验是一切美好的事物，让人积极的，催人奋进的，激发人们的兴奋情绪的，是一切正能量的结果；而一些消极的，让人沮丧的，并不能算在美的范畴。恐怖元素给人的感觉大多是消极的，所以通常不被认为是美的。朱光潜在《文艺心理学》中把审美中的美感经验总结为："这就是我们在欣赏自然美或艺术美时的心理活动。"也就是说人们在欣赏事物的时候都是处于一个境界当中的，这个时候人的境界能和事物的境界融合在一起，主观意识在这个活动中起着关键作用，朱光潜把各种大自然的景观与人们心境联系起来，说明美好的景物能使人们发生快感。同样也把武松杀虎和荆轲刺秦王时的焦虑作为例子，说明快感的形成在焦虑中也能发生。并说："人世的悲欢得失都是一场热闹戏。"换句话说，恐怖即悲伤，恐怖即失去，恐怖即是对未来无知的恐慌，而恐怖，是能让人们在审美活动中产生愉悦的快感的，这种审美愉悦并不是通常看到美好东西和大团圆结局所能看到的美，而是一种感同身受，一种与作者一起对未来思考的共鸣。通过实践研究，接触恐怖元素的好处有六个原因。

其一，是释放紧张。阅读经验可以证明，一个在日常生活中心理紧张的人在阅读小说时，注意力会紧紧为小说的情节和氛围而吸引，心中牵挂的日常生活种种俗务会忘得一干二净，本来紧张的心理状态由于阅读中的释放而变得煞是轻松。这一点，对于处于激烈竞争环境中的现代人怕是更具意义。其实，它与轻曼的音乐能使人放松的效用是一致的，只不过取不同的途径罢了。

其二，是宣泄恐惧。对恐怖元素颇有研究，也有丰富译作的翻译家、学者朱乃长教授曾写道："心理学家认为，每个人的内心深处都蕴藏着原始的、根深蒂固的、无法消除的无名恐惧。它们一般和关于死亡、死后的归宿、报应、黑暗、邪恶、暴力和毁灭等等念头密切相关。于是人受到一种来自本能的、无意识的驱策，总是要设想一些较诸业已存在的客观的情况更加可怕得多、更加凶险得多的事物，以此来寻找心理上的平衡。"人们阅读恐怖小说时，既在感受恐怖，同时也在宣泄内心潜藏的恐惧。有句老话是"借他人的灵堂哭自己的惶恫。"这句话其实揭示了人的一种心理需要：人内心皆有不同悲伤，在他人灵堂大哭一场，从表面看，是为死者放悲声，但从深处看，却在宣泄自己内心的悲哀。恐怖小说其实也是人们在借一"合适场所"做心理宣泄，只不过宣泄的是恐惧罢了。灵堂一场大哭，身心十分轻松；恐怖小说一读，身心也轻松异常，同一理也。

其三，与其二密切相关，即感受安全。读了恐怖小说，又从小说之情境、情绪中走出有如刚刚逃离灾难现场，恐惧宣泄了，一身轻松地看看丽日蓝天、清平世界、红男绿女、意识到"自己"的"安全无事"，更加体会到生命的宝贵，快意与幸福感油然而生。朱乃长先生从心理学角度很深刻也很准确地指出："恐怕这也正是为什么，无论古今中外，凡是枪决、枭首、绞刑、断头台、枷刑、站笼，以至戴上了高帽子游街、挂上了牌子游斗、喷气式示众等等对人的肉体和心灵进行杀戮、戕害、摧残的种种手段之所以要在大庭广众之间、光天化日之下进行，而广大群众也居然会扶老携幼、趋之若鹜的缘故吧。"说白一点，即人从对他人的死亡与磨难的"观赏"中宣泄了自己的"恐惧"，感受了自己的安全。

其四，它锤炼、磨砺读者的心理承受力，可使其变得更为坚韧、坚强。这是因为读者在阅读过程中，体验了远超出日常经验的"恐怖"，其心理的"压力"（这当然是因并不真正存在的恐怖造成的，所以于人无害）较平日大大增强，内心体验也大大丰富。正如挑过一百二十斤的担子后再挑一百斤会感到轻松，见过了艺术中的恐怖与惨烈再看日常中的恐怖，心理则会有所"准备"。结果是读者在感受、承受恐怖事物方面的心理素质可能大为提高。

其五，便是开拓、丰富了读者的艺术想象力。想象力是艺术创造者之必需，其实于欣赏者同样是一种必需。读者惟有一定的想象力，才可能进入并领悟文学世界的种种美妙与乐趣。从根本上讲，文学阅读就是借助于想象把抽象的语言符号转化为直观形象的思维过程。想象力愈丰富，其所见愈丰富、所感愈丰富，其艺术享受愈丰富。但想象力何来？除了禀赋（如敏感）的先天因素外、后天的培养与开发更显重要。而开发的途径除教育等手段外，艺术、文学（自然包括"异常化"的恐怖小说）乃是十分有效的途径。

其六，其实是一种整体效果，那就是获得"快感"。它与以上诸点都有关系，只不过我们从文学欣赏的角度予以强调、提出。读过并读罢恐怖小说的人大都会有"轻松""长出一口气"的心理舒慰感。这是审美（读恐怖小说）的愉悦（快感），而审美愉悦乃是人在其精神不断文明化的成长中变得愈来愈饥渴的重要需求。如《碎脸》作者将故事设置在平常不过的大学校园里，容易让青少年读者联想到自己身处的环境，恐惧感更容易被激发。小说开头讲到叶馨和欧阳倩半夜摸进解剖楼，之前关于解剖楼里闹鬼的传言，已经使解剖楼蒙上一层阴森恐怖的面纱，再加上漆黑的解剖楼、半夜沉重的脚步声、钉在铁架子上的人体骨架标本、佝偻老人肢解尸体的场景等，读者恐怖感会油然而生。在阅读新世纪恐怖小说时，读者常常为小说中主人公的恐怖经历而紧张，为其恐怖场景而恐惧，甚至会以为自己也是一个恐怖小说中的人物，这些都是作者极力想要达到的恐惧效果。当然，读者的理性也会不断地提醒自己，他们是在安全的现实生活中，并没有经历真实的恐怖。感性与理性的碰撞，使得读者在阅读恐怖小说时，能够感受其他小说所不能感受到的紧张刺激、惊悚诡异之感。

恐怖元素引起的情绪往往是恐惧、焦虑、恶心等消极情绪，然而另一方面，读者在阅读恐怖小说时还能产生愉悦感，这其实是符合心理学依据的。孟昭兰等研究者的一个实验表明：在新异刺激作用下，幼儿情绪在兴趣和惧怕之间流动，幼儿对趋近并带有响声的机器人产生兴趣和惧怕交替出现的情绪反应。论恐惧情感也是如此，新异刺激物依照其新异程度和个体的差异可以诱发人的兴趣、恐惧、惊奇等不同情感。恐惧是一种高度紧张和积极的冲动模式。恐怖小说的审美接受中，接受者所体验到的恐怖感本身就是一种强烈的好奇心，随着好奇心的满足，读者便会体会到愉悦，而恐惧则是满足好奇心所需要付出的代价。恐怖小说则通过种种叙事策略强化读者这种恐怖感中的愉悦感。悬疑推理小说多以严谨的逻辑推理营造紧张气氛，古墓探险小说通过神秘恐怖的密室增加恐怖感，校园灵异小说则将故事设置在读者熟悉的校园里面来挑战审美距离。

2. 恐怖元素中的美感变形

变形审美，西方和中国早在古代时期就有关注，从中国的《山海经》到外国的吸血鬼、卡夫卡的《变形记》等，都在变形审美上引起的大家的关注。变形是一种夸张的审美。从审美范畴来说，"审美范畴往往是成双对立而又可以混合或互转的。例如与美对立的有丑，丑虽不是美，却仍是一个审美范畴。"我们往往认为丑能刺激人们的视觉，丑也可以引起人们的崇高美感，崇高即悲壮，而悲剧则认为是审丑的升华，在审美活动或者说是审美范畴当把审美称作"审丑"应该更准确，因为只有懂得什么是丑的，才能知道什么是美的，在审美范畴当中，审丑本身就能够激发人类的同情心和另类愉悦。好的恐怖元素小说能抨击人性之恶、现实之丑，这种抨击与其说是揭发，不如说是以丑显现美。文学活动是作家和读者之间建立的一种双向互动关系，文学的价值要靠读者去强调和推动。中国的恐怖审美虽不是百花齐放，但也在某种程度上有了自己对善恶价值的评判标准，也拥有了一大部分读者群。因此，创作恐怖小说，不能只一味固守在"象牙塔"内，更要从审美价值的角度来重视读者的期待视野。不管恐怖小说要带给人们一些什么样的命题，但是对于"真、善、美"应该是要能体现在作品中的，这样的"真、善、美"是小说对"假、恶、丑"的揭露得来的，也是我们探讨恐怖元素作为一种类型小说得以存在的价值和意义

读者常常为小说作品中性格鲜明的人物形象、曲折动人的故事情节和描写优美的环境所打动，小说中人物、情节和环境描写的素材多来自现实生活，很大程度上，是这种仿真性激发了读者的美感体验。然而，小说是一门虚构的艺术，无论小说多么贴近生活，都有很多创作的成分。瑞士心理学家、语言学家、美学家布洛在《"心理距离"作为一项艺术因素与审美原则》一文中提出了"心理距离"这一说法，他认为，"心理距离"是"审美意识"的本质特征之一。心理距离越大，小说中的描写与现实生活差异就越大，反之越小。无论是在艺术欣赏的领域，还是在艺术生产之中，最受欢迎的境界乃是把距离最大限度地缩小，而又不至于使其消失的境界，最大限度地缩小心理距离，能够模糊艺术真实与虚构的界限，使得读者在阅读时不断地联想到现实生活，更容易激发读者的审美情感。新世纪恐怖小说便是如此，极大地缩小了读者与小说之间的心理距离，让读者不断地在现实与小说之间跳跃，恐怖感得到最大限度的激发。

现代恐怖元素具有更多的变形，这些变形不光体现在作品所描述的人物形象上，而更多体现在作品的环境烘托和道具上，如贰十三在《凶宅笔记》中所描述的凶宅就是一般房屋的变形，不是房屋本身结构上的变形，区别于正常房屋的是指凶宅里曾经有人横死过，《聊斋志异》里的捉鬼大师钟馗，面目狰狞，满脸胡须，从相貌上看确实是其丑无比，但是却被中国人所接收，并作为门神高挂在堂。

除了环境烘托和道具，变形还体现在人的隐意识和潜意识上，恐怖小说里经常会描写主人公看见逝去的亲人，看见"鬼"，这种现象被称为主人公的潜意识作怪，朱光潜在《变态心理学派别》中把研究隐意识和潜意识的心理学叫作"变态心理学"。如果丑非常态，那即是变态心理学的一个很好的研究对象。

从审丑和变形的角度去研究审美是研究恐怖元素一种重要的方式，这种逾越常人的审美方法，突破常人的先验而得到了新的审美，应该作为审美变形中的常用方法。

二、恐怖小说的"美"产生的文学价值

1. 体现在对愉悦情感的追求

心理学中把愉悦情感也称为高峰体验，个人在高峰体验时，能感受到令他心醉神迷的快乐，体验到人生最高的幸福。在认知上，个人获得了对宇宙万物的存在认知，领悟到了事物的存在价值；在人格特征上，个人表现出许多与自我实现者相吻合、重合的人格特征，获得了他最高程度的同一性，也就是说一个人的心理满足感存在于对自己喜欢的事物的看法上，完成了心理期待的目标就能达到愉悦的巅峰。读者在接受恐怖小说的过程中，为的就是期待恐怖元素给人的窒息和悬念的快感，当这样的快感在阅读完成后达到了读者的预期目标时变达到了愉悦情感的高峰体验，也就完成了审美愉悦的整个过程。

例如周德东的《冥婚》，他在小说里写了"一场把人逼向灵魂死角的变态游戏，一部关于爱情与生命的沉思录"，中国的恐怖小说和恐怖电影都有这样的特点，表面上是写鬼神，但如果真是鬼神，便不符合一直以来人们的心理承受和接受底线，那么如何才能使人们在恐怖世界里达到预期视野，人的害怕是因为什么而害怕，是因为鬼神还是对未知世界的不确定性？周德东在小说中很好地解释了一切，一切皆因人性，人性的善变和贪婪让人迷失，制造了一切"人吓人"的恶果，在人性迷失了的世界里，一切都是因为爱情在作祟，是人为制造了一场鬼故事，于是读者在阅读到故事的结尾时相信，世上没有鬼，对鬼的恐怖感上升到对人性恶的憎恶，从心底发出珍惜美好生活的感慨，释放出大量肾上腺素后大松一口气，从而达到审美的愉悦巅峰。

1998年2月，《星期日泰晤士报》刊登一篇报道，称一组已发现人脑恐惧中心的科学家"证实恐惧作为人类强烈的情感之一具有化学依据，并提出研制新一代抗恐惧药物的可能"。恐惧感产生于扁桃体（一种细小的杏仁块状组织）中神经细胞间微的纤维链，而且恐惧在化学成分上与好奇心较为接近，因而许

多所谓恐怖的事物对人具有特殊的吸引力，因此，恐惧在人经历了惊颤之后，在生理上分泌出的肾上腺素使得人们达到了精神愉悦的更高状态。

2. 体现在对"审丑"艺术的推动

美与丑的转化存在于人们惯有的观念中，哲学家和评论家们也对"美"提出了自己的定义，研究者们对审美理论已经有大量的研究，如朱光潜的《西方美学史》，叶朗的《中国美学史大纲》等。柏拉图更是对美划分过等级，他把物质感性的美，一层层引向道德性的内在的美，以至达到至高的上帝的美，越是物质的就越低级；越是精神的就越高级。布瓦罗的代表作《论诗艺》，是亚里士多德的《诗学》和贺拉斯《诗艺》在新时代条件下的翻版，它规定了诗和悲剧所必须遵循的一些烦琐的规则，主张自然、理性、真理三位一体，认为理性是主宰，美的事物必须是符合理性的，也就必然具有普遍性，并在这种普遍性上建立起文艺的审美标准。但却没有人总结出一部丑学史，是因为人们对丑向来抗拒，极少有人去欣赏丑，认为丑是美的反面，既然美是值得人们去欣赏的，那么丑就是不值得人们去探讨的。而恐怖小说恰恰是运用了"审丑"的理论去展现整个艺术特色。丑是美的哈哈镜，是美感的变形，这样的变形恰恰能反映出在丑带给人类的惊喜与思考。并且"美与丑的观念随历史时期或文化之不同而变化"，色诺芬尼（前560—前478）就提到："假使牛或马或狮子有手，能如人一般作画，假使禽兽画神，则马画之神将似马，牛画之神将如牛，神之形貌各如它们自己"。因此，中国的神鬼像中国人，外国的吸血鬼也是长着西方人的样子。

3. 体现在对文学作品的"净化"

净化是文学作品审美价值得以实现的另一重要标志，是文学接受进入高潮的又一表现。文学的净化就是指读者在阅读文学到卡塔西斯（净化、宣泄）。恐怖元素的运用从作用和效果上跟悲剧如出一辙，因此这个定义同样适用于恐怖小说。情绪积聚在心里久久不能被发泄，会引起生理和心理上的疾病，只有通过正常的宣泄才能回归健康。

阅读恐怖文学，能释放内心的恐怖情绪，而其他作品能引起的共鸣比起恐怖文学中的悲剧感来说，使崇高感提高的效果会大打折扣。恐怖文学驾驭崇高，驾驭意境。对于特定的文学作品来说，受众在接受这样的作品的时候，在心灵愉悦的同时也经过了净化。读者在接受这样的作品的时候，情绪由紧张变为放松，也是受到了故事结局的影响。现实生活中的确有许多痛苦和灾难，它们或者是悲惨的，或者是可怕的，但它们都不是美学意义上的悲剧。因为它们没有

"距离化",没有通过艺术的形式"过滤"。恐怖元素的运用却能将悲剧"距离化"。讲述的都是日常生活或民间生活中的事情,西方霍雷士曰:"人生者,自观之者言之,则为一喜剧,自感之者言之,则又为一悲剧也。自吾人思之,则人生之运命固无以异于悲剧,然人当演此悲剧时,亦俯首杜口,或故示整暇,汶汶而过耳。"恐怖小说的"自观"与"自感"中存在的距离,使读者对恐怖的态度截然不同,"距离"大大削弱了人的恐惧感,使人们在内心深处感到安全平静的心情下,畅快体验恐怖小说带给他们的情感体验。

第三节 真幻交互、生死往复

一、文学的想象:虚构的艺术

文学似乎是"宜于凌虚"而不宜于征实的。虚构性和想象手法作为小说的创作手法经常被作家使用。需要明确的是,小说创作并非完全是虚构的成分,新时期以来兴起的"非虚构"写作便是一例。然而当读者面对着作家笔下的苦难,咀嚼完现实的苦痛,感动于活生生的现实故事后,似乎还是醉心于文学创作中想象的那部分精彩。文学中的艺术大多建立在假定性基础上,新时期以来的鬼神就是作家虚构出的文学形象,这些活跃在文学世界里的"魂魄"不仅满足了读者的猎奇心理,也是寄托作家精神世界的载体。

一方面我们可以从具有恐怖特性的小说中发现很多扣人心弦的情节,另一方面我们也有机会在作家的艺术想象中探究一片人类空间以外的鬼蜮世界。想象是文学的创作手法之一。西晋以前,有关艺术想象的记载非常少,相关的论述也不系统。古代文论中关于艺术想象的论述始于《文赋》,陆机在《文赋》中将文学创作分为三个阶段,其中想象在艺术构思阶段占有重要地位。艺术的形象塑造和意境营造都可以借助想象来表达,一旦展开想象,则有"精骛八极,心游万仞"。想象不仅能促进主体情感和客观物像的融合,"情瞳昽而弥鲜,物昭晰而互进",还能做到"观古今之须臾,抚四海于一瞬"。《汉书·艺文志》有言:"小说家者流,盖出于稗官。"也有学者认为小说起源于神话随后逐渐演进才渐渐贴近现实。鲁迅先生认为诗歌产生在小说之前,它起源于劳动和宗教,然而小说起源于休息,人们由于劳作辛苦所以休息时往往会闲谈,闲谈时的话题后来便逐渐演化为小说,所以有"小说者,街谈巷语之说也"。如果从这种观念出发理解小说的产生，便不难理解想象手法在小说中不可或缺的地位。因为人们的闲谈需要引入话题，而现实中的题材毕竟有限，且话题大多要吸引听众才会让旁人觉得有趣味，所以想象就在闲谈中发挥了不可替代的作用。由此，我们可以更透彻地理解想象手法在小说中的运用。新时期以来，文学作品中鬼神形象的塑造和神秘要素的使用都是作家对想象手法的实践和运用，也是文学的表现手法之一。

从文学创作的角度出发，小说中建构的现实凭借的是作家的想象逻辑和虚构能力。作家们构思的神秘人物、情节和一些玄怪的故事可以解释为文学浪漫想象的表达。新时期以来作家的神秘主义书写与志怪小说既有延续性的一面，又有其自身的独特性。其相同之处是：鬼神形象大体分善恶，善鬼多是回人间了却心愿或因过度思念亲人而返回人间，恶鬼回到人间多半是作祟扰人，有时还会遭到人类的驱逐。其次，阳世的人对鬼神的态度没有明显变化，无论是古代还是现代人们大多提"鬼"色变，一旦遇到鬼神就想极力铲除以免受到伤害，所以无论是志怪小说还是新时期以来谈神说鬼的创作，人们对鬼的态度基本都是排斥的。二者的不同之处在于：《聊斋志异》和明清笔记小说中的鬼怪多为女鬼或是媚人的狐妖，它们经常出现在荒郊废庙旧屋之中。相较而言，当代作家笔下的鬼神类型较多，除去女鬼、水鬼、饿死鬼、吊死鬼等外，还多了一些精怪。这类精怪经过作家的想象和粉饰，往往自带神秘的光环，与人类的相处也相对和谐。此外，当代小说中的鬼神出没的场所也随社会的发展而有所改变，它们多出现在医院、殡仪馆、城市的街道或乡村的荒野中。从古至今，惧鬼的心态都没有变，改变的是表现鬼魂的方式。

恐怖元素的运用是作家用于表现主题的补充情节，其中的差别大致在于作家所处的时代有所不同。作家借助文学想象传达内心的情思，诉说社会的演变，记录历史的变迁。事实上，现实中并无鬼怪，只是人们潜意识地相信鬼怪存在，小说中的神秘主义现象是作家进行文学想象的结果，人们意识形态中的鬼神也是被幻想出来的虚幻形象。这类大胆的艺术想象不仅让文学拥有了更高的审美价值，也时时刻刻牵动着读者的心绪。

二、梦之境——神秘的世界

梦，作为一种人类共享的原始神秘主义的文化产物，据方克强先生考证，梦与"灵魂崇拜"有关，比之于想象力，"具有更大的非自觉性、偶然性和神秘性。"正因如此，有相当部分的恐怖小说家热衷于以驰骋奔放的想象力来营构一个陌生的、充满惊奇和骇异的"梦境世界",以飨读者之娱。在嫣青、独妖的恐怖小说《黑梦》中,读者完全被带入到一个敞开大口的黑洞当中去,整个故事就是一个充满惊怵和黑暗的梦魇世界。故事在开始不久后即以父母离异,与祖母相依为命的小女孩冯焰欣所做的梦来作为展开恐怖情景的切入口,通过展示梦境,一方面进一步补充完善了故事的情节链,让刚进入故事不久的读者能从内心情感的角度来深切地体验到一个抛妻弃女的绝情的父亲给小女儿所带来的恐惧与悲伤是如许之深;另一方面,这个梦境在文本中的出现改变了故事的节奏——在小说重力描绘一老一少举步维艰、惨淡度日情景之际,出现了这个凶险异常、令人毛骨悚然的梦,顿时使绝望、悲伤、幽暗的生活景象被击碎,读者的情绪很快就被得调配到一种紧张、激烈的状态之中,故事也顺势获得了一种特定的气氛。而且我们可以发现在对此梦境的具体描绘中,带着一些魔幻现实主义的色彩,这是众多写实小说受到限制的描写技法,而这里,梦——非理性的"梦"却切实地让"非现实"和"不可能"变成一种现实的艺术感染力。

我们不难发现梦境与焰欣所做的梦有着惊人的相似之处。而事实上,在我们阅读完全文后将发现,这个关于"血淋淋的爸爸""灰白而肿胀的妈妈"的"黑梦",将反复出现在冯焰欣的一生中,一旦这个可怜的女孩遇到不顺的事情,类似的恐怖"黑梦"就会不断重复出现在她的生活中,所以可以说,这个可怕的"梦境"将贯穿整个恐怖故事的始终,控制着这个故事的整体气氛,同时还将读者拉入到这种死寂阴森气氛的包围圈内。

又比如,在周德东的《九命猫》中,故事描绘了这样一个梦,这种不安缘于一个梦:

黑夜,他走在一条路上。这条路漫长,回头看,不知道它从哪里来;朝前看,也不知道它朝哪里路上没有一个人,两边是幽深的树林,一片漆黑。风一阵比一阵大。突然,他看见了那只死里逃生的猫!它站在路中央,阴森森地盯着他。

他打了个冷战,猛地停下了,转身就朝相反的方向跑。可是,他还没有跑出几步,那只猫突然又出现在路中央,阴森森地盯着他。他跳下那条路,想躲进树林中。

树林很茂密,他艰难地穿行其中,偶尔一抬头,魂都要吓飞了——树叶中闪烁着绿幽幽的光,那是密麻麻的眼睛,好像是猫头鹰,没有嘴。猫和猫头鹰的脑袋似乎是一模一样的。它们唯一的区别是,猫头鹰好像没有嘴,尖尖的钩鼻子下一片毛烘烘……血盆大口不可怕,最可怕的是没有嘴。

奇怪的是，黄太经常做这个梦。那只阴森的猫几乎夜夜都折磨他，他睡得特别累，白天无精打采。这样一个"梦境"，一方面利用"暗夜"、"幽深的树林""猫"等景物，让人们联想到一种"危机四伏"的处境，使故事进入到一种阴沉的气氛之中；另外一方面，这个别具诡异色彩的"梦境"确实是将所有的危险和不样都指向了梦境中出现的人物黄太，他似乎无处可逃。为什么黄太会做这样的噩梦？这里会有什么"谶示"呢？在"煮猫"时，明明满地打滚的是蒋柒而不是黄太，他与猫之间有什么过节呢？很快，读者的"悬疑"得到了回应——"戒指"是"黄太"而不是那个在"煮猫"时犯心脏病的蒋柒所偷。所以这个颇具意味的"梦境"谶示了现实中作恶的黄太必将受到处罚，那么到底黄太将遭遇到怎样的结局呢？在此，读者又一次被卷入到作家所设定的氛围之内，可怕的事件即将发生了，这里实际上也就是起到了我们通常所谓的梦谶作用。

事实上，"梦谶"作为中国神秘主义的传统信仰，它能赋予"梦境"以一种携带某种超自然功能的、隐藏了无限玄机和神秘的色彩，也正因如此，"梦境"的展示能为整个小说的情节起到推波助澜的作用。它们的出现能够调动激发起读者的某种情绪，给他们以一种"虚假"的心理暗示，使他们进入到一种特定的心理状态之中，开始对故事中的所有的可疑物心存戒备，对故事中所有的人物心存戒备，更对作者心存戒备——"他（她）究竟想要把结果设计成什么样子？"当读者产生这种预猜、不安恰恰正是作者创作恐怖小说所预期的目标。

当然，如果我们把恐怖小说中所有的"梦"都解析为是一种对"现状"的暗射的话，那么，读者就中了作者"狼来了"的圈套。很多时候，"梦境"只是整个故事中的一个插曲，一圈花边，一味恐怖调料。

三、幻之影——真伪莫辩的世界

据精神药理学家的研究显示：和梦一样，幻觉也是一种人类潜意识的反映，是一种与大脑机能有关的心理现象，它是非理性的。可以在恐怖故事的发展进程中与"现实"的场景更自由地交叉在一起，既能作为是一场白日梦，又可以如同是纯粹地展现梦魇一般非常态的、迷狂的、紊乱的场面，因而大多恐怖小说作家钟爱以"幻觉"形式来制造故事气氛，推进小说情节。

此类小说的一个显著特征就在于将主人公出现的幻觉和真实存在的事件杂糅在一起，使观众步入到这个夹杂着"真"与"幻"的混沌世界中去，身陷其中却无法分辨孰真孰幻。而且，利用"幻觉"制造恐怖情景的此类小说，大多受到心理学、精神病里学等自然学科的影响。比如希区柯克著名的恐怖电影《精神病患者》，就是描写一个"双重人格者"（20世纪初精神医学的关注热点）——这部利用"幻觉"制造恐怖氛围的电影已经成为世界恐怖艺术史上的经典。随着时代的发展，2005年问世的恐怖小说《碎脸》（作者鬼古女是一对旅居国外的高科技从业人员）则将"幻觉"和"颅内重症"联系了在一起。小说中，作家同样将"幻觉"作为整个故事开展的一条重要线索。故事大部分的情节采用女主人公叶馨的视点，以她所看到的、记忆中自己所做过的一切来构筑故事：久别重逢的父亲在一天深夜来学校看望她，临别时还将外衣披在了自己的身上；她还充当歌会的主持人，邂逅了校园歌手谢逊，二人志趣相投，共同致力于对"405自杀案"的分析、破获；她深入到地下实验室，那个看守老伯的话音似乎别有寄意。于是，读者开始为故事中眷眷的父女之情、缱绻的恋人之爱和叶馨的不屈的探索精神所感动……故事却陡然道出了真相：这一切原来都是幻觉，在现实中父亲已经然染病身亡，而那个叫谢逊的校园歌手也早已是阴曹之人了！原来，她得了脑癌——"恶性的胶质细胞瘤"。而脑作为中枢神经系统的重要器官，其细胞的病变会严重影响神经功能，以致出现幻觉。之前，读者伴随着叶馨的见闻穿梭在这些诡异的经历：去鬼楼巡视自杀案的现场、夜访地下的停尸房，原来都只是虚拟的情景！在此，读者的一切感动、恐惧甚至心生寒气都化解为了一种如释重负。

所以，《碎脸》类的恐怖运用，其故事中的某些悬疑场景一旦被道破是幻觉所致，故事的"恐怖性"从一定程度上就遭到了相应的消解——"原来这是假的！"而另外一种情形则是读者明确故事中出现的场景是"幻觉"，而故事也正视利用"幻觉"本身的神玄性和诡秘性来制造恐怖空气。因为一般说来，正常人不会出现幻觉。所以"幻觉"中场景的出现往往能够让读者产生一种陌生感，一种畏惧感，读者将焦虑于它是否可能与现实中的事件发生关联。比如，李西闽的《尖叫》中出现过一段女主人公安蓉对着镜子所产生的"幻觉"：她抬起头，面对着镜子，她满脸……她看到镜子中出现了一幅模糊的影像，一个人在疾走，一辆模糊的汽车朝那疾走的人影冲了过去，闪电划开了模糊中的黑。她看到一张女人的脸，一张清晰的鲜血淋漓的脸，那张脸痛苦地扭曲着，还有一只手，一只血肉模糊的手朝她伸过来，穿过镜子朝她伸过来……安蓉尖叫起来，可是没有任何声音从她嘴中发出。哗哗的水声变成了铺天盖地的汽车的吼叫声，震耳欲聋。安蓉双手死死地堵着自己的耳朵，她蹲了下来，使劲地摇头，嘴里不停地喊着：幻觉，幻觉，停，停！

这段出现了充满血秽和挣扎场面的幻觉，描写的是安蓉意识功能失去自调能力时出现的纯主观、纯内向的孤立的心理活动。但就是在"幻觉进行中"，安蓉突然被护士长的招呼打断，她被告知：这个出现在幻觉中"疾走"的"女人"——杨丹林真的死亡了，而且是确实是"鲜血淋漓""血肉模糊"地被碾死于车轮之下！此时有了这段"幻觉"的"谶示"，这场车祸尤其地让读者体味到一种邪异的力量，尤其地能使他们嗅到车祸之后所逐渐散发开来的血腥味道。

除了我们所认为的寻常意义上的那种"幻觉"之外，恐怖小说家们还往往会在它的基础上进一步制造神秘主义，以此诱发读者产生一种探幽访胜的求索感觉。比如，描写人的"特异功能"所带来的那种亦真亦幻的"景象"。在《荒村公寓》中，戴上古老的欧阳家族遗留下来的"玉指环"可以使人在黑暗中看到五十年前的"幻象"：但我确实看到了这一幕——在荒村公寓底楼的大厅里，突然之间灯火通明，十几对男男女女忽隐忽现，正在宽敞明亮的舞厅里翩翩起舞。男人大多穿着各色西装，也有几个穿着长衫，女人们多穿华丽的旗袍，或是时髦的裙子……突然，舞会中掠过一张脸庞。我又看见她了——"若云？"我轻轻地叫了出来，这个五十多年前生活于此的女子，又一次出现在我眼前，她正在舞厅中央最为引人注目的地方，拥着一个年轻的男子，一同迈着轻盈的舞步。对，我在老照片上见过那个男人，他是荒村公寓年轻的男主人，欧阳家族的继承人——若云的丈夫。

突然，一阵脚步声打破了这里的一切，曼妙的音乐声戛然而止，耀眼的灯光立刻暗了下来，大厅里变得空空荡荡，所有宾客也都消失了，宛如一团蒸发的空气、一片消散的幻影。一舞会结束了，几秒钟后，一个细长的人影出在房门口。光线正好照亮了那个人的脸，我几乎失声叫了出来——若云。对，就是她。柔光似乎是舞台上的聚光灯，紧随她进入了房间，但只照亮她身边一小块范围。眼前的光线微微一抖，就像电影里换了个镜头似的，若云的表情已经有了变化，她的眼神里饱含着恐惧，似乎还滚动着泪珠。一眨眼，那道幽光又跳了一下，画面被"剪辑"到了另一个镜头——不知何时，若云的手里多了一把寒光闪闪的匕首，表情却变得异常平静，手中的匕首正对准了我。

作者在对这个荒诞、奇异、神秘的梦境一般的"幻象"的描写过程中，加入了"画面""镜头""剪辑"等词语"一眨眼，那道幽光又跳了一下，画面被"剪辑"到了另一个镜头——不知何时，若云的手里多了一把寒光闪闪的匕首……"如此一来，这个本身就不甚合逻辑的跃式的儿幕场景所构成的"幻象"就获取了一种神玄之感，与整个故事的"当代"大背景对比，显露出一种恍若隔世的朦胧与暗昧色调。但接下来"我"在"若云"的日记中发现了历史真相：这个公寓确实在50多年前举办过家庭舞会，而之所以"突然，一阵脚步声打破了这里的一切，曼妙的音乐声戛然而止，耀眼的灯光立刻暗了下来，大厅里变得空空荡荡"，是因为公寓里还发生了一棕骇人听闻的凶杀案，欧阳家族的人无一幸免于难。更为可怕的是，若云确实用"一把寒光闪闪的匕首"杀死了她的丈夫！——如此模糊不清的、充满离奇色彩的"幻象"居然是"50年多前"真实情景的重映，这不能不说是一件令人寒毛陡立的离奇现象。在此，"幻觉"的神异足以令读者叹服。

在经验世界中，我们都记得一些奇怪的反复出现的东西，一些使判断发生迷惑的东西，一些现实与非现实界限模糊的东西，一些使自我分裂或错位的东西，而弗洛伊德认为，这正是恐怖的起源。给读者带来超验体验的、令人读者迷惑的、无法自己的东西，恐怕除了能在"梦境"与"幻景"中出现以外，就只有那些与前二者同样无序、荒谬的"极端场景"中能有所表现了，它也同样能使得读者恐怖，使得读者在恐怖之余无比兴奋。

四、生死往复

对于中国人，说到"生死观"这个命题，既不会像墨西哥人那样轻松自然，也不会像西方人那样充满了惶恐和惧怕，而是介于这两者之间，复杂而玄妙。说到"生死观"更多时候并不是在说对生死的态度，而是对生死"状态"的描述。我们更愿意叫它"生死世界观"。

《礼记·祭仪》说："众生必死，死必归土，此之谓'鬼'。"也就是说人死后皆为鬼，是"死亡"的代名词，代表着凶恶、黑暗、恐怖和地狱。鬼的观念首先产生以后，逐渐有了善恶之分，即有了善鬼和恶鬼。善鬼多寿终正寝，是给人们带来好处、保护生者的，而恶鬼多是非正常死亡，如死于刀枪之下、溺死、跌死、吊死、饿死等，会给人们带来灾难。恐怖小说为我们打开的往往是一个隐形的、巫气弥漫的令人惶惑而无法自己的梦魇世界，这个世界是与我们生活的"切身相关性"最小的虚构价值世界。它对繁重、劳累、复杂的现实生活有着最大幅度的偏离。但是这种偏离让我们体验到与麻木的日常生活感受迥然相异的新奇感和快感。

在作家"哀而不伤、乐而不淫"的中庸美学思想与道家"天人合一"的自然美学思想的影响中文学大家一向追求和谐的美学意境，因此在死亡书写上过分渲染人物的崇高主义情怀，抑或用柱死的情怀来规避对死亡本体的正视，在死亡的书写上有意消解死亡本身的悲剧色彩，规避对死亡的审美表现。作家在死亡叙事上融入作家个人对死亡的精神体验，正如余华在《温暖的旅程—影响我的10部短篇小说》序言中所言："我意识到伟大作家的内心没有边界，或者说没有生死之隔，也没有美丑和善恶之分，一切事物都以平等的方式相处。他们对内心的忠诚使他们写作时同样没有了边界，因此生和死、花朵和伤口可以同时出现在他们的笔下，形成叙述的和声。"

作家对内心真实表达为遵循，使得他们正视生命逝去的丑陋，他们把生命逝去之后的惊悚的、恐怖的、污秽的画面摆在人们面前，与生命的活力形成对比，用一种反美学的姿态强调，以形成一种审美的张力和震撼力，留下一种缺憾和伤残的美感，这种效果是一般的文学所不能企及的。

王安忆的小说《长恨歌》的王琦瑶，在昔日的选美比赛中获得第三名，在生命逝去时，脖子无力地耷拉下来，面容也为之变得如同死灰。余华，这位追寻卡夫卡、川端康成的先锋体验派的作家，在小说《现实一种》中，更是借山峰、山岗兄弟俩母亲视角写出死亡的审丑体验。在李锐的小说《厚土——吕梁上印象之三》中，当人们掘开坟坑时，看到的一幕是如此触目惊心。虽然人们在心理上对这一幕早有预料，"可大家还是定定地在这白骨前怔住了。"在小说《红高粱》中，莫言不厌其烦地写出生命逝去之后的丑陋景象："我"的父亲看到"奶奶的尸体一抬上基穴，她的辉煌甜美与幽香便化为轻炬飘飘而去，剩下的只是一具雪白的骨架。父亲承认这时候他确实闻到了难以忍受的扑鼻恶臭。"在这些作家的笔下，生命逝去之后是惨不忍睹的，在审丑之中融入作家生命与思想的内在张力。

曹文轩在他的《小说门》中审视小说发展的历史规律时说道："当小说进入现代状态之后，它开始产生了另一种兴趣：对极端经验的兴趣。"他针对小说的创作而言，指出"小说家们的目光越过了所谓的正常状态，而注视着非常状况。他们看到了人的暴力倾向，看到了现实的恶心性，看到了自虐、自闭的人格，总而言之，看到了若干荒诞（荒谬）的东西。这些东西，既无个人经验的凝重与朴素，又无私人经验的神秘与温馨，只有残忍，但却使灵魂感到彻骨寒冷的快感。"相对于其他类型的小说，恐怖元素最别具特色的艺术魅力恐怕正在于其涉及对一些刺激读者感官的，无理性的、恣肆的、狂乱场面的描绘。

恐怖元素有时候采用鲜血淋漓的场景正好能触动，甚至可以说是暗射、暴露了自身内心深处那种为日常秩序和文明理性所压抑的欲望和冲动。但是，本人需要补充的一点是，尽管大多数的作家意识到大场景的"极端""血腥"或

"诡秘""妖异"事件的"铺陈"能立竿见影地凸现出小说的恐怖效果,但真正能具备以一种宏大的气势来书写"暴力"场面,能够有充分的笔力来到位地展示出这样一种"恐怖"美感的恐怖小说作家却凤毛麟角,他们大多只是浅尝辄止,即使上述《沉睡谷》的那段场面就仅仅以"血腥"程度而言,也远远不及莫言《红高粱》中"罗汉"大爷被剥皮、《檀香型》中的各种刑法"实施"场面,以及余华小说中的诸多"暴力"场面来得强。

"未知死,焉知生"。只有勇敢地直面死亡,才能从容地面对人生,也才能平静地对待死亡。新时期作家认为生与死都是人的生命的律动,他们一方面肯定对生命的尊重。在《昆仑练》中,毕淑敏对一号首长好大喜功,指挥将士到充满死神威胁的昆仑山进行拉练,进行了痛心地质问。在阎连科的小说《受活》中,天生残疾的耙耧人在死亡来临之前,通过组建剧团解决自己的生存困境,并在天灾人祸面前苦中作乐,以知天而不安命的另类生活方式来阐述向死而活的另一种真实。在池莉的小说中,凡夫俗子们虽然在生活中充满了各种各样的烦恼,但依然为了活着而活着。同样,在余华的小说《许三观卖血记》中,许三观明明看到阿方因卖血过量而死去,但他依然为了活着而去卖血。新时期小说家剥离了生命崇高意义的言说,对人性的追寻使得他们尊重作为每一个个体的人的生命,剥离了"生于鸿毛、死于泰山"的两极对立的道德价值观,因而他们对一切践踏生命权的行为予以否定。另一方面新时期小说家认为有生的真悦也应该平静地迎接死亡。他们把死亡看作是人生成长的最后阶段,他们认为死亡就"像一只旧钩子,悬挂着我们的躯体。从我们降生的那瞬间起钩子就在时间的峭壁上承受重量。"在此,小说家把死亡看作人生完整生命的一个部分,一个篇章。在毕淑敏的小说《拯救乳房》中面对死亡"安疆甚至有点兴高采烈,好像不是议论自己的归期,而是一次朋友聚会",在另一篇小说《预约死亡》中,作家对死亡的不期而遇表现出的从容与淡定,也表现了生命是向死而在的可能性的个人体验与正死的超越与崇高。张贤亮的后期创作也一扫以前畏死色彩,不再因对死亡的恐惧而逃避对死亡的书写,也不再因生的痛苦把精神寄托在彼岸世界的救赎,作家在客观冷静的死亡描写中显得冷静而坦然。在另一个女作家迟子建笔下,死亡也是一种可以坦然面对的具有超越色彩的生命段落,《水死为冰,雪死为泥》也同样体现了一种从容的轮回观念,体现了作家的生死超脱意识。但与毕淑敏站在人类普遍怡感立场不同的是,迟子建对底层民众的同情是这种超脱的基础。在这里,死亡被作家写得很从容,有条不紊。死亡成为一种盛典,从而为人生画上了圆满的句号。

总之，在中国传统文学中，在死亡审美追求上因一味地追求和谐美而屏蔽掉人物内心对死亡的感受与认知。新时期小说家以在场的勇气远离历史的客观性而亲近着人类的心灵，虽然死亡是人们永远无法言说的感受，但他们自由地驰骋在想象的空间里，以自我的感悟和独特体验的方式介入到死亡叙事中，展现出死亡作为生命终结时那一瞬间的本体状态，倾听人物通向死亡途中的内心的真实话语，揭示人物面对死亡时微妙而复杂的心路历程。以直面死亡的勇气正视死亡本体的审丑之美，在向死而在的可能性中审视死亡的悲剧性，在"未知死、焉知生"的思辨中，他们既能够正确地对待生，又坦然地面对死，从而实现了精神的飞跃。新时期文学家以敢为人先的姿态向死而在，在死亡叙事上填补了死亡本体形态描写以及个人正死体验的空白，展现出死亡审美的别样多姿的风貌，从而在中国文学的长廊上留下浓墨重彩的一笔。

第七章 小说中恐怖元素的雅俗性

纵观整个文艺美学史我们会发现，美学的每一次重大发展大都是对某些新兴艺术现象思考的结果，新兴艺术现象往往是文艺美学发展的契机和推动力，促使文艺美学研究者对新兴现象进行思索，努力建构能解释这种新现象的新理论。近年来文艺创作欣赏领域掀起了一股以激起欣赏者恐惧、焦虑、恶心等负面情绪为首要诉求的恐怖艺术风潮。出版社卖恐怖小说，电台讲鬼故事，电视上播放恐怖剧，小说院里演恐怖元素，网上以"恐怖"为主题的网站更比比皆是，各种媒介中鬼影憧憧、怪物不断。有着不语"怪力乱神"的文化传统，受过"德先生"与"赛先生"的熏陶，具备无神论思想的中国民众怎么会在20世纪末、21世纪初喜欢起这类恐怖文艺作品来了呢？

第一节 小说中恐怖元素的文化通俗性

任何艺术形式，都有着审美的问题。文化的作用十分巨大，由于文化背景的不同，不同文化背景下的群体的审美自然也不同。如此，不同国家、不同地域的观众群体对于不同艺术形式的理解自然也就有了出入。小说作为艺术手段，其所体现的普世审美观也是最具有典型性的。小说中所体现的文化层次的审美背景，衬托出的也是大众心理的表达。作为小说中时常出现的元素，民俗、民族，风情万种。这就造成了观影感受的不同。不同人文关怀指示下的，是不同的理念和理解。似乎很多时候，审美虽有着千丝万缕的联系，却仍然有着的差别。共通性，时常受到限制和束缚。

恐怖元素讲究悬念，讲究幻想，讲究思维的发散。如果没有突然的变故，如果没有突来的袭击，恐怖元素的叙述将会受到阻碍。在这种情势陡转的突变下，戏剧矛盾的激发就得到了更多更好的解释。元素应该有悬而未决的矛盾，矛盾形成越快，问题越严重。或者把人物至于危险之中，或在他们之间制造一场感情纠纷，那么观众的兴味也就更浓。当然，这只是第一步，在如何吸引具有不同审美能力的观众那里，得到的仅仅是成功的开始。观众被吸引着观赏元素的最初动力,恰恰体现着恐怖元素制作的审美认同。这种对于惊悚和悬念的体会,造就了观众观赏的热情,这中间,当然也摆脱不了心理学层面的心理需求问题。然而,恐怖元素对于大众的吸引,还可以从美学方面进行更深入的探究,恐怖元素能给人以一种惊悚体验,能满足人们的某种心理调剂和释放需求,也许这就是恐怖元素最主要的审美效应。

这就如同东方玄学所体现的意境,即便对象是文化底蕴完全不同的西方观众,仍然能够得到文化共通性的理解和感知能力。这里以《午夜凶铃》为例,因为这部电影恐怖元素的影响力实在巨大。在西方观众那里,他们甚至搞不清楚这部影元素是日本的还是中国的,但是这其中又似乎有着一致的地方——东方审美的一致性规律。恐怖元素中的悬念层层展开,鬼魂的力量也得到了很好的抒发,元素的惊吓效果,并没有因为是东方的,而对西方观众的惊惧力有所减退。再如《咒怨》,深刻惊吓镜头的层面下,所体现的是只有日本人才懂得的文化背景,这点,作为同样位于东亚圈的中国人而言,也是十分稀奇和难懂的。轮回观念的不同,宗教理解的不同,却完全没有阻碍观影欣赏和习惯的不同。在恐怖元素中导演独具匠心的铺陈作用下,那种骇人的效果,透透彻彻地得到了全民一致的赞赏与称道。如果有人认为恐怖元素只讲究惊吓作用的突出,是一种不妥和不成功的表现,那么,恐怖元素追求什么才是妥当的呢?元素种的不同决定了它所背负的使命的不同。恐怖元素如果不恐怖,那它才是真正失败的。所以当《咒怨》在国际影坛出现的时候,西方导演疾呼,这是我看到的最恐怖的小说了。当然,这就是文化共通性的例证之一。

具体而言,恐怖元素中所体现出来的审美特性,与其造就的共通性,主要有这么几个方面。

其一,恐怖元素是一种与时俱进的小说类型,它需要按照不同年代、不同年龄、不同社会背景的划分,进行重组与重构。观看恐怖元素的影迷们,由于对恐怖元素的执着与着迷,必然会试图观看不同地域与国家的恐怖小说。在这样的情形下,审美体验节节攀升,造成了审美阈的不同。这里又需要再次引出审美阈这一概念。所谓审美阈,就是指"在一般心理意识活动中,审美的刺激必须达到一定的强度,持续一定的时段,才能打开接受者审美心理的'闸门',获得快乐、愉悦、惊惧或痛苦的感觉""当一个审美者在不同的阶段审美阈可能会发生变化。如果审美者经常欣赏刺激性很高的文学或影视作品,其审美阈可能会逐渐升高。"因此,过于频繁地欣赏恐怖文学的审美者会相应地提升审美阈,只有接受较强的刺激才会体会到恐怖感以及由此带来的美感。如此,可以看出，正是由于这一审美方面的基础性作用的一致性，导致着人类具有了这样的特点，那么，自然地，恐怖元素就拥有了基础的审美点，这就构成了恐怖元素是文化共通性的典型代表。

其二，恐怖元素中所体现出来的"丑怪美学"。丑怪美学"是一种将分裂、畸形、不对称、残破、古怪、粗陋、腐败、恶心、癫狂、丑陋、荒唐、可爱、滑稽、恐怖等的内容加以形式化的美学构成，它在美旁边，构成美的对立面，是美的肯定与否定、美的赞赏与嘲讽的混合体"。恐怖元素中的主角主要有这么几种形象：一种是鬼魂形象，一种是怪物形象，一种是精神变态者形象。从这些形象外部表征而言，鬼魂往往都是血淋淋的残缺不堪的身体，怪物都是变异的身体，而精神变态者都是异化的群体。如果从这些形象的内心世界来看，就显得更加残败不堪。鬼魂生前往往是受尽磨难与痛苦的心灵，怪物往往是被歧视、被异化的心理，而精神变态者往往是得不到关心与同情的可怜人。这些总体上被作为"他者"的主角，都有着丑陋、粗俗、破败、倒霉的特点，他们中甚至很多个体都是恶心、荒唐的，他们给大众审美上带来的是另一个极端，一个完全与美对立的阵营。但是，不能不说，人们自身确实有着这样那样的缺点和异处，恐怖元素中的诸多丑恶形象，只是将人们这些异化的特点，做了放大与突出，形成了一种令人厌恶的符号性特征。所以，从这一点上讲，丑怪美学的出现，带来的是另一种文化共通性的表达。《闪灵》中的杰克·托伦斯的变态心理，《罗斯玛丽的婴儿》中的群魔变异心理，《德州电锯杀人狂》中外表丑陋心理丑恶的杀人恶魔心理，以及《午夜凶铃》中贞子由于无父无母情节所带来的报复心理，《蔷花红莲》中精神分裂症的变态心理，《可怕的爸妈》中爱的缺失带来的变态心理，都是现实中存在着的个体心理，这种将人性中恶的一面放大的处理，缺点暴露的同时，带给人们心灵上的震撼，才是真正有血有肉的。正是人性中普遍存在的缺点，才能带来这种文化共通性的普遍意义。

其三，崇高美学带来的巨大作用。崇高美学观念的发展中，认为巨大、可怕的事物可引起崇高美感。恐怖元素中出现的异类形象，普遍具有超能力，强大、聪明，有着常人不具备的优势。无论是《沉默的羔羊》中的汉尼拔，还是《惊声尖叫》中的比利和斯图；无论是《金刚》中的金刚，还是《汉江怪物》中的怪物；无论是《大白鲨》中的鲨鱼，还是《狂蟒之灾》中的蟒蛇；无论是《午夜凶铃》中的贞子，还是《咒怨》中的伽椰子，它们都是有着超能力并且极具破坏力的危险个体。它们身上，不仅仅拥有着强大的超人能力，它们还拥有着聪明的大脑和坚毅的胆识，超越寻常人。这些恐怖元素中的主角，除了给人以惊悚恐惧的体验之外，另一方面，它们也给人以强大、壮美的审美体验。那么，这种壮美感，对观众心理层面的掩击效果是激烈的。很明显，从审美经验角度而言，恐怖元素中诸多恐怖角色的出现，都使得普通观众作为审美主体，感受到了心灵深刻的震撼，这种震撼效果带有庄严感和敬畏感，伴随着某种程度的恐惧和痛苦经历，主体将这种崇高美学发挥的淋漓尽致。

这些特点的突出表现，带给受众的审美认知是深入的、有价值的。这样的审美力具有说服作用，在解决不同文化背景下的观众认知问题上，恐怖元素具有的典型文化共通性是独一无二的。

第二节　小说中恐怖元素的雅俗性

雅与俗是一个相对的概念，它是随着人们文化认识的深入和发展而逐渐成为一种对立的术语的。何谓"雅"？"雅"的本义是一种鸟。许慎的《说文解字》中有这样的解释："象形，凡佳之属皆从佳，雅，楚乌也。这种鸟在秦地称之为雅。"近代的章炳麟在此基础上又作了进一步解释："雅"即"鸦"。古代同声，发"乌"音，"乌乌"是秦地的特殊声音。由于秦地为周朝王畿之地，雅声作为秦地之声就成为王畿之声，进而成为周朝时期区别于各种地方语言的标准语言，其地位和性质相当于今天的"普通话"与各种方言之间的关系。与"雅声"相关的还有"雅地"。梁启超认为"雅与夏字相通"，雅即夏，即中原之地；"雅音即夏音"，即中原之音。因为"雅"所具有的王畿之地的特征，才使得雅文化在中国文化的发展史中一直具有正统、高贵的特征。

一般说来，雅即正，有庄严、传统、典范之意。凡庄严、传统、典雅的东西就是雅的。而邪僻的东西又常是荒诞的、诡怪的、无可稽考的。我们以传统典籍中的例子加以说明。孔子的《论语·述而》中记载，"子所雅言，《诗》、《书》、执礼，皆雅言也。"《阳货》载，"子曰恶紫之夺朱也，恶郑声之乱雅乐也，恶利口之覆邦家者。"这里的"雅乐"与"郑声"是相对的。"郑声淫，放郑声。"如果说郑声是邪僻的、过度的，那么，雅乐则是典正的、合度的。孔子所说的"雅"无疑是典正、庄严之意。《毛诗序》中对"雅"也有如下记载："言天下之事，形四方之风，谓之雅。"郑玄为此作注"雅既以齐正为名，故云以为后世法。"以其为正，以其为化感四方之主导，这正是雅的本义，也是它的本质特征。后来，刘勰在《文心雕龙·体性》中对"典雅"也作了如下论述："典雅者，熔式经诰，方轨儒门者也。""雅与奇反。"通过以上梳理，我们可得知，雅即正，以传统的典籍为范本的文化便被称为"典正""典雅""雅正"。因此，我们可以说，雅即庄严、传统、典范。

与"雅"相对的就是俗。何谓"俗"？《释名》解释为："俗，欲也，俗人所欲也。"《说文解字》注："俗，习也，从人谷声。"对此，段玉裁作了进一步解释："习者，数飞也。引中之，凡相效谓之习。"《周礼·大宰》：礼俗以驭其民。注云：礼俗，婚姻丧纪，旧新行也。《大司徒》：以俗教安。注：俗为土地所习也。《曲礼》：入国而问俗。注：俗谓常所行与所恶也。《汉地理志》曰：凡民函五常之性，其刚柔缓急，音声不同，系水土之风气，故谓之风，好恶取舍，动静无常，随君上之情欲，谓之俗。

如果说雅具有庄严、传统、典范之特征，那么俗就有民间、广泛、习惯的特征了。因为俗的东西常常是平庸的东西，因此，俗又可引申为一般、众多、平庸之意。凡是一般的、众多的、平庸的就是俗的。同样，我们以传统典籍加以说明。《老子》二十章表示"我独异于人"，其原因在于"贵食母"，即得道、取之于道，而其具体表现则是"众人熙熙，如享太牢，如春登台。我独泊兮，其未兆，如婴儿之未孩，累累兮，若无所归。众人皆有余，而我独若遗。我愚人之心也哉，蚀饨兮俗人昭昭，我独昏昏。俗人察察，我独闷闷。澹兮，其若海，赌兮，若无止。众人皆有以，而我独顽似鄙。"这里俗人与我的不同行止情趣的表述已经明显表示出价值判断，即以俗为低，以我为高，否定低俗，肯定高雅。这样，雅就指称典雅的、端庄的、摆脱了低级趣味的、追求真理和正义的文化品位。而俗则指称邪僻的、诡谲的、平常、凡腐的文化品味。

雅俗两者虽然在含义上有别，但也并非水火不容。两者之间是一种辩证统一的关系。在一定条件下雅俗之间可以互相转化，雅的可以变成俗的，俗也可以转化成雅的，甚至出现你中有我，我中有你的局面。雅是与俗相对而言的，其基本精神在于它有独立的品格，因异于普通、异于一般、异于凡众而独具魅力。在雅俗的发展过程中，当雅因为其高雅的品格而成为人们趋之若鹜，争相仿效的对象时，雅就逐渐失去其独特风格而成为普遍风格，其高雅光亮的色彩也逐渐消失，代之以平庸、凡俗色彩，久而久之，终于演变成了俗。相反，当俗逐渐被人们重视与喜欢时，文人学者也争相对其打磨、浸染，久而久之，也具有了雅的品格。因此，鲁迅先生说："优良的人物，有时候是要靠别种人来比较，衬托的，例如上等与下等，好与坏，雅与俗，小气与大度之类。没有别人，即无以显出这一面之优，所谓'相反而实相成'者，就是这。"这就很好地道出了雅俗之间辩证统一的关系。

作为一个徘徊在雅俗之间的恐怖元素，它深入到雅、俗两大子文学系统中，打破两者内在的对立，寻求两者之间的结合，并最终实现了两者的大融合，这对于指导作家创作推动文学发展都有重要意义。"雅"与"俗"既是深藏在中国人特别是中国知识分子心底的最为稳定的价值尺度和审美标准，又是影响着中国文化进程和文学发展走向的两个重要的文学观念。恐怖元素的演进与中国文化和中国文学的发展是同步的。一部文学史是一部雅俗对立与融合的文学史，一部小说史是一部雅俗争宠的小说史。而雅俗争破樊篱突破对立之时即是文学繁荣与收获之时。雅俗观念的演变与发展推动了文学形态的发展。恐怖元素应该基于生命体验的内在要求，在内容和形式上消解雅俗之间的区域，从中演绎出最能充分表现生命中丰富性和神秘性的形态。恰当的雅俗恐怖元素应当是雅之有度，俗而不媚。

然而，任何事物都有个限度，超过了这一限度就会走向事物的反面。文学也是这样。文学太"雅"势必会束之高阁，难以和读者产生共鸣，久而久之就会失去它应有的地位和作用。朱自清先生曾指出过："正统的作品若是一味正经，只顾人民性，不管文艺性，死板板的长面孔叫人亲近不得，恐怕读者更会躲向那些刊物里去。"可见，文学的"雅"也要把握好"度"，要做到雅之有度，雅得亲和。而徐訏似乎是深谙这一点的，他在《谈艺术与娱乐》中说："世上有一种艺术的确不令大众欣赏而为少数人欣赏的，但这绝不是伟大的作品……伟大的艺术一定是可以为大众所接受的。"为了要做好这一"度"，徐訏主张"文艺创作不仅为发泄作者心灵的冲动，更希望能博得读者的接受和共鸣。"而要让读者产生共鸣就不能不考虑读者的兴趣。他尤其反对不考虑读者的欣赏水平而故弄玄虚的"雅"。他的《从文艺的表达与传达谈起——谨献给台湾文艺作家与诗人们》一文就是为批评台湾一批不考虑读者欣赏水平而一味追求"雅"的现代诗人而作的："我们不要忘记，苏格拉底是在街头讲他高深的哲理的，耶稣是在凡夫俗子贩夫走卒间传道的，释迦牟尼是在穷乡僻巷里说法的，我们是什么人？才学了写几句诗就以为读者们不配了解我们的诗了！"他认为读者看不懂，这在诗人是"可耻的事情"，诗人有责任去反省自己"传达的技艺之低劣"，争取创作出更多读者看得懂的作品。由此我们可以看到，徐訏的"雅"是建立在读者审美趣味上的"雅"，而不是故作高深的"雅"，他的"雅"是"大众接近了它会爱它"的"雅"。

在恐怖元素的雅俗共存的作品中，主要表现为以下几点。

第一，以真实可信的细节掩盖整体情节的非真性。恐怖小说的局部细节大都遵循写实法则，取自真实生活并以现实的样态呈现出来，把怪诞的情节建筑在逼真可感的细节之上。聪明的恐怖小说家设置恐怖事物时不会去写青面獠牙、血盆大口，因这种怪相只能使人感到滑稽或恶心，却不能"接近事实"而令人震惊。连细节都一并失真了，情节就会荒诞化或者土崩瓦解。

第二，真假参半。在题材中既使用子虚乌有的想象材料，也采撷确凿无疑的现实材料，常态生活与诡逸事件交织于一体，造成似真似幻的效果。

第三，拉近时空距离。让神秘事件发生于当下时空，造成一种强烈的现实感，使读者恍惚的故事就发生在身边，甚至眼前。

第四，聚焦视点。由于这种视点是以"我"的口吻讲述亲历或亲闻的故事，故事便具有了直视性，从而自然带上一种可信性或真实感。

雅俗不是对其作品加以褒贬的问题，而是揭示其创作的文化归属问题，是作者的一种创作境界和文化认同与归属。事实上，雅俗兼容的恐怖元素已经成为当今中外文学发展的一个定势。只雅不俗，难以获得更多更广泛的读者群，只俗不雅，难以登上更高层次的审美殿堂。而大雅即是大俗，大俗即是大雅。雅俗寻求辩证发展，融会贯通正是当今文学发展的趋势所在。恐怖元素的雅俗文学观拆除了"雅""俗"对峙的樊篱，实现了雅俗的真正融合。其雅俗观适应了我们民族的审美文化，迎合了民族的审美心理并在广大读者心灵深处达成了审美契合。

第八章　小说中恐怖元素对读者的塑造功能

恐怖虽然是令人毛骨悚然的一种心理和生理的反应，却可以转化成欣赏或享受的对象，并在其过程中获得某种快感。当然，这需要条件，比如，就主体而言，他是渴望摆脱平庸安逸的主动的消闲行为；对于客体而言，它应是有刺激而无真正的危险或危险性不大，具有相当的虚拟性。从古罗马的围观角斗士残杀，到观看西班牙的斗牛比赛；从各种的冒险体育项目如跳伞、蹦极，到儿童的蒙着眼睛捉迷藏，都反映了人类戏弄恐怖、游戏恐怖的复杂天性。

现实生活中的恐怖刺激，有很大的局限性，它往往成本较高，其体验一般是一次性，不可重复的；或者是单项或单调的，不可能多项而复杂，而且现实中的恐怖体验毕竟也不是所有的人都可以获得。

在文艺形式中欣赏恐怖，却为古往今来的大多数人所接受。在文艺作品中欣赏恐怖，人们并不是直接面对恐怖的现实，而是在一种虚拟的场景中体验恐怖的存在。因为虚幻，所以它是安全的。人们隔岸观火，可以洞悉其历程，体验他人之忧惧恐怖，既无性命之虞，也无不道德之嫌。文艺作品可以提供生活中各种恐怖的形式。它丰富多彩，生活中有多少恐怖的形式，文艺作品中就有多少恐怖的内容，甚至现实生活中没有的，文艺作品中也可以凭借想象来虚拟，进行超前而虚幻的体验，科幻作品中呈现的恐怖就是这样。它还可以重复，让人一遍一遍反复咀嚼体验。尤其是文艺作品中的恐怖，可以成为审美的一种形式，一种范畴，使人们在强烈的刺激中，使长期的郁闷得到一种释放，使积年的紧张得到一种放松，使甜腻的平淡由于震撼和狂暴得到一种调剂。总之，欣赏恐怖作品有时也有一种快感的获得，这种快感是通过恐惧、紧张、刺激与审美形式的综合来完成的。

第一节 道德观念

一、恐怖与人的无意识层面

弗洛伊德发现了人在社会中的普遍压抑,当个体的人在社会文化层面上生存时,必须把个人早期的性欲望加以克服和压抑,体现这种被压抑的欲望的事物被感受为令人恐怖和神秘的东西。这种恐怖感既是压抑的结果也是压抑的动力。精神分析学家从人的无意识层面寻找恐怖情感的原因,弗洛伊德这篇论文中的压抑、重复等概念成为分析恐怖艺术的法器。他们把文艺作品同梦相关联来分析,由于小说这种特殊的媒介,其接受场合是一个封闭的、黑暗的小说院空间,这一空间类似于我们做梦的黑夜环境,许多精神分析学家直接把小说当作梦来分析,而恐怖小说被当作是人类的噩梦世界,恐怖小说的非常重要的部分——令人恐怖的怪物形象被认为同人的无意识世界的被压抑的欲望有某种象征性的联系。厄内斯特·琼斯在《论噩梦》中分析了德拉库拉的吸血行为,把它看成是婴儿口腔期性欲望的隐喻。他既受到女性的吸引又攻击女性,是个停留在性欲口腔期的女性诱骗者和女性攻击者。他们为了建构自己的理论,而只看到了这种人的早期欲望的压抑是非常局限的。

人类的文明导致人类早期的欲望的普遍压抑是文明要付出的必需代价,一个人从出生到融入社会必需要把自己的动物性的早期欲望、剩余精力压抑到个体的无意识层——本我层,完成本能欲望的卑贱化。这一过程,就像那奥德赛海妖的神话向我们揭示的,那美妙的声音、动人的诱惑者的姿态使航海者情难自禁,但只要靠过去,便是毁灭的结局。原始欲望的极力张扬是激发人们无限的恐惧、恶心的方法。如《驱魔人》中瑞格的自渎。这一场景威胁着生活在自我、超我层面上的大多数人们,让他们感到无限恐怖。根据萨德的小说改编的《所多玛120天》,四个代表在一个孤独的城堡里,穷尽各种办法:虐待、同性恋、杀人、自杀等等,来追求性欲的最大满足,这种不加压抑的性欲的追求,令全世界的人们都为之恶心与恐惧。这部影片激发的恐怖感的普遍意义,来源于对无意识层面的不加规范的性欲的揭示。

荣格则把这种压抑同人类整体联系起来,发明了集体无意识概念,随着人的大脑的不断进化,长远的社会经验在大脑的生理结构中留下痕迹,形成了无意识的原型，这些原型不断的遗传，形成了集体的无意识，虽然这一理论带有神秘主义色彩，例是具有重要的人类学意义。从人类学角度来看，人类的情感反应并非从一开始就像现在一样复杂，而是随着社会文化的发展慢慢演变成今天的状态，现实中的恐怖感除了来自于当代社会的特殊的文化氛围之外，还有很多激发恐怖感的事物、情境是比较稳定的，如蛇、蝙蝠、黑暗、密闭的空间经常会出现流浪者、疯子等等。有许多恐怖小说直接以弗洛伊德的理论为指导，自我、本我、超我的人格结构理论已经成为恐怖元素制作者的必读科学指南，在这一理论指导下的恐怖变成了弗洛伊德理论的文化阐释者。因而，虽然不能用单独的精神分析理论来架构恐怖元素，但是，离开了精神分析，我们便无法对许多直接建立在精神分析上的恐怖元素做出恰当的解释。

二、恐怖与社会规范

恐怖感不但来源于无意识层面，它更同具体的社会规范息息相关，对社会规范的破坏也是人们的恐怖感的源泉。不同的社会规范造成了恐怖感的不同来源。比如在西方社会的中世纪，女巫被当作人们恐惧情感的根源，这种恐惧情感使宗教裁判所做出了火烧女巫的决定。

克里斯蒂瓦在《恐怖的权力：论卑贱》中讨论了卑贱的概念。她认为，卑贱这一概念同弗洛伊德的神秘和令人恐怖的概念相似，也包括两个层面：一个层面是关于身体的清洁、排泄和生物过程的仪式；另外一个层面是通过宗教仪式或禁忌，如食人。对不是自我的身体的那一部分的卑贱化就使得自我的界限得以确立。这两种卑贱都会使人对卑贱之物产生恶心和恐惧的情感，如果说第一个层面发生在肉体生存的层面，那么第二个层面则是发生在社会认同的层面。芭芭拉·克雷德吸收了克里斯蒂瓦的卑贱概念。她主要运用克里斯蒂瓦所说的第二种含义来分析恐怖艺术。她指出卑贱同宗教文化的界限有关，甚至与文化的制度和法律有关。这一理论和卡罗尔的对怪物的界限的规定有类似之处。卡罗尔·克卢沃也运用了这一概念，认为自我不是身体和自我的统一，而是肉体的瓦解与精神的占有。

卑贱这一概念表明了人们在社会认同中的艰苦的情感斗争：人们必须使不合社会规范的行为、物体、身份成为卑贱的也就是成为禁忌的、肮脏的、不道德的，完成"清洁/肮脏、禁忌/原罪、道德/不道德"的两分法，从而使自我的身份得以确立，在这一过程中，打破社会规范的界限的东西就成为恐怖的、令人恶心的、畸形的。人们在社会认同中把违反社会认同的行为、事物看作是卑贱的行为、事物的过程可以称为是卑贱化的过程。

在社会认同中,最为基本的认同就是性别认同。性别指的是与一个人的性有联系的所有的一切,包括角色、行为、喜好以及在特定的文化中被定义为男性或女性的其他属性。性别认同从出生就开始,是个体自我在社会生活中的最为基本的部分。性是以男女之间由遗传决定的在解剖上和生理上的差异为基础而定义的生物学术语。在世界的大部分地方主要有两种性别,以此为基础建立了异性爱的方式和生活模式,其他的性别可能性如雌雄同体、同性爱的方式和生活模式等则被看作违背这种规范的,这些都是产生恐怖情感的来源。随着20世纪90年代女性的觉醒,女性逐渐变为一种威胁人们已有的性别认同的东西。虽然最近几十年来社会科学工作者早已开始呼唤文化的多元化,这些少数者的团体也为改变社会的刻板印象,争取他们的权利做出了很多工作,但是,在主要以两性为划分模式形成的社会文化中,大多数人对这种现象是不理解的。社会对不符合贤妻良母传统社会规范的女人称为女强人,这一词中有强烈的对女强人混淆性别的表达:女强人是不像女人的人、是像男人的女人。既是女人又是男人,这是使人觉得不适的一种形象。在恐怖小说里,混淆男女性别的形象是激发恐怖感的方式之一,《倩女幽魂》中有一个千年树妖,它那妩媚的神态、粗犷的肉体、忽粗忽细的嗓音,正是既是男人、又是女人的恐怖怪物,是觉醒的女性形象也是制造恐怖的一个根源,其典型代表是《魔女凯莉》(1976),这是一个意识到自己的非凡能力的女性向社会复仇的故事,凯丽慢慢发现自己的超能力,在一次受到侮辱之后,她烧死了所有见证她被侮辱的人们,使代表着家庭规范、社会规范的母亲的心脏停止了跳动。因此在恐怖艺术中的颠覆传统性别认同的形象是读者恐怖情感的一个重要来源。

不同于基于男女生理性别基础上建立起来的异性爱的行为和生活方式,同性恋者更是受到社会认同的卑贱化。台湾的一个著名的访谈性节目曾就同性恋问题作过访谈。在谈到对同性恋现象的认知时,他们通常都会用诸如肮脏、恶心之类的带有强烈情感特征的词来描绘,来使这种行为、生活模式卑贱化,并且,主流社会还有一个使之卑贱化的重要武器:他们把同性恋者同人类20世纪最恐怖的传染病——艾滋病捆绑在一起,似乎把他们看成是肮脏的一群有着非常浅显的科学的根据。如西方著名的吸血鬼形象,就是颠覆异性爱的行为和生活方式的代表,吸血鬼无需异性繁殖、男人与女人都是"他/她"勾引、伤害的对象。在恐怖片《弗兰肯斯坦的新娘》(1935)中,普特瑞斯博士把亨利·弗兰肯斯坦从新婚的床上引诱下来,他许诺自己有一种更加进步完善的生育方式,这一明显的同性恋的暗示成为人类感到极度恐惧的东西。《沉默的羔羊》中野牛比尔的形象被感受为恐怖的，不仅仅是由于"他/她"杀害妇女的暴力行为，更为直接的是当"他/她"穿上自己缝制的人皮女性外衣从而变身为女人的场景，使有着主流的异性爱认同的大部分观众恶心、反胃，恐怖到了极点。这种自动的卑贱化很大一部分源于野牛比尔的性别认同对大部分观众的性别认同的威胁。

法律制度乃是人们生存于某个社会中安全的保障，体现人与人之间的社会契约和规范的最基本要求。社会认同的过程在更高的层面上是认同法律制度保障的社会契约的过程，当出现了违反这些契约的行为、事物时，人们的社会认同也会自觉的使之卑贱化，把这种行为、事物看成对是对安全的威胁。暴力恐怖是对我们法律制度的最大威胁，在一个社会之中，暴力是国家机器维持运转的合法的手段，唯有在维护包括法律在内的国家机器的时候，这一手段才是合法的，在此之外，暴力就是对法律制度所代表的社会契约的解构。因此，故意违反法律制度的杀人犯、不能完成这一层次的社会认同的精神疾病患者，都是被卑贱化的形象。这生活于法律制度之外的两种卑贱之物，一种该送往监狱，一种该送往精神病院。恐怖艺术的重要的建构恐怖的手段，就是给接受者展现这两种人的行为，让人们从情感上反映出法律制度所保障的社会契约所受到的威胁。于是小说中就出现了《亨利：一个连环杀手的肖像》中的喜欢杀人的亨利，《美国狂魔》中乐于吃女性的粉色手指头的上层社会人士哈特里克，《沉默的羔羊》中的喜欢吃人的内脏的汉尼拔，他们并非不知晓法律（汉尼拔就是联邦调查局的顾问医生），但是他们却不受法律的约束；《精神病患者》中的诺曼，《漂移凶间》中的毛志坚，这些精神病患者无力完成对法律规定的社会规范、契约的认同。这两种被卑贱化的人物及其行为模式激发人们的恐怖之感，如果说对社会性别认同的威胁激发我们强烈的恶心之感的话，在法律制度规范层面对社会认同的威胁激发的却是一种惊惧，对我们所处社会的社会契约的脆弱性的恐慌。

对种族、国家的认同使我们卑贱化对这一层面的认同产生威胁的其他种族和国家制度。因此，在以白人为主的美国社会中，其他有色人种就是被卑贱的对象，美国之外的国家制度总是存在对美国人的威胁。因此，在恐怖小说中，怪物的形象总是带有各种各样怪异的色彩，吸血僵尸是灰白，异形是漆黑，恶魔附身的瑞格是惨绿，这些本是中性的色彩被感受为脏的、恶心的、恐怖的。威胁资本主义制度的社会主义制度、共产主义制度也处于被美国人的社会认同卑贱化的地位。在当代社会中，政治的恐怖主义者正是使用暴力手段来进行破坏对手的社会体系。比如"911"事件，它造成的不仅是两栋大楼的破坏，也造成了对整个美国的身份的破坏，这一事件激发的美国人的恐怖情感改变了他们、甚至世界各国民众、政治集团的思考方式。为此，美国还发动了一场战争。20世纪50年代随着世界范围内社会主义制度、共产主义制度的建立，美国开始了红色恐慌，这种威胁国家体制的东西总是被描述为外太空的东西对人类的思想加以控制和奴役，激起人们的恐怖感。如《身体诱拐者的入侵》这部影片讲述了在加利福尼亚的一个小镇上，扁豆荚能够使人类变成没有任何独立意识的行尸走肉；《来自火星的入侵者》这部影片诉说的是一个男孩的噩梦，在该片中，一个飞碟在他家附近着陆，火星生物在城镇的地下挖了一条隧道，然后把人拖进地下，并在其脑中植入芯片，镇上的人都成了火星生物的奴隶。这些能够控制整个社会的外来势力激发的恐怖情感正是由于这个故事所传达的对国家认同的威胁所致。

三、恐怖与科技理性规范

史蒂芬·吉·施纳德挖掘了弗洛伊德神秘与恐怖的东西的原因的另一个版本：被超越的而不是被压抑的东西也是神秘和令人恐怖的东西的根源：如被超越的思想万能论、有害的能量、死者的回归等。这些保存在一些"原始"的文化和儿童身上的信仰与其说是被压抑，不如说是被证明有问题。而这些信仰却没有完全消失，他用这一内容来批判卡罗尔和伍德对压抑的回归的依赖。认为恐怖小说同人们的一些被超越了的信仰有关。这种说法是有一定道理的。托多罗夫在对幻想小说作界定时所用的犹豫概念正好可以替这种说法提供结构上的说明这种恐惧的起因在于人们生存于具体的社会中，具体的社会总会有一定的科技理性知识规范，当我们所认同的这种科技理性知识模式受到打击，我们无法保持这种知识模式的时候，恐怖的情感就会被激发，对科技理性规范的破坏包括很多方面，主要可以分为四种模式。从时间上来划分有两种：其一，来自于我们的历史；其二，来自于我们的未来。从空间上来划分：其一，来自于我们的自然界；其二，来自于我们人类自身。在具体的社会中生存的我们都有一套科技理性知识体系，这套科技理性知识体系是对以前的知识体系的超越，又不可避免地带有时代的局限性，自然界和人类自身存在着许多具体的科技理性知识体系无法解释的现象，当恐怖文本向接受者呈现超出这套科技理性知识体系的情境的时候，人们就会恐惧、焦虑。弗洛伊德在其《论神秘和令人恐怖的东西》中认为，当某种情境重复在人们面前出现时，这种情境就会被感受为是神秘和令人恐怖的，他认为这是由于这种场景同人们克服和压抑在无意识层面的本能欲望的联系，这种论点无疑太过狭隘，某个具体的场景可能会同我们的压抑在无意识层面的本能欲望有关，但是更为普遍的原因是，人们在看恐怖小说或其他媒介中的恐怖艺术时总是试图运用理性思维去把握、处理恐怖小说、其他媒介中的恐怖艺术的信息，而这种重复，这种循环，对于人们的线性逻辑来说，是一种天然的威胁。托多罗夫从幻想小说的结构分析中得出的犹豫概念，也正是因为这种结构威胁到了人们的因果相扣的思维方式。

  因而，人们已经弃之不用了的思维方式、信仰，及未曾有过的思维方式，或者自身的科技理性规范自相矛盾之处，都是恐怖感的来源。来自于人们的历史的思维方式、信仰，如不死，这种思维方式可能在儿童那里还保存着，当慢慢长大，接受了在科技理性知识规范的时候，我们不相信人类的灵魂可以脱离肉体而存在，可是，当某种科技理性知识规范失效的场景被恐怖艺术呈现在我们面前的时候，我们就会害怕、恐惧。当在斯皮尔伯格的镜头之下，那只鲨鱼似乎成为一个同人一样有着非常高的智商、有着足以伤害人类的本领的时候，当《群鸟》中那群攻击整个小城的居民的鸟类好像专门以人类为敌的时候，我们关于自然生物的严格等级划分就会受到威胁。人到底是不是万物之灵？我们的科技理性知识规范往往成为自身的敌人，比如机器，这种东西是人类制造的，似这种人类大脑的延伸不受控制，就会反过来控制我们自己，那些各种各样的混合了机器特色的有生命的对人类有威胁的怪物，使人们的科技理性规范从内部遭到严重破坏。《异形》《异种》中的怪物混合了昆虫和机器的特征，以其超出人类进化几百倍几千倍的速度进化、繁殖，毁坏人类的生存。关于人类自身，对科技理性规范下生存的人们来讲，就是一团碳水化合物，行动受限于大脑和四肢，人们不相信人的能力可以脱离肉体，也是《魔女凯丽》向我们展示了超能力的可怕状态。

  这种对科技理性规范的破坏激起的恐怖需要首先建立科技理性的规范，当人们的思维保持在原始思维的基础上，认为神灵无处不在，动物比人具有更多智慧，存在人头蛇身、人头羊身、人头树身之类的东西的话，恐怖艺术就成为现实主义读本了，那也就无所谓鲨鱼具有比人高的智慧引起的恐惧问题了——它是自然而然的事物，遭遇鲨鱼的攻击可能被理解为触犯了某个神灵，是正常的事情，当然这也会让人恐惧，但这种恐惧就不会是对科技理性破坏的恐惧，而是对神灵的力量、以及自己做错了事情而遭到神灵惩罚的恐惧。人们持有这种观念的时候可能就不会与鲨鱼奋力搏斗了,而是等待神灵的惩罚,或躲避神灵的惩罚。像俄狄浦斯一样,在犯了错之后,主动刺瞎自己的双眼。正如柯林·威尔逊所言:"只有在牛顿使人们确信宇宙不过是一座巨大的钟表发条装置之后的几个世纪,才可能出现《僧人》这样的作品。"

在探讨的过程当中,大家已经发现,有时关于一部小说的例证会出现在不同的地方。这是因为,人这种生物,他并不只在一个层面上展开自己的生命过程,这不同层面的生命同时存在,由此形成对某种行为和事物的复杂情感,具体的人在具体的社会当中的生存、认同总是受到具体的文化、环境的限制,从而呈现出不同的样态。因此,人们对于恐怖情感的道德意识也就存在着历时上和共时上的种种区别。

第二节 意识形态

恐怖是恐怖小说要在接受主体身上激起的情感,恐怖情感与意识形态的问题从属于一个更大的问题:文艺与意识形态的关系问题。意识形态一直是我国艺术哲学中的一个重要概念,国内理论家对这一问题做过非常多的探讨。其中不能绕过的著作当属谭好哲先生的专著——《文艺与意识形态》,这本著作对文艺与意识形态关系的各个方面进行了极富张力的论述,对意识形态与唯物史观、文艺本性、文艺认识、文化视角、文艺本体、创作规律、审美向度、中国现代文论等的关系问题一一进行了考察。谭好哲先生通过分析马克思主义的意识形态概念,吸收了第二国际马克思主义者拉布里奥拉、普列汉诺夫、布哈林等人把"社会心理"概念引入意识形态的做法,从而把文艺解释为是以想象力和情感作为驱动力,以形象为基本特征的审美的意识形态。他认为"情感是艺术创作的主要心理动力,也是艺术接受的必然伴生物,在这一意义上可以说没有情感也就没有艺术。艺术创作中对生活现象的认识和感受、思考和概括,主体的需要和目的、倾向和理想,都是通过审美情感的渗透力灌注于形式化了的艺术形象之中的。"这里他充分肯定了情感在艺术创作过程中的驱动力作用,注意到情感是艺术接受的必然伴生物。遗憾的是,基于理论的架构,他没有继续对情感在艺术接受阶段的作用做进一步的说明。

在这里,我们对他的理论用情绪心理学的观点作一点补充。根据当代情绪心理学的观点,情感本身在认知行为的过程中具有动力的作用。进入社会化进程的情感往往既是认知的结果,又能组织认知并促使主体行动。马克思认为意识形态是统治阶级的思想，根据社会的现实需要，这一界定需要扩展，我们认为意识形态是有着共同利益的阶级、集团的思想。在阶级社会，统治阶级往往为了所属阶级的利益而自觉不自觉地把自己阶级的意识形态看成是所有阶级所共有的，因而具有一定的欺骗性和虚假性。在当代社会，在现代性与后现代性并存的社会中，文化的多元化、差异性的进程日益明显，使我们很难再去区分某个统治阶级的利益，但是却能够去区分一些具有某些共同利益的集团或团体的思想。这是人们在社会中文化认同的普遍性与差异性所导致的。在认同的不同层面，对某一社会团体的共同认同会使这些人们形成对待某些事物、行为的大致相似的观点和思想。这些观点和思想，就是这里所说的意识形态。社会化的情感正是建立在某种意识形态上对具体关系情境的认知的结果，它又能组织主体的认知，并促使主体的行动。因此，从对意识形态的反映及其认知、组织行动的能力三方面来说，这种社会化了的情感本身就具有普遍的意识形态的内涵和功能。

谭好哲先生在《文艺与意识形态》中引用了马克思关于"愤怒"的一段话，来说明社会科学同文学艺术不同的把握现实的方式：

……道义上的愤怒，无论多么入情入理，经济科学总不能把它看作证据，而只能看作象征。相反，经济科学的任务在于证明现在开始显示出来的社会弊病是现存生产方式的必然结果，同时也是这一生产方式快要瓦解的标志，并且在正在瓦解的经济运动形式内部发现未来的、能够消除这些弊病的、新的生产组织和交换组织的因素。愤怒出诗人，愤怒在描写这些弊病或者在抨击那些替统治阶级否认或美化这些弊病的和谐派的时候，是完全恰当的，可是愤怒一用到上面这种场合，它所能证明的东西是多么少，这从下面的事实中就可以清楚地看到：到现在为止的全部历史中的每一个时代，都能为这种愤怒找到足够的资料。

这一段话，不但说明了社会科学同文学艺术不同的把握现实的方式，而且说明了把握的现实的不同。愤怒既是诗人把握现实的原因，又是诗人把握现实的内容。诗人对愤怒的把握不是去证明什么，而是去影响什么，诗人通过激发欣赏者的愤怒而去影响他的认知，使欣赏者从情感上对这种状况不满，从而驱使他去对这种弊病进行社会科学式的认知，甚至对这种情境做出改变。

要激发、唤醒观众的恐怖情感，恐怖小说的创作者必须为观众呈现类似现实情境、关系的影像声响等引发接受者的恐怖情感，虽然不总是成功。创作者所代表的意识形态就被缝合在了恐怖小说文本里，体现在恐怖小说文本要激发的社会化的恐怖情感上面，如果恐怖小说按创作者的设计路径成功地激发了欣赏者的恐怖情感，就使得欣赏者接受了创作者所代表的意识形态，或者本身就认同这种意识形态。在美国好莱坞小说中，恐怖小说作为大众文化的一种类型，高票房是其终极追求，因此在恐怖小说的制作中尽量使自己同主流意识形态（大多数人所持有的意识形态）相合，制作出能产生最广泛的恐怖效果的恐怖小说。一旦没有把好主流意识形态的命脉，票房就会惨遭滑铁卢。根据主流意识形态建构起来的恐怖艺术，要运用主流意识形态的人们感受到恐怖情感的类似情境和关系去引发恐怖。

另一个著名的案例是中国恐怖艺术史上的一部紧紧抓住了主流意识形态的命脉的影片，即马徐维邦1937年编导的《夜半歌声》。这部小说李道新曾经详细的分析过，他认为这部片子"是一部以恐怖片的影音元素、叙事结构和导演手法传递反帝、反封建的前进意识及关注时代、探询人性的优秀作品"。当时的影评说这部小说："那简直是志士与黑暗奋斗与封建肉搏的记功碑，每个人都了解他的意识，是吾国影片空前绝后的建构。"这部恐怖小说还在两年之后出了续集，可见当时是非常受欢迎的。

好莱坞小说出于商业本性，对主流意识形态规则的遵守，使得欣赏者通过恐怖情感的感受加深了对主流意识形态的认同，从而在对现实的认知中运用这些规则，把觉醒的女性看成像凯丽一样的魔鬼，把儿童看成是有邪恶成分的怪物，把入侵西方社会的假想敌苏联、中国看成类似魔鬼的东西，从而某种程度上维护了主流的意识形态顺利运行。某些研究者认为恐怖元素是保守主义的，如果指的是好莱坞商业小说维护主流意识形态的话，这种说法就是正确的。以维护主流意识形态为手段的做法可以通过好莱坞小说的重复看得出来：好莱坞小说总是喜欢以此前的受欢迎的文学作品作为蓝本、总是喜欢翻拍以前票房成功的小说作品。但是，由于各个时期、各个地区人们的意识形态状况并不相同，因此这种拥抱也有阴沟里翻船的时候，比如《德拉古拉》的翻拍版《惊情四百年》、日本恐怖小说《哥斯拉》的美国版就是一些反响平平、不太成功的翻拍片。

我们知道，恐怖作为社会化的情感，很大一部分是习得的结果，因此，对某种情境的事物和关系的感知同恐怖情感的联系并不是必然的。恐怖艺术通过其特殊的文字表达效果引发恐怖情感，使人们学习到如何把某种情境感受为是恐怖的，从而传播了恐怖元素自觉或不自觉带有的意识形态内涵。这一点对恐怖小说的接受者来说尤其如此，就像鲍德里亚尔所论述的，在当令的社会，人们同社会、世界的交流很大一部分是来自电视、小说、网络。因而这些媒体所传播的意识形态会对人们造成潜移默化的作用。而且恐怖小说很重要的一部分观众是青少年，此时他们可能正处于艰苦的社会认同时期，他们的社会认同还没有非常稳固。因此更容易受到这些媒体的意识形态的影响。《发条橙》这部影片就给人们呈现了这样的一种情境：暴力的使用者被捕入狱后，为了纠正他的这种暴力行为，科学家们通过药物和观看暴力镜头的方式，把暴力场景同恶心情感反应相连接。此后主人公被释放，当他在受到别人的暴力伤害时，他已经没有能力来用暴力保护自己了，因为，只要一想到运用暴力，立刻就会恶心得天翻地覆，从而失去暴力行动的能力。

因此，恐怖元素由于首要的诉求是激发观众的恐怖情感，而这种情感的激发又同善恶、好坏、道德非道德、正常非正常的区分密切相关，从而有着传播意识形态，影响观众的意识形态的功能。

恐怖元素对主流意识形态的强化和传播能力是不能被忽视的，有些学者把恐怖艺术看成是对现实的安慰或现实的逃避。保罗·纽曼认为："恐怖艺术就是骇人的假发、白骨以及关于虚幻世界的血淋淋的文学作品，都具有社会意义。它们为人类转移自己的注意力提供了微小、虚幻的焦虑和紧张气氛：这样人类就可以从更大的、严重危及生命的焦虑中解脱，如战争、疾病、饥荒、压迫、死亡以及丧失亲人。实际上，恐怖艺术就是一种安慰剂，一种通便的卡通片。"莱斯利·菲德勒说："我们的小说，不仅仅是一种从真实生活的物质现实中的逃离……令人困惑与难堪的是，我们的小说是一种哥特式的小说，非现实、消极、施虐式而且耸人听闻——是一种充斥黑暗色彩和奇异内容的文学……一种充斥男孩子想看的恐怖内容的文学。"这两种观点都把恐怖艺术激发恐怖情感看成对现实恐怖的消极反应，这显然是片面的，其实它不但是反映现实的恐怖，而且还强化和传播意识形态，影响人们的认知。

第三节　移情与审美

读者说一部小说"好看"，除了故事情节引人入胜外，还有画面的视觉美感。这一点对于恐怖元素毫不例外，没有人愿意睁着眼欣赏不间断的血腥画面。恐怖文学如果能在恐怖的基础上注重一点视觉美感的表现，相信小说带给读者的必将是异样的美丽恐怖，定会令读者耳目一新。一部制作精良的恐怖作品绝不会忽视小说的视觉元素的设计，它包括构图、色彩、光影、摄影运动、场面调度等。这就要求艺术家在进行视觉元素设计时,充分考虑到读者的接受心理,如注意到构图的传统规律与视觉创新的关系;色彩处理的单调与丰富和谐的关系,激发和释放读者视觉情绪等问题,这些问题的安排必须统一于一个原则,那就是符合读者愉悦的规律,使作品赏心悦目,易于接受。

任何一部作品,都要尽可能做到好看,赏心悦目的小说带给读者的是更高层次的审美感受。恐怖作品更要重视这一点,尽可能减少对血腥场景的正面描写,因为这些画面有悖于我们的审美心理。希区柯克在《精神病患者》里就处理的非常好,浴室杀人一场戏为了避免血腥,画面故意处理成黑白色,当然如果恐怖元素能有意识地融入美感效果就更好了。《第六感》就是这样一部作品,小说不以制造恐惧为单一目的,元素中设置了许多能产生视觉美感的画面,多使用联想性的视听语言发人深思,富有特定意义的事物、细节往往构成想象的支点,通过富有美感的视觉画面传递出内心的情感。例如:"秋天秋叶"作为情感符号在小说中起到了映衬、铺垫和推动的作用。落叶枯黄充满诗情画意却分外凄清冰冷,此情此景与角色的心理有机结合在一起,具有优美感。校园里,同学们成群结队涌进教室里去,只留下弱小的科尔一人独立寒秋,那渺小的身影显得异常孤独。小说里秋天那枯黄的落叶在他周围随风飞舞、旋转,借此充分展现了角色孤独沉闷的内心世界,画面呈现的美感与读者的观影心理形成一种适度的张力,促使读者充分关注忧虑其未补的命运。"秋叶"第二次出现是在医生看见妻子和其他男子非常亲密时,伤心离去。画面两边是萧瑟的枯叶飘飞,画面主体是医生孤独的身影,形象地衬托了他内心的痛楚和伤感。情感的发展变化推动了下面故事情节的逆转,合情合理。像这样在画面设计上注重美感的恐怖元素,在今天并不多见。所以给人们留下了难以忘却的印象。

《小岛惊魂》也是这样,故事发生在中世纪的一幢古宅中,四周是小树林,空气中迷漫着浓浓的大雾。室内的家居装饰典雅而精致,导演利用孩子对光线的敏感屏弃一切自然环境光,而单纯用室内烛火灯光来实现光影的结合,衬托将会发生的恐怖情节,使其有一个美丽的载体。暗红的烛光映射着红色的地板,红色的家具,反射出来照在演员的脸上同样是红色的光影,给读者异常温馨非常美丽的感觉,然而一声一声的异响打破了迷人的气氛,把读者从享受温馨的氛围逐渐推向历经恐怖的气氛,不得不相信,有"闯入者"侵入,令人"两股战战,几欲先走"。小说视觉手法独特,狭小的客观空间展现宽敞的心灵园地,温馨的柔暖色调中频繁出现与之毫不相符的神秘异响,轻描淡写的几笔却是针对读者的神经,让你犹如弹簧一开始就被拉直,越拽越紧,毫不放松,虽然富有弹性仍不免在小说尾曲中被绷断,构成强大的心理冲击力,一阵强似一阵地震撼着读者"麻木"的"恐怖情结"。

斯蒂芬·金小说独具风格的视觉美感将其与绝大多数血腥外在的现代恐怖区分开来,因为一直等到小说的结尾高潮段落,才出现传统恐怖元素典型的宣泄式暴力画面。小说开始于空中鸟瞰(上帝的观点)的科罗拉多的洛基山脉,在恢宏壮丽的画面背景后是庄严沉稳的主题音乐夹杂着一些不祥的噪音,高山公路上一辆轿车在盘旋上山,随着轿车来到山顶的远望饭店。小说从一开始就展现了宏观壮阔的场面,使这个处于特殊地理位置的饭店充满了神秘未知感。开始后一切恐怖情境都发生在主场华丽的日光灯下,在饭店主场景华美的内部装饰中创造了绚丽的视觉形象,再加上怪异不祥的环境描写下,所有这一切都建立了一种对于恐怖、鬼魂和歇斯底里的令人难忘的、不断强化的知觉。小说这种影调风格是与以往恐怖情境的昏暗模糊色调截然不同的,所以我们看《闪灵》更多的感受到的是小说华美的视觉感受,读者在优美的视觉享受中感受到了别样的恐怖,在欣赏艺术的同时又满足了心理需要,审美心理最终得到了极大的满足。

一、感官盛宴:恐怖的审美场

人们如果都能坦然地正视自身的话,就会明白上面的话不是没有道理。毕竟人是一个复杂地存在。那些偏爱某一审美形式的人,无论怎样的让人理解和接受,都要记着列维·斯特劳斯的话:"鼓励隐秘的潜在力量,对于一切新的、必要的社会表达形式,不论其如何不寻常,我们都要准备做到不惊、不厌、不抗。"对待恐怖审美这种形式,我们也有理由这样做。在我们周围的影视剧中,有充斥幼稚幻梦的琼瑶言情,也有步入俗套的古装武侠,更有浓烈煽情的"韩流"冲击。对其负面影响我们可以自觉抵制,但我们不能因此消弭了多样与差异。道理就这么简单。没有哪个人真正喜欢恐怖的感觉,但生活中却从未缺乏过压迫和恐怖。初民时期对自然力量的敬畏,中世纪对所谓"异端邪教"的疯狂屠戮,二战时奥斯维辛的惨绝人寰……另外,还有生活中那些陷入无物之阵的压迫性事件。是否可以这么说,所有知识与进步都与残忍的本质形态相联系?这实际上也应了恩格斯"恶是历史前进的杠杆"那句老话。在传统的文化接受定式里,一提到恐怖,所联想到的词语就是欲望、罪恶、暴力、束缚、痛苦、孤独、压迫、残忍、心理变态、人性扭曲,甚至是反人类反文明。恐怖的起源、发展、演变绝对不是一句非理性就能概括的。甚至忽略了恐怖艺术恰恰不恐怖，恶的表面下是善的本质，并最终实现人性的回归、提升。欣赏恐怖，恰恰能使人心态平静，重获人生的激情。

任何审美活动都是在一定的情境中完成的，封孝伦教授称之为"审美场"。他认为每个人的审美取向、审美追求，与所处的社会文化时空中的生活氛围息息相关，于是把这种社会文化时空中制约社会审美变化的氛围称作审美场。这个审美场的概念有力地解释了社会文化对恐怖小说接受热潮出现的影响。

没有人的审美活动不受到他所处的特定的"场"的影响和制约，这是现实的"大场"。审美还有个人因素的作用，"个体的人，在审美愿望的驱使下，去观赏美，这样美场与审美的人，就在一定的时空中构成了审美场。"笔者称之为"小场"。因此，在对恐怖元素的审美接受中，走进恐怖小说的审美场是获得恐怖审美体验面临的首要问题。当你走进小说院，选择一部恐怖小说时，就已经准备好了在这个审美场中被惊吓，在忘情尖叫和急速心跳中去体味一场真实而又虚幻的噩梦，这是一种无功利的审美态度。

确定了以一种无功利的、超越现实的审美直觉来欣赏小说作品，并最终希望由此能获取审美的精神愉悦，这种情况就是预备审美情绪。预备审美情绪中最重要的是审美注意和审美期望。审美注意是一种将注意力完全集中于审美客体，并对现实世界的实际经验暂时压制乃至完全消除的审美行为。审美期望是指在审美客体中寻求一种非功利的精神上的满足，是审美注意的情感效果。期待感，会促使观众聚精会神地、紧张地投入其中。审美注意与审美期望结合起来就是审美活动特定的审美态度。观众如果想从恐怖元素小说中领略到恐怖美感，就一定要具有这种预备审美情绪。首先，要满足审美注意的要求。如果读者只是为了打发时间，一部小说分为几天来欣赏，或者在欣赏的过程中还考虑现实生活的问题，或是一再暗示自己故事的情节是虚假的，这些行为都不能感受到作者精心设置的统一恐怖效果，因此是无法感受恐怖美的。其次，还要满足审美期望的要求。如果读者看恐怖元素小说的目的是研究它的叙事策略、影像特征等，这种行为本身就带有功利性，也是不能从中体会到恐怖美的。因此，审美者在欣赏恐怖元素时一定要具有相应的预备审美情绪，中断关于现实世界的一切经验活动，全身心地将情绪投入到小说的情景当中，准备从中体会到物我两忘的自由与快感，只有这样才能欣赏到恐怖小说的独特美感。

二、情感巅峰：惊颤的审美体验

进入恐怖的审美场之后，审美者将进入到唤醒与移情阶段。在这一阶段，涉及一个重要的审美阈原则。所谓审美阈原则，就是指"在一般心理意识活动中，审美的刺激必须达到一定的强度，持续一定的时段，才能打开接受者审美心理的"阈门"，获得快乐、愉悦、惊惧或痛苦的感觉"。因此，审美阈就好比审美者情绪的"沸点"，刺激不达到一定的强度是不能激发该审美者的审美情绪的。不同的接受者其审美阈是不同的。有的审美者的审美阈较低，情绪容易受到感染；有的审美者的审美阈较高，情绪不容易受到感染。对于那些具有强健精神力量的审美者来说，他们的审美阈也是有所区别的。同样是恐怖元素爱好者，有的观众能很快地达到惊惧或痛苦的感觉，而有的观众只有在十分强的刺激下才能达到惊惧或痛苦的感觉。当然，同一个审美者在不同的阶段审美阈可能会产生变化。如果审美者经常欣赏刺激性很高的文学或影视作品，其审美阈可能会逐渐升高。过于频繁地欣赏恐怖元素的审美者会相应地提升审美阈，只有接受较强的刺激才会体会到恐怖感以及由此带来的美感。

　　与审美阈密切相关的是心理唤醒。所谓心理唤醒是指在审美接受活动中，审美客体唤醒审美主体相应的心理反应的方式，即艺术家或艺术品激发接受者投入到审美活动中的方式。能从恐怖小说中领略到恐怖之美。

　　在审美的唤醒与移情阶段，具有与恐元素影相匹配的期待视野的审美主体在欣赏小说片段时，其精神和肉体随剧中人物一起紧张，呼吸随着恐怖的程度或急或缓，筋肉也随着故事情节的节奏或紧或松，实现了心理唤醒。这种生理的运动和冲动源于日常生活中对恐怖的理解，因此在内模仿的作用之下审美主体与恐怖情节产生了共鸣，发生了移情作用，这时会体会巨大的审美快感，这就是生理上对恐怖美的接受。

　　阅读一些带有刺激性的恐怖元素小说会有一种惊颤的审美快感。惊颤又称震惊。本雅明在《发达资本主义时代的抒情诗人》中最早把它纳入现代艺术的审美范畴。从心理学上，惊颤是指与经验相对立的一种人生体验，它既是"外部世界过度的能量"对人自身保护层构成威胁时而产生的一种瞬间心理体验，又是人自身无法容纳这过度能量时而产生的断裂心理体验。这种心理体验以突如其来的强大冲击力，冲断现实的屏障，形成断裂式的心理空间。所以它既是人面对强大客体的一种本能反应，又是人摆脱现实经验寻求刺激的最好方式，其基本心理特征就是"瞬间"和"断裂"。

　　消费时代的到来，在政治经济改革和发展中出现了一些社会问题：生态破坏、道德沦丧、情感断裂；在市场经济条件下产生了一系列心理问题：焦虑、烦躁、恐慌；再加上在科技与大众传媒迅猛发展的条件下制造出一个个虚幻的世界：泡沫化的经济、审美化的政治、虚拟化的网络。人们无法迅速适应和容纳这些变化，感觉到经验的贫乏，于是就产生了断裂式的惊颤体验。所以惊颤是当今社会人类的普遍心理体验，"机械复制时代艺术的总体性规定就是震惊。艺术中，惊颤是指"艺术作品所渗透流动的一种情感体验以及其作品被阅读时所引起的突发、疏离性体验的审美心理学的感受效果"。这种情感体验具有强大的破坏性和创造性，它打破了现存的一切经验，创造出新的艺术形式，给人以断裂式的审美心理体验。所以说，在现代艺术中惊颤既是现代艺术寻求到的新的表现途径，又是现代艺术揭示生命、意志本质的最佳方式。好莱坞创造出一个个在怪诞的艺术世界：侏罗纪公园、星球大战、阴阳世界；吸血鬼、木乃伊、狼人……如《沉默的羔羊》中的变态狂；《美丽心灵》中患有精神分裂症的天才数学家纳什；《午夜凶铃》和《咒怨》系列里的鬼魂……可见虚幻的场景、异常的人性、神奇的世界都不是对普遍的、真实的、典型的人生或社会的揭示，而是对虚拟的、个别的、想象世界的展现。这些都会造成人心理暂时的断裂，形成惊颤的审美感受。这种惊颤审美感受不同于传统艺术和现代主义艺术所引起的心灵震撼，惊颤审美感受只是以平面式即暂时的、偶然的、虚构的形象让人产生瞬间的惊颤感受，而传统艺术和现代主义艺术则是以深度模式即对世界或自我本质的深刻认识给人以强烈的心灵震撼。

第四节 恐怖净化

一、恐怖净化是对人类自身命运的关切

克尔凯郭尔曾说过："恐惧是人类的本质特征。"人类的祖先从动物到人的这种过程中不知道而临了多少次威胁，对于外界的无知和无助也不知多少次成为袭上人们心头的恐惧。不过每当克服和度过一段惊险，人类的生命就自然被延长了一次。按照考古学的证明，最早的大陆上并不是只有猿人这一类人族，还有其他的，比如直立人，但是唯有现代人类的祖先活了下来，这种生命力的保存与人类祖先在恐怖中认识生命，窥探到生命的规律是分不开的。恐惧并不是单一的情感发泄，它也带动着智慧的思考，没有恐怖的生命必然是无力的，生的意义恰恰来自于威胁，来自于恐惧，从这个意义上说，或许恐惧的确是人类生命力的一部分。人类面对生所带来的恐怖时，产生了更多的警醒，从而生

发出了更多关于生的智慧。医学的发展就是这样的一种智慧，病痛的恐惧促进了人类对于生理卫生的关注，推动了医疗技术与器械的进步。对于生的渴望，死的畏惧，养生的理念应运而生。可以说生命的恐惧是必然的，而且生命中的恐惧也是必要的。现实中需要恐怖来警戒，那么在艺术世界呢？恐怖又是如何施展其净化作用的呢？艺术作为一种精神活动，它始终指向人类的精神世界，在人类追求精神自由的同时，人们仍然时刻关注着无法摆脱的恐惧。恐惧与自由也是一种看似相悖的概念，自由就是要无拘无束，无所惧怕。然而，恐惧恰恰控制了这样的追求，因为恐惧，我们要避免在夜晚出现在僻静的小道，因为恐惧，我们不得不放弃某些唾手可得的机会，如此似乎人类精神的追求与人性中的恐惧完全背道而驰了，那为什么还要在艺术中去继续体验和感受人类的这种局限性呢？实际上这也正是恐怖艺术的审美价值之一。恐怖深深根植于人的本质中，如果不理解恐怖情绪，我们也很难理解我们整个人类的特征，同时我们对生命的理解也会不深刻。恐怖元素的净化作用却让我们更加深刻地了解了生命的真谛。生命的存在就意味着死亡，而死亡虽然是生命的终结，却又是证明生命存在的一种方式，就像黑格尔说的"凡是始终都是肯定的东西，就会始终都没有生命。生命是向否定以及否定的痛苦前进的，只有通过消除对立和矛盾，生命才变成对它本身是肯定的。"死亡即是对生命的肯定，生与死是相生相克的两种事物。从普通意义上来看，生是积极的，正面的；而死呢，它是负面的，否定的。但这种正面与负面都是相对的。就像恐怖情绪，它也是负面的否定的一样。恐惧情绪的产生也是一种对人自己的否定，人类不自信可以面对威胁和痛苦，恐惧就自然而生。但是人类必须要延续种族生命，不能因为恐惧而直接去自杀以得到永久的平衡，所以从这个意义上来说，恐怖又是生命的一种促进剂。最终负面的恐惧排除掉了负面的恐惧，产生出积极的净化作用。况且在正常生活中，我们不可能让自己总处于负面的情绪中，我们必然要将负面情绪转化后升华，因此恐怖就有了进入艺术的可能。而且由于经验的限制，我们体会到的东西也会范围狭小，可是艺术给了我们一个空间，在这方空间中，我们能体验到生活中可能无法体会的。恐怖艺术就是人类特殊经验的一种方式，恐怖艺术关注的正是人类的自身命运，人类的死亡，人类肉身的痛苦，以及人类精神的损伤。

恐怖中不可或缺的主题是死亡。面对生命的终结，没有人不为之动容，感到后怕。已经死亡的人或许无法感知死亡的痛苦。但是死亡带给生者的忧虑却是持久的。这一点我们在恐怖小说中能找到很好地表达。斯蒂芬·金的小说《撒冷镇》,故事中就不断地出现死亡事件,用以不断加强恐怖的色彩。先是非人类生物的死亡,一只倒挂在墓园铁门上被宰杀的狗,这是第一起死亡事件。事实上,并不是单单人类会面临死亡,地球上所有的生物都面临着死亡。老年的大象会很奇怪的感知到自己的死亡,然后选择离群,去等待死亡。这说明动物也能意识到死亡的不同意义。那么更何况是人呢,即使不是同族生物的死亡,一样会勾起人类对于死亡的恐惧。这可能也是生命自己对自己的一种敬畏。死相惨烈的狗引发了小镇上的第一波惊惧,接下来就开始轮到人的死亡了,先是镇上一个酒鬼的死亡,接下来是一个小孩子在夜晚失踪,几天后尸体被发现,紧接着死亡事件频发,而且越来越接近主人公自己,甚至到最后威胁到了主人公心爱的女友……实际上死亡越逼近,生命越加珍贵无比,之所以小镇上的恐怖气氛一次比一次浓郁,这也就是珍惜生命的一种表达。直到最后主人公和一个小孩子逃了出去,他们保住了自己的生命,这让阅读者从中获得了极大的满足感,同时也是源自于生命战胜死亡的快乐。然而这种胜利也只是暂时的胜利,这不仅仅是一目了然的事,而且从主人公再也不愿意回到那个小镇上可以看到,死亡的威胁无时无刻不在,在故事结尾处读者尽管获得了死里逃生的快感,但同时他们也更加近距离体会到了死亡的威胁,因而更加珍惜自身的生命,在艺术中经历死亡的洗礼与净化后,人们更多地从死亡中知道了生命的意义,生命的重量。

  肉体的痛苦,也是人类所惧怕的。从小孩子打针哭,到安乐死的推广,人们更惧怕的可能不单单是死亡,而是肉体无法承受的苦难。所以影视剧中经常会出现一句台词"求生不得求死不能"以表达对对方的恨意,同时这也是一种比死亡更可怕的惩罚。的确,人的生命存在需要肉体作为载体,肉体受到威胁的同时,生命也受到了相当的威胁。因此恐怖故事中也大多展示了对肉体的伤害以及肉体所承受的痛苦。《聊斋志异》中《连城》一篇写道连城得了病,需要男子的肉作为药引子,于是连城父亲说谁割肉做药,就把女儿嫁给谁,于是乔生便割了自己的肉做药。这种活生生的割肉,必然是一种极大的痛苦,这所引起的惊惧效果是可想而知的。《沉默的羔羊》中剥人皮,吃人的内脏等,这些虽然不是某个活人的痛苦,但是作为读者,看到这些行为,仍然觉得恶心痛苦并产生害怕。而且这种痛苦并不是可以预见的,每天电视上也有类似的新闻报道,所以人们很难不从内心深处对这种痛苦提高警惕。另外肉体实际上也是生命的延伸,也是人生命形式的一部分,它的痛苦,甚至是失去,都会降低人对外界的防御,更突显出生命的脆弱,容易引起危机感。《撒冷镇》中,当有人进入到那个阴森的宅子里时，看到的就是可怕的人体被倒挂，并且鲜血已被吸尽，还有浑身体无完肤。种种带着强烈肉体痛感的场面，会再一次提醒过于自信的人们，人类的肉体依然如此柔弱，经不起折腾，人应该有所敬畏而不是肆无忌惮。就像斯蒂芬·金自己在《闪灵》一开始写的那句话一样："进入禁忌的区域，便会有邪恶的事物临头。"现代人无所畏惧、麻木势力的心需要用肉体的痛与伤害来唤醒。这里恐怖净化意味着在痛苦的肉体挣扎中去反观人类自己，从而坚定信仰，保有敬畏。

肉体与精神是相生相伴的两部分，作为人类的痛苦，不仅有肉体上的，还有精神上的。随着社会的发展，财富的积累，现代人在肉体上的痛苦已经远远低于曾经的原始祖先，不过精神上的困苦与折磨却成了一种主流。尽管物质生活越来越丰富，幸福感却并没有因此增强反而变得越来越少。人们埋首在庸庸碌碌的生活中，繁忙而没有太多的惊喜。各方面压力所带来的扭曲人格也越来越多。恐怖小说很及时地抓住了这一题材，开始逐步向心理恐怖小说迈进。《地狱的第19层》中一个扭曲人格的心理医生，运用心理手段对所有曾经有道德越轨行为的学生进行了所谓的正义处罚。到最后没有一个是真正的赢家。虽然故事反映的有些夸张，但是它确实再现了当今社会的某种心理错位。传统价值观，道德观在新时代的约束力下降，使得社会中日渐出现诸多违背伦理道德的事件，虽然很多情况下是为了自保，但人们仍然在心底深处会内疚，就像主人公春雨和她的同学们，她们每个人内心都潜藏着秘密，虽然表面平静，却在心理催眠的诱导下，唤起曾经的自责，致使精神崩溃，差点危害性命。而心理医生自己也有问题，从小受过的伤痛在心中种下了一个结，这个结迫使他看待世界的角度发生了变化，进而极端地去残害春雨她们。其实整个故事的恐怖中心就是人们的内心，那些肮脏的、隐藏的东西，不停地折磨着人们，让人们痛苦不堪，而所有的恐怖形象其实都是人类心灵中阴暗面的幻想，不健康的心理正是真正困扰和消磨意志的恐怖对象。只有向人们的内心寻找归宿，或许才能真正看透恐惧，真正的恐怖不是来自外部，而是来自失衡的内心，分裂的精神。《枕边密友》反映的就是一个人格分裂的女人，她总觉得自己失去了另一个姐妹，她每天都经历着或可怕或奇幻的事，直到故事的最后人们会明白，原来这个女人并没有另一个姐妹，她只是个人格分裂的精神病患者，并且她的母亲也是个人格分裂的精神病患者。无论是表现正常人内心隐秘所引起的恐怖视像，还是来自精神病患者的恐怖事件，这些其实都是现代人类的精神困境的艺术表达。精神痛苦与精神折磨在营造新的恐怖故事的同时，也在净化人类精神，向人类自己发出一个需要深思的问题,我们人类自身是否才是最最恐怖的存在?人类社会是否才是诞生恐怖的母体呢?恐怖不仅仅是外部带来的,更多的是内在的净化需求吧。

二、恐怖净化是对社会文化的反思

恐怖如果只是单纯的一种情绪波动,它是根本无法给人的精神带来净化作用的。恐怖是复杂的,尤其是人类的恐惧通常具有强烈的预备性质。人类不仅仅为眼前的危险而惊恐,更为意识领域中的东西而不安。为什么有人干了坏事就会心有不安,这种不安不是由眼前的危险决定的,而是源自于社会道德,人间伦理,法律后果等这些意识形态上的东西。引起人类深层恐惧的东西不同于引起动物恐惧的东西,人类的恐惧有很大一部分来源于社会意识,也会潜藏于社会文化之中的。正如拉斯·史文德森所说的:"人类有着认知、语言和抽象思维能力,能激起我们恐惧的事物远多于动物。"的确,动物可能还在为浅层次的生命受到威胁而胆战,但人类已经不仅仅局限在天敌来临时候的心惊了,人类置身于一个由人类自己建立起来的世界当中,这世界被马克思分为了物质基础与上层建筑。从生命最简单的意义层面来说,生命就是要活命。但从人类整个运作的机制来说,人不仅仅要活,而且还要关注怎样活,如何才能活得更好……诸多问题。社会意识领域的恐怖往往比直接的生命伤害更为严重,也更容易出现在文明的社会中。当人类摆脱了原始,开始建立文明机制,确立了法律、政治、经济等制度以后,令人感到惊惧的威胁已经潜藏在了文明背后,我们的社会文化开始悄悄地以不同于原始社会的方式对人类社会造成极度恐慌。少了赤裸裸的凶杀,却并没有减轻人类的不安,历史上一幕幕的宗教迫害场景,就不断在诉说着源于文化的恐怖情感。恐怖艺术用独特的方式反思,人与自然的关系,人与家庭,人与社会之间的矛盾关系。反思社会、反思人类文明就是恐怖小说发挥恐怖净化作用的又一种方式。

随着科技的发展,人类的繁衍生息,人类已经在不断的前进中越来越有自信。曾经为天灾忧心忡忡的原始人开始逐渐成为可以在太空中漫步的现代人,这么大的转变,不仅证明了人类科技发展的迅猛,同时也渐渐膨胀起人类的自负。尤其是20世纪以来,人们的生活水平直线上升,人类的物质欲望和物质生活得到了较大的满足与丰富,人类似乎确实站上了万物灵长之位,开始俯视这世界的雍容华贵。心理学上,马斯诺提出了需要层次理论,人类满足了低层次的需求,必然就要满足更高一层次的需求,所以在一个经济发展迅猛的时代,人类精神生活的需要也在与日俱增，这个时候人们开始发现很多问题接踵而至。这个时代，人类一方面在享受科技与人类智慧所带来的便捷与舒适；另一方面，却越来越没有幸福感，自然与人类的矛盾加剧，森林的大面积缩减，许多生命物种灭绝，江河湖海充满毒素无法饮用，核危机，雾霾，食品安全等等，众多的现代文明所带来的负面影响开始慢慢超过了它所带来的物质利益，它们开始威胁到了人类的生存与发展。人们开始要反思科技究竟应该怎样运用，技术的推进究竟是支持生命还是让生命毁于一旦？于是相关的恐怖小说就开始对这样的问题进行了表现和探讨。这一类型的恐怖小说通常以批判的态度看待现代文明，时刻提醒着人们，不要盲目相信科技。比如美国恐怖小说家洛夫克拉夫特的小说《疯狂的山脉》讲的就是人类去极地科考，动用现代技术唤醒了一些沉睡千年的怪物，进而发生的恐怖故事。而且这些怪物曾经似乎拥有着远比人类还要先进的技术。但是它们的技术也正是使它们曾经面临种族灭亡沉睡千年的原因。在这样的一段历史故事中可以看到两个层面的反思内容，首先是故事主人公群体——科考队动用现代机器进行科考的行为，是受到批判和诅咒的，否则也不会有故事中科考队员遭遇不测，被肢解的悲惨命运。其次，是怪物的历史故事。这群怪物并不是简单粗暴的东西，它们是高智商物种，在这一点上与人类是相似的，同时，这帮怪物曾经也拥有着高度文明的社会和先进的技术，这与现代的人类社会也是一致的。可是这个怪物族群的下场并不好，它们曾经面临种族的灭绝。如此说来，虽然是怪物，但也是对人类自身的反讽，暗示人类很可能也会步这帮怪物的后尘。所以这类主题的恐怖小说正是想用恐怖的方式警告盲目自大的人类，让人类在这种恐怖之余去回顾自己的世界和现实的生活。告诫人类，继续滥用科技，也将如同这样先进的怪物种族一样，自寻死路，自取灭亡。上面这个小说是从文明时代的技术层面来反思这个社会的，下面这个小说，《弗兰肯斯坦》则讲述的是一个半人半尸半机器的怪物。这个故事就从畸形社会文化下，人自身的畸形这一层面对社会和人类文明进行了探讨。小说中的这种怪物足以引起观者的不适和恐惧，这样悖谬的形象塑造何尝不是现代人的一种象征性的缩影呢？通过上面举例的两则恐怖小说可以看到，这类恐怖小说的目的就在于使人去主动反思人类社会的文明，追问人与自然的关系究竟怎样是最好的。并且人们的精神世界在这其中也得到了净化，得到了升华。好的恐怖小说最深层的目的不单单是吓人，更在于让人自省并明白人类的发展不能与人类自身与人类赖以生存的大自然相对立，否则那便是自掘坟墓，不得善终。

社会文明的不断向前推进,不仅是人与自然的关系变得空前紧张,人与人的关系也变得越来越可怕了。为了抢夺宝藏,争夺利益,人们互相残杀,互相陷害;因为生活的压力,社会的不平衡,人类的心灵扭曲,开始从祸害他人中寻找乐趣……人与人之间不再是和睦相处而是危机四伏。权钱交易,利益化的人际关系,功利的社会生活目标,这一切都是潜藏在人类社会背后的恐怖阴影。《死亡邀请》这个小说讲的就是一个利益争夺下的凶杀故事。几个来自不同地域的年轻人都因为一张不期而至的邀请函到达了一个偏远的小宅院,在这个宅院中不断地出现诡异与死亡的事件,让人人都变得异常紧张,然而故事的结局证明,这一切的恐怖故事不过就是一场利益之争,为了独占宝藏,每个年轻人心中都怀揣不可告人的秘密,企图害死他人,然而最终也是"机关算尽太聪明,反算了卿卿性命"。小说除了表现经济纠纷中人与人关系的恶化,也表现在婚姻家庭中,夫妻之间关系的恶化。李西闽的小说《血钞票》就是一个以不和谐婚姻关系为主题的小说,故事中的三个家庭,面临着不同的婚姻问题,夫妻间的隔阂与不沟通,最终导致悲剧事情的发生。《月媚阁的饺子》是李碧华的一个短篇怪诞故事,它讲述了一个吃胎儿肉永葆青春靓丽的惊悚故事,然而这个故事的背后,却也是一段失败甚至恶劣的人与人之间的关系,最明显就是主人公艾青青与丈夫失败的婚姻关系,一不留神发现丈夫在外有情人的艾青青,自觉容颜已老无法挽留丈夫的心,就想到了传言中的"养颜饺子"。然而靠着青春靓丽虽然暂时保全了婚姻,可艾青青自己却变得腥臭不堪没有后路,这不仅仅是婚姻的悲哀,更是女性在婚姻关系中的悲哀。社会文化对于人之间关系的影响不仅在朋友,爱人之间,更是涉及了亲人之间,比如在爱伦·坡小说《厄舍府的倒塌》中,表面上被称为已死的妹妹却在午夜时分从地下室的棺材中逃脱了出来,这让作为客人的主人公"我"感觉很是惊悚。一个暴雨之夜的恐怖事件,让主人公和读者们都看到厄舍府里暗藏玄机的兄妹关系,这也是亲人之间关系恶化与复杂的表现。综上所述,恐怖小说反映社会关系方面也是对人类精神的一种另类净化。

从小故事中,从惊惧的阅读效果中,人与自然不和谐,人与人不和谐的现实状态被艺术地呈现了出来。在恐怖小说中,人不仅看到了生命的意义和复杂,也看到了社会的不和谐与可怕。人类的心灵在其间必然是震颤的,可是震颤中,人类看清了自己,看清了社会,看清了生命,从中也看到了克服恐惧的力量。

三、恐怖净化是对人类自身的强心剂

恐怖小说从人类自身,人类社会进行反思,警示人们抱有敬畏之心,教育人们要懂得理解生命，珍惜生命。不过珍惜也好，抱有敬畏之心也好，这并不意味着恐怖的人生就是小心翼翼或者胆战心惊的。从另一个方面来看，当人类更加了解自己，更加清楚恐惧的意义，人类反而会在恐惧中成长出坚强，因为毕竟敬畏之心常常在于威胁来临之前，而灾难来临之时，人类又应该怎样处理呢？人类的祖先将种族命脉传承下去，靠的绝不只是一味地躲避与逃离，更多的时候人类需要面对并积极地去解决生命中所遇到的艰险、恐惧、障碍。比如像前面章节所提到的当外星球生命威胁人类生存的恐怖事件发生时，人们应当如何面对呢？这样的问题看起来有些滑稽，有没有外星人都是个谜，何谈外星人威胁人类？然而，我们人类的视角已经从地球探向了宇宙，很可能在某一天的某一时刻，科学家也会激动地宣布某个星球上有外星生物，这个时候恐怖的外星生物威胁事件也许就不再是痴人说梦了。另外单从生命角度出发，它是如此脆弱，它遇到的威胁一直在随着生命的发展不断变化着。当人类无法正确认识和理解生命，无法正视死亡的时候，恐惧必然会让人失去理智。失去一颗勇敢的心又怎能不被恐怖所吞没呢？所以恐怖小说提前让人们在精神世界中经历了恐怖事件，拥有了恐怖经验，在一定程度上对尚未发生的恐怖具有了免疫力。所以由此说来，恐怖小说是人类的强心剂。正如吉尔伯特在《美学史》中所说，"用怜悯排除怜悯，用恐惧排除恐惧。"人类不是在生的恐惧中被动的趋向死亡，而是在恐惧中走向新生，这其实就是恐怖净化最重大的作用。恐怖小说如何增强人的抵抗力，可以从以下几个方面看出。

  首先从恐怖小说中的主人公来说，恐怖小说的主人公一般都是果敢有为的。恐怖故事的情节推进，有赖于他们的存在，同时他们的勇敢在一定程度上也是一种标杆，一种榜样。比如少儿恐怖故事系列《大宇神秘惊奇系列》就给少年儿童树立了大宇这样一个胆大心细的少年形象。面对神秘的插班生，大宇努力弄清各种令人生疑恐怖的事情，尽管在面对很多离奇事件的时候，大宇也害怕，彷徨，惊惧，不过镇定之后的大宇总能理清思路，慢慢理清线索，最终找到问题的关键所在，从而解除了危机。当然在恐怖小说中，还有另外一种主人公。他可能在刚开始的时候胆小怕事，总是在经历过一系列事情之后，他慢慢成长了，获得了一种全新的心态，他不再担忧害怕了，恐怖成了他勇敢的营养。埃米尔·左拉的《入土不安》就是这样一个故事，主人公死掉了，不过这是外界人看来的，主人公自己却一直坚信，自己没有死掉，并且对死亡来临这件事异常害怕，然而当他被埋葬在墓园中，成了棺材里的死尸时，他却不再害怕死亡了："我的一生当中，每每想到随时都可能降临的死亡，我都会颤抖不已。但是我现在渐渐渴望着它的到来……事实上，死亡是最温存的，因为它会让压抑、痛苦的生命最终有了断。"

除故事主人公的精神以及蜕变影响到读者，恐怖故事内容也可以训练人们的胆量。正如国内的恐怖小说家周德东说的："把恐怖消化掉就能变成勇敢的营养。"也是出于这样的初衷，周德东还专门推出了一部短篇恐怖小说故事集《每夜一个练胆小故事》，其中未知的黑暗力量、无解的离奇事件、荒诞的怪异形象、可怖的神秘现象、似真似假的民俗怪谈、骇人听闻的都市传奇，书中以恐怖的视角深入人们的内心世界，洞穿人性深处的懦弱与阴暗，逼真再现人们日常生活中可能会遭遇的各种恐怖。从恐怖故事中了解恐怖，进而主动将恐怖转化为一种解决问题的动力和勇气。这就是人们从恐怖小说中的又一收获。放眼看去，恐怖小说的大众化注定了它的娱乐性，然而娱乐性并不能完全概括恐怖小说的作用。因为从恐怖净化作用中所获得的面对生活的勇气，面对困窘的信心是真实的。或许我们不能知道未来人类会面临怎样的危机，但是恐怖小说作者们天马行空的想象让我们看到了平淡生活中潜在的危险与未知的可怕，并且恐怖小说也提出了针对这些事件的解决方案，也许这就像是一剂预防针，它不仅提高了对抗恐怖的免疫力，也为人们应对突发危机提供了预见性的方案。所以说恐怖小说的恐怖净化作用在一定意义上振奋了人们的精神，是人类的强心剂。

参考文献

[1] 克尔凯郭尔著,刘继译.恐惧与战栗[M].贵阳:贵州人民出版社,2006.

[2] 周冠生.审美心理学[M].上海:上海文艺出版社,2005.

[3] 滕守尧.审美心理描述[M].成都:四川人民出版社,1998.

[4] 张耀霖.恐怖小说的科幻解读——洛夫克拉夫特作品浅析[J].安徽文学,2006.

[5] 张家恕.论恐怖小说的渊源、演化及基本叙事语法[J].中国文学研究,2007.

[6] 张家恕.恐怖文学类型特征论[J].江苏社会科学,20,(4).

[7] 熊晓霜.幻境中的现代性——西方19世纪末到20世纪初的神秘主义复兴与现代主义文学[J].暨南学报,2011,(6).

[8] 李艳.论悲剧与恐怖的区别[J].西北师大学报,2010,47(5).

[9] 邓志平,蒋梅玲.谈谈哥特小说中恐怖的心理机制[J].电影评介,2007,(4).

[10] 李艳.艺术恐怖何为?——卡罗尔的美学之思[J].河南教育学院学报,2010.

[11] 克拉卜.克苏鲁的呼唤:洛夫克拉夫特和他的人工神话,2013,(2):83-89.

[12] 沈壮娟.论恐怖与恐怖艺术的审美接受[D].济南:山东大学,2006.

[13] 熊焘.恐怖艺术的审美心理初探[D].重庆:西南大学,2012.

[14] 郝建."暴力美学"的形式感营造及其心理机制和社会认识[J].北京电影学院学报,2005.

[15] 王丽萍.恐怖小说中的佛学阐释[J].大众文艺,2009,(23).

[16] 于天池.中国的恐怖小说与《聊斋志异》的恐怖审美情趣[J].文学遗产,2002.

[17] [法]朱莉娅·克里斯蒂,张新木译.恐怖的权力——论卑贱[M].上海:生活·读书·新知三联书店,2001.

[18] [古希腊]亚里士多德,陈中梅译.诗学[M].北京:商务印书馆,1996.

[19] [奥]弗洛伊德著,常宏等译.论文学与艺术[M].北京:国际文化出版公司,2001.264-303.

[20] [奥]弗洛伊德著，邵迎生，张恒译.论芙[M].北京：金城出版社，2010.

[21] [英]E，M，福斯特，马涛，译.小说面面观[M].北京：人民文学出版社，2009.

[22] 基尔克郭尔.概念恐惧致死的病症[M].上海：上海三联书店，2004.

[23] 童庆炳，程正民.文艺心理学教程[M].北京：高等教育出版社，2001.

[24] 史文德森，范晶晶译.恐惧的哲学[M].北京：北京大学出版社，2010.

[25] 克尔凯郭尔，一谌译.恐惧与战栗[M].北京：华夏出版社，1999.

[26] 弗洛伊德，林尘译.弗洛伊德后期著作选[M].上海：上海译文出版社，2005.

[27] 苏珊·朗格，李泽厚译.情感与形式[M].北京：中国社会科学出版社，1986.

[28] 申乃.英美小说叙事理论研究[M].北京：北京大学出版社，2005.

[29] 黄禄善.美国通俗小说史[M].南京：译林出版社，2003.

[30] [英]鲍勃·库仁亡灵[M].长春：吉林出版集团，2010.

[31] 鲁枢元.文学的跨界研究——文学与心理学[M].上海：学林出版社，2011.

[32] 荣格著，冯川，苏克译.心理学与文学[M].南京：译林出版社，2011.

[33] 天下霸唱.鬼吹灯.精绝古城[M].合肥：安徽文艺出版社，2010，（5）：44.

[34] 工爱松.虚构的可能性及其限度[M].人民文学出版社，2007.56.

[35] 陈平原.20世纪中国小说理论资料第一卷[M].北京：北京大学出版社，1989.

[36] 李绍先，王晓琳.明清小说话幽[M].成都：四川教育出版社，2003.

[37] 李泽厚.由巫到礼释礼归仁[M].北京：三联书店，2015.

[38] 李剑国.唐前志怪小说史[M].北京：人民文学出版社，2011.

[39] 刘宁.当代陕西作家与秦地传统文化研究：以柳青、陈忠实和贾平凹为中心[M].北京：中国社会科学出版社，2014.

[40] 谭桂林.从脱魅到迷魅——20世纪中国神秘主义文学思潮的演变[J].社会科学辑刊，1999（07）.